乱雁

倉橋　寛

風媒社

乱雁

＜前野氏系図＞

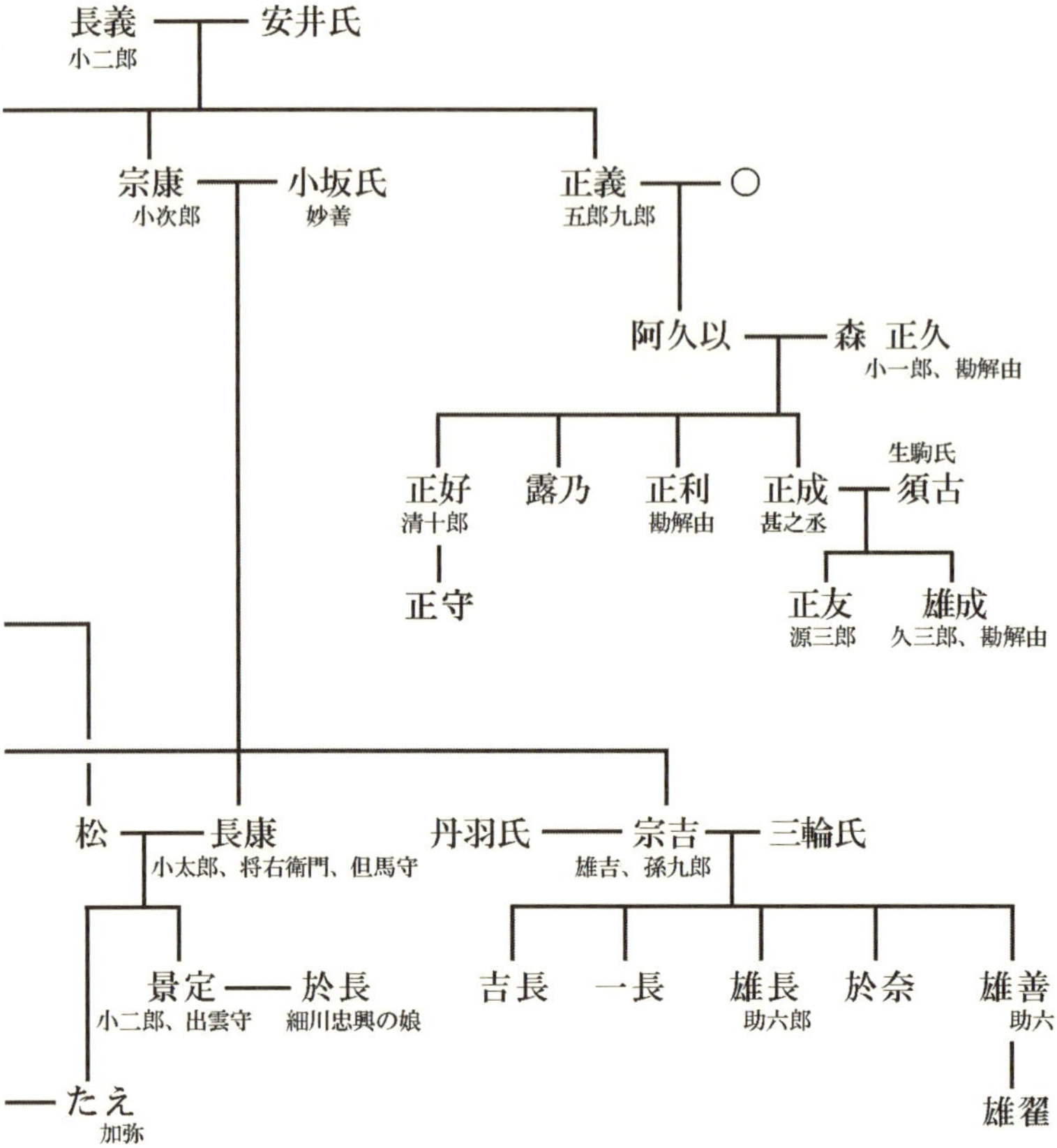
長義
小二郎
安井氏
宗康
小次郎
小坂氏
妙善
正義
五郎九郎
○
阿久以
森 正久
小一郎、勘解由
正好
清十郎
正守
露乃
正利
勘解由
正成
甚之丞
生駒氏
須古
正友
源三郎
雄成
久三郎、勘解由
松
長康
小太郎、将右衛門、但馬守
丹羽氏
宗吉
雄吉、孫九郎
三輪氏
景定
小二郎、出雲守
於長
細川忠興の娘
たえ
加弥
吉長
一長
雄長
助六郎
於奈
雄善
助六
雄翟

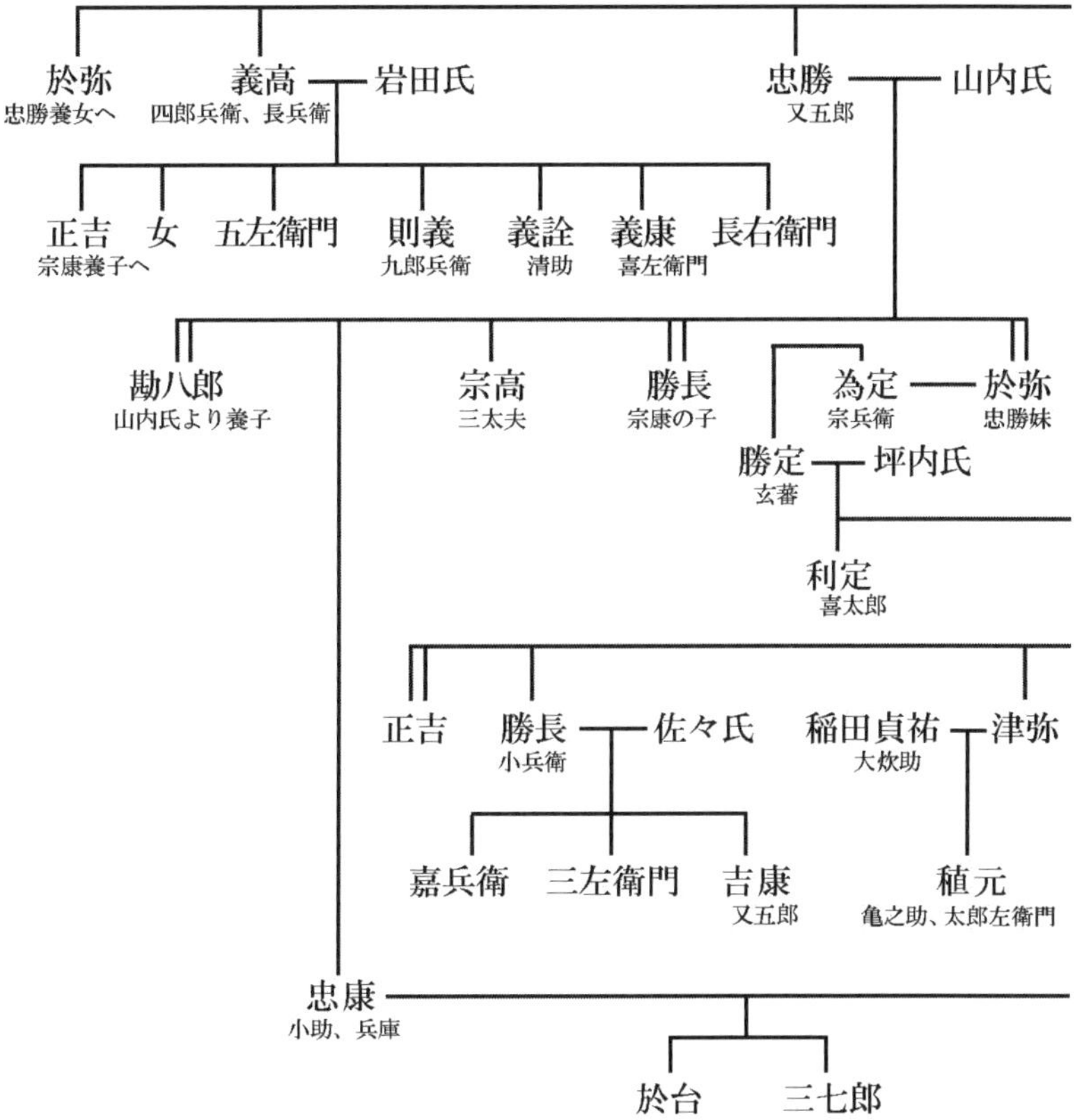
於弥
忠勝養女へ
義高
四郎兵衛、長兵衛
岩田氏
忠勝
又五郎
山内氏
正吉
宗康養子へ
女
五左衛門
則義
九郎兵衛
義詮
清助
義康
喜左衛門
長右衛門
勘八郎
山内氏より養子
宗高
三太夫
勝長
宗康の子
為定
宗兵衛
於弥
忠勝妹
勝定
玄蕃
坪内氏
利定
喜太郎
正吉
勝長
小兵衛
佐々氏
稲田貞祐
大炊助
津弥
嘉兵衛
三左衛門
吉康
又五郎
稙元
亀之助、太郎左衛門
忠康
小助、兵庫
於台
三七郎

一

村中《むらなか》の一本道を、土煙を上げて男が馬を走らせている。

秋に入ったとはいえまだまだ暑い日が続いており、あちこちに陽炎《かげろう》がゆらめいている。

馬上の人物はこの時代には珍しいほどの大男で、六尺はあるに違いない。背負った馬が苦しそうに喘《あえ》ぎながら走っていく。男もまた馬面で、馬の上に馬が乗っているようにも見える。

やがて木々に囲まれた屋敷内に入ると、大男は汗を滴《したた》らせて馬から飛び降りた。

「小右衛門は帰っておるか！」

男の大声で屋敷の内から小男が飛び出してきた。

「これは孫九郎様。小右衛門様はこちらにはおられませぬが」

「どこにおるのじゃ！」

大男の剣幕に小男がたじろいでいると、縁先に老人が顔を出した。

「孫九郎か。小右衛門はおそらく松倉だわ。儂《わし》に叱られるのが嫌でここには寄りつかんわい」

孫九郎と呼ばれた男は、小男が差し出した井戸水を飲み干すと、やや落ち着きを取り戻した様子で、

「それにしても何というたわけじゃ。せっかく清洲の殿が取り立てて下されたというに。弟ながらあやつの心根《こころね》が判りませぬ」

と言いつつ老人のそばへ歩み寄った。

「付き合《お》うた相手が悪かったんじゃろう。川並の衆は気ままに楽《たの》しゅう暮らしておるように見えるからのう」

老人は溜息《ためいき》をついた。

「これから松倉へ行って小右衛門を連れて参りまする。父上はご心配なく」

大男はそう言うと、再び馬にまたがった。

男の名は小坂《おざか》孫九郎宗吉《むねよし》。

老人は宗吉の父で前野小次郎宗康《むねやす》である。

前野家は尾張国丹羽郡の地侍で、代々岩倉の織田家へ仕えてきた。前野宗康は家老の一人であったが、この年の春、清洲の織田信長との戦いで当主の織田信賢《のぶかた》は美濃へ逃れ、岩倉の織田家は滅んでしまった。

宗康は早くから信長との和睦を信賢に勧《すす》めていたものの容《い》れられず、やむなく前野一族は密かに信長への臣従を申し出ていた。そのため岩倉が滅んだ後も、信長からは咎《とが》めもなく、息子たちは信長に仕えることを許された。

長男の孫九郎宗吉は、母の実家である柏井《かしわい》の小坂家を継いで小坂を名乗っている。

次男の小右衛門長康は岩倉落城後に信長に仕えたものの、数カ月で城勤めが性に合わず出奔《しゅっぽん》してしまった。

それを耳にした宗吉が、弟を連れ戻しに実家へ戻ってきたのである。

再び屋敷を飛び出した宗吉は、尾張川を目指して馬を駆けさせた。

前野村から北の和田村を抜けると、人家はほとんどなくなる。この辺りはたびたび川が氾濫《はんらん》して、田畑も作れずに草がまばらに生える荒れ地になっている。馬の放牧に使われる程度で、あちこちに死んだ馬の骨が転がっており、馬捨てヶ原と呼ぶ者もいる。

そんな荒れ地に屯《たむろ》するのは、川並衆と呼ばれる荒《あら》くれ男たちである。

尾張川の流れを使って荷を運び、利益を得ている。飛騨、美濃から尾張、伊勢、三河まで舟を行き来させている。その川並衆を統率しているのが蜂須賀小六正勝という男である。

正勝はもともと清洲に近い海東郡の蜂須賀村の出であるが、信長の父、信秀が勢力を拡大する中で正勝の父、正利は服従することを拒んで郷里を離れ、前妻の実家である丹羽郡宮後《みやうしろ》村の安井家に転がり込んだ。

やがて成長した正勝は、川並衆と親交を深めるうちに信望を集めて頭領となっていた。子供の頃から付き合いのある長康は正勝と兄弟のように育ち、そのために自由な暮らしぶりに染まってしまったのである。

宗吉は尾張川の枝流を越えて、中洲の松倉城にたどり着いた。

「前野の孫九郎じゃ。まかり通る」

門番の男に告げて、馬上のまま城門をくぐった。

城といっても川の中洲に建てた平屋の屋敷である。板塀《いたべい》で囲って守りを固めてはいるが、美濃との国境《くにざかい》を守る拠点としては、いささか心もとない構えである。

この松倉城は宗吉の叔父、坪内又五郎忠勝の城である。

忠勝は犬山の織田信清に仕えて近くの野府《のふ》城を任されていたが、重臣であった松倉城の坪内将監《しょうげん》が美濃攻めで討死したため、跡を任されて坪内の姓を名乗りこの城に移ることになった。

蜂須賀正勝は松倉城の一角を間借りして蜂須賀党の拠点としており、それが次第に人数が増えて、今ではどちらが主《あるじ》か判らぬほどになっている。

清洲を出奔した長康はそこに潜《もぐ》り込んでいた。

「おお、孫九郎か。久しいのう」

軒先《のきさき》に馬をつないでいると、叔父の忠勝が屋敷から出てきた。忠勝もまた宗吉同様、馬面の大男である。宗吉は父の宗康よりも、この叔父に似たようである。

「これは叔父上。ご無沙汰しております。また御子が生まれるそうでございますな。ますますお元気で何よりです」

「六十にもなって子ができるとは有り難いことじゃ。また男子なら良いがの」

忠勝は照れるでもなく、真面目な顔で言った。

これまで忠勝には子がなく、親族の子をもらって跡を取らせようとしていた。

数年前までは甥《おい》の長康を養子にしていたが、宗吉が小坂家へ入ったために次男の長康が前野家の跡取りとなり、代わって三男の小兵衛勝長を養子にもらっていた。また自分の妹を養女にして、婿を跡取りにしようとも考えていた。

そこへ思わぬことに若い側室が男子を出産し、さらにまた今年も身ごもっているという。還暦近くになって突然に実子を得て、これは神仏の加護に違いないと忠勝は手を合わせた。

「ときに小右衛門はこちらへ来ておりましょうや」

「来ておったかな。見かけた気もするが、人が多すぎてよう判らん」

屋敷の外に蜂須賀党の者たちがそれぞれに小屋を建てて住みついている。そこから舟で出かけて働き、また戻って屯《たむろ》している。忠勝はもう蜂須賀党のことには口を出さぬようにしているために、正勝たちが何をしているのかも知らない。

小者に命じて正勝を呼びにやると、しばらくして体格の良い男が三人現れた。

正勝と長康、それに勝長である。暑さのせいもあって、三人ともだらしなく着物を着崩している。

「小右衛門、お前は何をやっておるんじゃ！　さっさと清洲へ戻らんか！」

宗吉の大声に、大男の三人がそろって子供のように肩をすくめた。

正勝もこの前野三兄弟とは幼い頃から兄弟同様に育ってきたために、年上の宗吉は兄と言っても良い存在である。

「もう儂《わし》は城へは戻れんぞ、兄者《あにじゃ》。大げんかを仕出《しで》かしてしもうたからの」

長康が頭を掻《か》いて答えた。

仕官したあと、清洲の侍長屋で寝起きを始めた長康であったが、組み込まれた滝川組の者とそりが合わず些細《ささい》なことで喧嘩《けんか》になり、長屋を引き倒すほどの大暴れをしてそのまま飛び出してきたのである。

「戻れんと言うて、どうするんじゃ、この先」

「儂は小六と一緒に川並衆で生きるのが性に合うとる」

宗吉は溜息《ためいき》をついた。

「儂が小坂へ出て、前野の家をお前に任せたというに、そんなことでは安心できんがや。父上ももう年じゃ。ええ加減に安堵《あんど》させてやらんか」

「そんなら小兵衛が前野へ戻ればええ」

「たわけが。小兵衛は坪内の跡を取るんじゃ」

「ほんでも叔父上にも跡取りが生まれて、もう小兵衛もいらんじゃろ。どうじゃ叔父上」

思わぬ矛先《ほこさき》が向いて忠勝は言葉を失くした。

実のところ、実子が生まれてからそれは考え始めていたことであった。ただ生まれたばかりの子が成人するまでにはまだ年月がかかる。何が起こるとも限らぬために勝長を置いておきたい気持ちもあった。

「おい小六よ、お前がいつまでも気ままなことをやっておるから小右衛門も尻が落ち着かんのだわ。お前も一緒に清洲の殿の下に付いたらどうじゃ。三十も越えて、お前らもいつまでも無頼《ぶらい》でもあるまい」

「いや、悪いが儂は清洲には付けんのじゃ。孫《まご》さんも知っておろうが」

正勝が困ったように無精ひげをこすった。

正勝の事情は宗吉も知っている。しかし次第に勢力を拡大し、尾張全域を支配しようとする信長に従わず生きていけるかどうか。

「この川筋で、このまま誰にも従わずやっていけると思うちょるのか。岩倉も滅んで、犬山もどうなることか判らんぞ。大人《おとな》しゅう従うなら良いが、犬山の若殿も清洲にはご不満がおありと見える。あるいは刃《やいば》を交えることになるやもしれんぞ」

正勝らの川並衆は尾張川上流の犬山の支配ということになっている。清洲と犬山が敵対すれば犬山方として戦わねばならない。

「しかし兄者、清洲とてどうなるか判らんぞい。駿河《するが》の今川がさかんに下郡《しもぐん》へ攻め込んどるというじゃろうが。今川の大軍が来たら清洲など一飲みじゃて」

「じゃから、そんなことにならぬように儂《わし》らが力を尽くして尾張を守るのじゃ。もう良い。埒《らち》が明かぬわ。好きにせい」

説得に疲れた宗吉は馬にまたがった。

「好きにするのは良いが、兄弟が戦場《いくさば》で顔を突き合わさぬように、それだけは頼むぞ」

宗吉はそう言うと、忠勝に一礼して城門を出て行った。


翌年の春、駿河の今川義元が尾張へ攻め込む動きを見せ、前野屋敷の宗康をはじめ女、子供は松倉城へ避難することとなった。

それが悪かったのか高齢の宗康は病を得て、七十三歳で死去した。

前野家は長康が当主となったが、相変わらず清洲へは戻らず、松倉城で川並衆と行動を共にしている。とりあえず前野家の所領は宗吉が預かることとなった。

そのうちにいよいよ今川の尾張侵攻の動きが明らかになった。

五月の中ごろ、宗吉は柏井衆を率いて、佐々衆とともに庄内川を越えた竜泉寺砦に入った。山間部からの三河勢の侵攻に備えるためである。

佐々衆の中には宗吉の弟の勝長の姿もあった。勝長の妻が佐々平左衛門政元の妹である関係で、以前からたびたび乞《こ》われて佐々衆に加わっている。

「おお、小兵衛来たか」

竜泉寺砦で、宗吉は勝長に声をかけた。

「此度《こたび》は大軍相手の大戦《おおいくさ》じゃ。怯《ひる》まずに働いて前野の名を高めようぞ」

「兄者が一緒ならば心強いわ。じゃがこんなところに敵は来るのかや」

勝長が眼下に広がる田畑を見渡した。

竜泉寺砦は庄内川沿いの小高い山の上にあって眺望は良いが、見渡す限りの野には今川勢どころか味方の兵の姿もない。義元は全軍で鎌倉街道を西進しており、織田方もそれに備えて鳴海、大高の城を取り巻く砦に兵を入れている。

「品野城の残党がまだおるやもしれんからな。後ろを取られんように清洲の殿がお命じになったのじゃ」

この竜泉寺砦から南東へ六キロほどのところに品野城という城がある。

尾張と三河の境で、両勢力の間で争奪が繰り返されてきたが、今年の正月に信長が猛攻を仕掛け攻略していた。今川の別働隊がこの方面から侵入したならば、鎌倉街道筋だけでも支え切れない織田方は、瞬《また》く間《ま》に壊滅したであろう。

「それより犬山が加勢せぬというは真《まこと》か」

「ああ、真じゃ。岩倉攻めの褒賞がもらえんのを恨んでのことらしいわ。又五郎叔父も出陣するよう言上《ごんじょう》したらしいが、犬山の若殿は頑《がん》としてお聞き入れにならぬらしい」

「尾張の危急の時というに情けないことじゃ。それで小右衛門や小六はどうしておる」

「小兄《しょうあに》たちは沓掛《くつかけ》まで出張ると言うておった。今川の大将の居所を探るように、生駒の八右衛門が身銭《みぜに》を切って頼んだらしい」

「そうか、八右衛門が」

八右衛門とは生駒家長《いえなが》のことである。

生駒家は犬山の織田家の家臣であるが尾張上郡きっての商家でもあり、灰や油などを飛騨、美濃、尾張、三河、伊勢と広範囲に商っている。蜂須賀屋敷のある宮後村や、前野屋敷の前野村からほど近い小折《こおり》村に生駒の屋敷はあって、その大きさから小折城と呼ばれている。家長は正勝や長康よりやや年上ではあるが、子供の頃からの遊び仲間であった。

ここ数年、信長は清洲からわずかな供衆《ともしゅう》を従えて、尾張上郡を視察のために駆け回ることが増え、その途中に生駒屋敷で休息することが多かった。

家長の妹の類《るい》は、嫁いで間もなく夫が戦死したため里へ帰っていたが、信長の世話をするうちに気に入られて、この三年の間に三人の子を相次いで産んでいる。そんなこともあって生駒家長は犬山の家臣でありながら、信長への肩入れを深めていた。

数日後、沓掛の長康から佐々勢、柏井勢に知らせが届いた。

今川義元は全軍で鎌倉街道を進んで尾張に入り、明日にも沓掛城に入城という。佐々勢は平針まで進んで、今川の背後を脅《おびや》かすべしとのことであった。

「小右衛門めが、勝手なことを申すわ。我らはここを守るように命じられておるのじゃ」

宗吉は怒ったものの、長康や正勝が生駒の指図で動いているということは、あるいは信長の指示を受けてのことかもしれない。

知らせを聞いた佐々政次、成政の兄弟はどうすべきか迷ったが、品野城に動きがない以上は竜泉寺に留まっていても仕方がない。宗吉の柏井勢を竜泉寺に留め、東南へ六キロほどの岩作《やざこ》に佐々政元や勝長をつなぎに置き、夜中に三百余りの手勢で沓掛城の北六キロの平針まで進んだ。

翌五月十九日の早朝、竜泉寺砦に清洲からの使者が駆け込んだ。

「お館様は未明に清洲を出て熱田へ向かわれた。皆々も辰《たつ》の下刻の頃合いまでには星崎あたりへ駆け付けられよ！」

「清洲で籠城されるのではなかったのか！」

宗吉は驚いたが、信長出馬とあれば駆けつけるほかない。

直ちに岩作の勝長らに知らせを走らせ、さらに平針の佐々勢にもそれは伝えられた。

平針から星崎は五キロほどと近いが、竜泉寺はその倍以上の距離がある。宗吉らが赤塚あたりまで駆けつけた昼近くには、すでに鳴海方面に黒煙が上がり、両軍が激突したところであった。

「佐々隼人様、お討死！　佐々勢、大崩れにござればご加勢願いたい！」

佐々の家人が柏井勢に気づき、転がるように宗吉の前で片膝をついた。

「承知した！　清洲の殿はいずこじゃ！」

「善照寺砦にお入りになっておられまする！」

今川方の岡部元信が籠《こも》る鳴海城を囲んで、織田方は丹下、善照寺、中島の砦を築いていた。その南の大高城の鵜殿長照に対しても鷲津、丸根の砦を築いていたが、この両砦は昨日からの攻撃で陥落していた。大高城を解放した今川勢が鳴海城へ押し寄せ、城の周辺は今川の大軍で溢《あふ》れていた。

今川勢二万五千に対し、織田勢五千といわれる戦いである。今川本隊はまだ桶狭間《おけはざま》にあったが、それでも織田方の三倍から四倍の兵力はあったろう。鳴海城を囲んでいたはずの砦が逆に囲まれて孤立している。

柏井勢は二百数十の小勢であったが、大男の宗吉を先頭にして敵の海の中へ突進した。

宗吉が使うのは刀ではなく六尺の樫《かし》の棒である。これに鉄の環を十六筋ほど打ち込んである。刀よりも長く、しかも軽いために自在に振り回すことができる。殺傷能力は低いが、宗吉の剛力《ごうりき》でこれを打ち下ろせば、兜《かぶと》の下の頭も割れるほどである。

樫棒を旋回させ敵兵を打ち倒しつつ進むと、乱戦の中に佐々の旗印が見えた。近づくと勝長の姿もあった。

「おお、兄者、遅いぞい!」

「このままでは全滅だわ。退《ひ》くしかないぞ。内蔵助《くらのすけ》殿はどこじゃ!」

宗吉が見回すと、家臣に馬の口を引かれる成政の姿が見えた。敵中へ斬り込もうとする成政を、家臣の桜木甚助が必死に押し留めている。

「兄者の仇《あだ》を討つんじゃ! 儂だけ生きて帰るわけにはいかん!」

「内蔵助様まで討死しては佐々の家が絶えてしまいまする! 果てるならばせめて清洲の殿の御前にてお果てくだされ!」

その言葉に成政が正気に返って、あたりを見回した。

「殿はどこにおわすのじゃ」

そのとき、急に周囲が暗くなったかと思うと稲光《いなびかり》が走り雷鳴がとどろいた。戦に気を取られて気づかなかったが、にわかに湧き上がった黒雲が空を覆《おお》っていた。そして天の大河の底が抜けたかのように大雨が落ちてきた。

たちまち足元が川のようになり、敵も味方も思うように動けぬ中での戦いとなった。

「内蔵助殿、今のうちにお退きなされ！」

宗吉が成政に言って、佐々勢は善照寺砦まで引き返した。

豪雨の中を泥まみれになって善照寺砦へたどり着いた佐々勢、柏井勢は合わせて八十人余り。激戦の中で、あまりにも多くの兵が討たれてしまった。

次第に雨が上がって再び空が明るくなったかと思うと、やがて東の桶狭間の方角から勝鬨《かちどき》が聞こえた。敵か味方か判らず兵たちは顔を見合わせていたが、しばらくすると信長を先頭に織田方の兵が喜色満面で戻ってきた。

高々と掲げた槍の穂先に、白布で包んだ首級が吊《つ》り下げられている。

宗吉らの前を過ぎるとき、馬上の将の一人が叫んだ。

「今川治部大輔《じぶだゆう》、討ち取ったり！」

兵たちが歓喜の声を上げる中、成政や宗吉は呆然と信長を見送るしかなかった。

夕刻、竜泉寺に戻った佐々勢、柏井勢は皆疲れ果てていた。

特に佐々勢は当主を討たれて言葉を発する者もなく、意気消沈して頭を垂れている。

やがて夜の闇にまぎれて、蜂須賀正勝や前野長康たちも桶狭間から引き揚げてきた。五十人ほどの人数であるが、こちらは嬉々《きき》として賑やかである。

「見事な勝ち戦じゃったのう。まさか敵の大将の首を取るとは、あのような真似は毘沙門天《びしゃもんてん》でもできまいぞ」

宗吉を見つけて長康が笑顔で話しかけた。

が、何やら様子がおかしいのに気づいて口をつぐんだ。

「どうしたんじゃ、兄者」

「佐々隼人《はやと》殿が討死されたのじゃ。我らも何の手柄も立てられず大勢が死んでしもうた」

長康が正勝と顔を見合わせた。

「遅参して焦《あせ》ったのがいかなんだようじゃ。佐々勢は息をつく暇もなく今川の大軍に突進してしもうた」

宗吉が状況を説明していると勝長もやってきた。

「小兄《しょうあに》は手柄を立てたのか。川並衆は何をしたんじゃ」

「儂らはな、今川治部大輔が沓掛の城から出るところを引き留め、桶狭間山で休息するところを清洲の殿に知らせたんじゃ。その知らせで見事、大将首を取ったということよ」

長康や正勝らは沓掛周辺の民を駆り出し、捧《ささ》げ物を持参して今川義元の出発を遅らせていた。そして先発隊と離れて桶狭間の山中で休息したのを、梁田《やなだ》鬼九郎に知らせた。梁田は信長の命を受けて義元の動きを探っていた者である。

「儂らの陰働《かげばたら》きがあったればこその大勝利じゃ。褒美《ほうび》も間違いなしだわ」

長康は胸を張って兄弟に自慢した。

宗吉も勝長も悔しそうに唇を噛むしかなかった。


しかし、いくら待っても蜂須賀党への褒美はなかった。

今川義元の居場所を知らせた手柄は、すべて梁田の手柄になってしまっていた。

「どうなっとるんじゃ。梁田は儂らの知らせを取り次いだだけじゃというに沓掛の城をもろうたというぞ。清洲の殿は儂らの働きを知らんのではないか」

松倉城で長康らは怒りを爆発させた。

中でも十七歳の若い稲田植元《たねもと》は顔を真っ赤にして正勝に詰め寄った。

「このままでは合点《がてん》がいきませぬ。清洲まで皆で押しかけましょう」

稙元は岩倉の家老であった稲田貞祐《さだすけ》の子である。

貞祐は主君の織田信安に信長との和睦を勧めたが、信安の怒りを買い謀反の罪を着せられて殺されてしまった。長男の景元《かげもと》も後を追って自死し、残った次男の景継《かげつぐ》は美濃へ逃れ、三男の稙元は十歳で蜂須賀正勝に預けられて蜂須賀党の中で育った。

岩倉が滅んだあと、行き場を失った岩倉家臣らは稙元を頼って蜂須賀党へ入る者が多かった。今では蜂須賀党の半分以上は、この稲田党が占める状況になっている。

「まあ待て。信長はすべて承知でやっておるのじゃ。褒美が欲しくば清洲の家臣になれということだわ。そんな手には乗らん。どうせ我らは生駒の頼みで馳走《ちそう》しただけのことじゃ。生駒から手当をもらえばそれでええ」

正勝は皆をなだめるように言ったが、正勝としても腹の中は煮えくり返る思いである。信長への反感はこれまで以上に高まることとなった。

信長は今川義元を討って尾張の下郡《しもぐん》から今川勢力を一掃すると、息つく暇もなく今度は西美濃へ侵攻した。千人規模の兵力で森部《もりべ》のあたりへ攻め込んだが、美濃勢の抵抗にあって引き返した。

二度の侵攻を阻《はば》まれて、信長は美濃領内での拠点づくりを思い立った。

「墨俣《すのまた》に砦を設《もう》けよ」

その役は佐々成政に与えられ、小坂宗吉の柏井勢も合力《ごうりき》することとなった。

墨俣は長良川と尾張川、さらに揖斐《いび》方面からの呂久《ろく》川が集まるあたりにあって、中洲となっているところは川石と砂の堆積《たいせき》で成っており、砦の構築には困難な場所である。

石を取り除いて地面を掘り、やっとのことで柱を立てても砂地では不安定である。柵を連ねるだけでもかなりの日数を要した。

さらに柵が出来上がったころに美濃勢が攻め寄せ、引き倒して火を放つなど困難を極めた。

「これはいつ出来上がるんじゃ。積み上げても崩される賽《さい》の河原じゃぞ」

美濃勢の攻撃のあと、壊された柵をながめて勝長が途方に暮れた。

「そうじゃな、柵を組むよりは石を積み上げたほうが良いかもしれん。小兵衛、良いことを言うたな」

宗吉が成政に進言すると、成政も納得した。

「石垣ならば燃えることもないか」

今度は石を集めて土塁を築くことになった。

こうして宗吉たちの墨俣での砦造りは、二年間続くことになる。

この前後、三河の松平信康が失地を回復しようと尾張境《おわりざかい》に近い梅坪に兵を出し、信長と戦った。これにも佐々や柏井勢は出陣し、桶狭間での失態を取り返そうと奮戦した。

宗吉の叔父の前野義高が戦死したものの、宗吉の郎党、平井久右衛門や前野直高は敵首十数個を挙げた。久右衛門と源太郎の親子には感状と馬が、また義高の子の義康には二百八十貫文の領地が与えられた。

佐々成政も春日井郡の八千貫文を与えられ、さらに黒母衣《くろほろ》組の筆頭に昇格した。


永禄五年の正月に信長は松平元康と同盟を結ぶと、美濃攻めに本腰を入れることになった。

墨俣の砦が出来上がったのを受けて、四月に三千の兵で美濃領へ侵攻した。

北方《きたかた》城の安藤守就《もりなり》と曽根城の稲葉良通《よしみち》に内通を持ちかけ手応えを得ていたために、彼らが味方に付けば十分に西美濃は制圧できると踏んでいた。美濃ではこの前年に斎藤義龍が病死して年若い龍興が国主となり、道三以来の堅牢な守りにも、ようやくほころびが出始めたと信長は思った。

しかし西美濃衆がまとまらなかったのか一向に返事がなく、墨俣で一月半待った信長はついに痺《しび》れを切らして攻撃に出た。

墨俣の北、十四条から軽身《かるみ》へと進んで美濃勢とぶつかった。柴田、佐久間、森、池田らが奮戦するも美濃兵は強く、戦況は一進一退が続いた。

小坂宗吉も六尺の樫棒を振り回して奮戦したが、迂闊《うかつ》にも馬の足を払われて落馬した。組み伏せられたために太刀を抜こうとしたが、落馬した際に鞘《さや》から抜け落ちてしまって見当たらない。危うく首を取られるところを郎党の平井源太郎が駆け寄り、敵を倒した。

「すまんの、源太郎」

「御無事でなにより」

二人は汚れた顔で笑みを交わした。

戦いは膠着《こうちゃく》状態のまま夜に入り、美濃方は闇にまぎれて兵を退いたが、信長は留まって朝を迎えた。

その後も墨俣で数日、美濃方の動きを探っていたところへ驚くべき知らせが届いた。犬山の織田信清が、清洲にほど近い下津《おりづ》まで攻め寄せているというのである。

「信清のたわけめ、斎藤の調略に乗せられたか！」

清洲には滝川一益を残してはいるものの、兵はわずかである。激怒しながらも信長はただちに退却を決断した。そして佐々衆、柏井衆に墨俣砦を破却するよう命じた。

「なにっ、せっかく造ったものを壊せと仰《おお》せか」

勝長が驚いて目を丸くした。

「このままにしておくと美濃方に使われるとお考えなのじゃ。殿のお指図なれば已《や》むをえまい」

成政が悔しそうに拳《こぶし》を震わせた。

織田勢が急ぎ撤退する中、宗吉たちは墨俣の砦を破却した。


信長は美濃攻めから方針転換して、矛先《ほこさき》を犬山へ向けた。

犬山城主の織田信清は信長の従兄弟に当たる。

信長の父である信秀の弟が信康で、信秀が健在のころには兄に協力して美濃、三河へと出陣し右腕として働いた。その信康が天文十三年の美濃攻めで討死し息子の信清が跡を継いだが、信長の代になると所領の問題や褒賞などで不満を唱えるようになった。

先の岩倉攻めでは信長に協力し兵を出したものの、岩倉の所領をめぐって対立し、桶狭間には兵を出さなかった。そして信長が西美濃へ出兵した隙《すき》を見計らって、清洲へ攻め寄せた。

刃を向けられては信長としても戦わざるを得ない。尾張領内に敵を残したままでは、美濃との戦いにも専念できないからである。

「犬山と戦《いくさ》とは困ったことになったものじゃ」

宗吉と勝長が頭を痛めたのは、兄弟の長康や叔父の忠勝、それに兄弟同然の蜂須賀正勝らを敵にすることになるからである。

「以前から叔父上は清洲との和睦を言うてござったで、何とか説き伏せられんものかな」

勝長が右肩をさすりながら言った。墨俣からの撤退の折、美濃勢の追撃に遭《あ》い負傷していた。

「ともかく小右衛門と小六には、清洲に歯向かわんように言わねば」

宗吉はそう言うと、勝長とともに松倉城へ出かけた。

途中、前野村と目と鼻の先の宮後村の蜂須賀屋敷を覗《のぞ》くと、都合のいいことに二人はそこにいた。

蜂須賀党の者たちが何人も家財道具を運び出し、荷車に積み上げている。

「何じゃ、小六。引越しか」

宗吉が言うと、縁先に立って指図していた正勝が笑った。

「清洲が攻めてくれば、この屋敷も無事では済むまいから松倉へ逃げるんじゃ」

流れる汗をぬぐうと、屋敷の奥へ向かって呼んだ。

「おうい小右衛門、孫さんと小兵衛じゃ」

その声に呼ばれて奥から小右衛門が、小男と二人で茶箪笥《ちゃだんす》を運びつつ出てきた。

「ああ、それはどうでもええ。全部運んでおっては切りがないわ」

「そんなら、これは儂がもろうて良いかの」

運んできた小男が正勝にねだった。

「たわけ。お前は自分が欲しいものを選んでおるのか。仕様のない奴じゃな」

呆れる正勝に構わず、小男は茶箪笥の引き出しを開け閉めして吟味《ぎんみ》している。

「どうした、二人そろって」

長康が汗をふきつつ縁際まで出てきた。

「お前らが犬山に加勢せんように言いに来たんじゃ。叔父上はどうされるおつもりか」

宗吉の言葉に長康と正勝が顔を見合わせた。

「心配せんでええわい、兄者。儂らは犬山には味方せんことに決めた。坪内党も我らと同様じゃ。坪内党の当主も宗兵衛殿から玄蕃《げんば》殿に代わるそうじゃ」

宗兵衛とは坪内忠勝の娘婿で富樫為定のこと。玄蕃はその弟の勝定である。犬山と手切れとなる代わりに為定が隠居して筋を立てるということであろう。すでにこのころ勝長は忠勝の養子を解消し、佐々の身内となっていた。

「そうか、そんなら安堵したわ。清洲の殿にも申し上げておくわい」

さっきまで茶筆筒に張り付いていた小男が、兄弟の話を聞いて目を丸くして、うかがうように恐る恐る縁先に出てきた。

「これは小坂孫九郎様でござりますか。それがし清洲城で小者頭《こものがしら》を務めております木下藤吉郎と申す者にて、御舎弟様、それにこの小六殿には一方《ひとかた》ならぬご恩を受けております。よろしゅうお見知りおきくだされ」

痩《や》せ細った体に赤ら顔の猿のような小男は、縁先に額を付けるようにひれ伏して挨拶をした。

「こたびの犬山との諍《いさか》いは、どうかご安心を。儂が再三、松倉まで通って説得しましたところ、川並衆の皆々は犬山へ合力せず、手出しせんとお約束なされましたでな。兄弟親族が争うようなことは、これは不幸なことじゃで避けねばならん。賢明な御舎弟様は、よう勘考《かんこう》してくだされました。これで前野家も相争《あいあらそ》うことなく万々歳でございましょう」

この男、体は小さいながら声は異様に力強い。決して美声ではなく、ざらついた砂まじりのような不快感があるが、それでも妙に人を圧する力がある。

木下藤吉郎は尾張国愛知郡中村の百姓の家に生まれたというが、おとなしく百姓をするのが性に合わず、十代の初めに家を飛び出して諸国を放浪。遠江で今川家中の松下加兵衛に仕えるも長続きせず、流れに流れて蜂須賀正勝のもとに身を寄せた。

やがて信長が懇意にしている生駒家へ下働きとして入り込み、その話術と機転で信長の下僕に加えられた。

「やかましいわ、猿。誰がお前に説得されたんじゃ。勝手なことをぬかすでないわ」

長康が藤吉郎の頭を拳で殴《なぐ》った。

「何を申されます。儂は前々から清洲の殿にお仕えするよう勧めておりましたでしょうが」

「もうええわい。うるそうて叶《かな》わんから、その茶筅筒を持って帰れ」

見かねて正勝が言った。

「そうか、では遠慮なくいただきまするぞ。まあ、これくらいの褒美では足りませぬがの」

藤吉郎が宗吉に笑いかけた。

「こいつ、さっさと行かんと」

長康が再び拳を上げるのと同時に、藤吉郎は縁先から大きく飛びのいて門口まで転がると、

「茶筅筒は明日もらいに来ますでの。盗られんように頼みまするぞ」

と言い残して走り去った。

「まことに猿のような奴じゃな」

宗吉がつぶやいた。

このみすぼらしい小男が、やがて兄弟の将来を大きく変えることになろうとは知る由《よし》もなかった。

二

犬山との戦いは信長が予想していたよりも長引いた。

支城の小久地《おくち》城攻めでは側近の岩室長門が討死し、生駒家長も鉄砲のために足に重傷を負った。

このため信長はひとまず戦をやめて、犬山近くに城を築くことにした。清洲からでは出撃に遠すぎるということもあったが、今後の美濃との戦いをも見据《みす》えて尾張上郡に拠点が必要と考えた。

場所はかねてから考えていた小牧山とした。上郡の平野部に一つだけある小山である。

永禄六年の夏、小牧山城が完成すると信長は清洲から町民とともに移り住み、小牧城下は大変な賑わいとなった。

「尾張の小牧山に、とんでもねえ城が出来たぞ」

「どんな城でえ、そりゃ」

「山の上に見上げるほどの大櫓《おおやぐら》が建ってな。尾張どころか美濃、三河まで見渡せるって噂よ」

山頂に築かれた石垣の上にそびえる天守は遥《はる》か遠方からも見えて、珍しさに旅人も足を延ばして見物に来るほどであった。城のふもとに区割りされた城下は広く、植栽もされて信長の美意識を初めて表現した城となった。

この戦国期から江戸期にかけて日本全国で多くの城が築かれたが、城のイメージとして誰もが想起する天守が登場したのは、この小牧山城が最初といっていい。物見のために櫓を築くことはあったろうが、その櫓を権威の象徴として飾り立て、内部に居住できるようにしたのは信長という型破りな天才の発想によるものである。

小牧山城の威容と城下の賑わいに圧倒されたかのように小久地城は調略され、川並衆の中からも坪内党などが信長への臣従を申し出た。機が熟したと見て信長は、翌永禄七年の三月に犬山城へ攻撃を仕掛け、五月にこれを落とした。犬山城主の織田信清は城を抜け出し、やがて甲斐の武田家に身を寄せた。

この戦いでは宗吉の柏井衆は佐々衆とともに犬山攻めに加わったが、長康や正勝ら川並衆もまた信長に加勢した。足軽百人隊の頭となった木下藤吉郎の頼みで、尾張川をはさんだ美濃側の伊木山城、宇留間《うるま》城の攻略の手助けをした。

伊木山城の城主、伊木清兵衛はかねてより正勝や長康と懇意であり、犬山対岸の宇留間城主の大澤次郎左衛門も坪内党とつながりがあったために、正勝らの調略によって戦うことなく降伏した。

犬山を落とした勢いで信長は東美濃へと兵を進め、加治田《かじた》城、堂洞《どうほら》城など東美濃を制圧。さらにこの年の冬には藤吉郎に命じて、斎藤龍興の居城である稲葉山を焼き打ちさせた。このときも正勝や長康ら川並衆が密かに稲葉山に入り込み、数日かけて薪《まき》を用意し、深夜に火を放った。その騒動の間に坪内党が美濃領内の新加納に砦を築いた。

斎藤道三以来、尾張勢の攻撃を幾度も撃退してきた美濃方であったが、義龍、龍興と主が代わるにつれて徐々に翳《かげ》りが見え始めていた。それでも巨大な川と天険の要害である稲葉山は、信長の攻撃を拒み続けた。

そのため信長は、再び西美濃攻略に目を向けることになる。


「小兄《しょうあに》たちが今度、墨俣に砦を造るというのは真《まこと》か」

「ああ、そういうことになった。小六がやっと首を縦に振ってのう」

永禄九年の一月の中ごろ、前野屋敷で宗吉、長康、勝長が盃を酌《く》み交わしていた。ほかに若い従兄《いと》弟《こ》の義康、義詮《よしまさ》らも同席している。

四年前の犬山勢による清洲襲撃の折、通り道にあった前野屋敷も襲われ、八棟あった屋敷のうち西の二棟が全焼していた。それがようやく新築できた祝いである。

「犬山が落ちて、ようやく尾張も平《ひら》らしできた。もはや殿に歯向かう者は尾張に住むことができんようになったのじゃ。いろいろ経緯《いきさつ》はあろうが小六も殿に従うほかあるまいて」

宗吉が茶碗で酒を飲み干した。

「それにしてもあの藤吉郎の家臣にならんでもええじゃろが。兄者たちなら家来も多いし、蜂須賀党だけで直《じか》に小牧へ仕えたら良かろうに」

「それがな、小六が承知せんのじゃ。小牧の殿に仕えず尾張に留まるには誰ぞの家来になるほかないと言うてな」

正勝は織田信秀によって故郷を追われた経緯があり、どうしても信長に仕えることに抵抗があった。しかしいつまでも抵抗を続ければ尾張を統一した信長と対決するか、他国へ逃げ出すしかない。どちらもできぬために信長配下の藤吉郎に仕えて生き延びる道を選んだのである。

「それならば佐々でも小坂でもええじゃろう。なにもあの猿の下で働かんでも。家中の者は笑うておるぞ」

「儂らは堅苦しいことが苦手での。気ままな川暮らしがええんじゃ。佐々や兄者の下ではそんなことはできんじゃろう。粗相《そそう》でもしたら迷惑がかかるしのう」

長康はそう説明した。

「まあ、お前らが殿に歯向かわんだけでもええわい。どうなることかと案じておったでな。これで前野家も皆、小牧に仕えることになって安堵したわ」

宗吉は嬉しそうに笑った。

父の宗康が岩倉の家老で、宗吉と勝長が清洲に従い、さらに長康が犬山の支配する川並衆であったころは気苦労が絶えなかった。

「しかし墨俣の砦造りを猿が請《う》けたというが、あれは難儀じゃぞ。佐々と柏井衆が二年がかりで漸《ようや》くでかしたんじゃ。それも佐久間殿の兵の警護があってのことじゃ。猿の手勢というても川並衆だけじゃろう。とてもできるとは思えんが」

「請けた仕事は必ずやるのが川並衆じゃ。まあ見ちょってくれ」

長康は自信ありげな笑みを浮かべて盃を干した。


長康と正勝は墨俣まで出かけて実地を見分し、築くべき砦の大きさを測った。

そこから割り出して、必要となる木材などの大きさ、数量を計算した。

一見、荒々しい男たちに見えるが、彼らが生業《なりわい》としている荷運びの仕事には、数量の確認や舟、荷車の手配、時間の調整など細かい作業が付いて回る。それを分担して配下の者に担当させる手順は慣れたものである。

「墨俣まで荷を運ぶには、この松倉から舟で一気に流すのが手っ取り早い。愚図愚図《ぐずぐず》しておっては敵に見つかって襲撃に遭《あ》うからの。材もあらかじめ切りそろえて、すぐに組み上げられるようにしたほうがええ」

「長屋や櫓《やぐら》は一度、組み上げてみたらどうじゃ。向こうで一から造作《ぞうさ》しておっては手間がかかるぞ」

「清洲の大工衆には、密かに声をかけてある。材が整ったら松倉で作業を始めてもらおう」

長康と正勝、それに藤吉郎と弟の小一郎が、連日松倉城で額を突き合わせて策を練った。尾張川北部の川並衆、青山新七郎、草井長兵衛、内田権六郎、日比野六太夫、松原内匠といった頭目らを集めて、それぞれに役割を分担した。

また小坂宗吉にも助力を頼んで、篠木柏井衆から長江半之丞、梶田隼人、河口久助らが加わった。長江は東美濃の出身であるために、美濃の山中に分け入り密かに木を切り出す役目を任された。

三月が過ぎるころには東美濃の山中から筏《いかだ》に組んだ木材が、尾張川を流れて松倉に運ばれてくるようになった。あまり目立たぬように、筏を流すのは日に三度までとした。

松倉で陸揚げした木材は柵、櫓、長屋、御殿など、それぞれの用途に合わせて切りそろえ加工された。膨大な量の木材が必要であったが、八月の中ごろにはほぼすべてが用意できた。

この夏は尾張川の水量が少なく、松倉から北の稗島《ひえじま》にかけて舟が通れない事態が発生して気をもんだが、閏《うるう》八月が過ぎ九月に入ると水量が増え、なんとか墨俣への荷運びが可能になった。

この間、信長は松倉から新加納へ出陣して稲葉山を攻めたものの、またしても美濃勢に押し返されて退却した。坪内党の築いた新加納の砦のおかげで、これまでのように尾張川の激流に追い落とされ溺死するようなことはなかったが、それでも幾度目かの屈辱を味わった。信長のもとには足利義昭から上洛に供奉《ぐぶ》するよう催促が届いており、一日も早く美濃を平定したかったのである。

「猿、墨俣の砦はいつになったら出来るのじゃ！」

小牧山城へ報告に上がった藤吉郎を、信長は怒鳴りつけた。

「ようやっとすべての材がそろったところにございまする。川の水が増えて荷運びにも障《さわ》りがなくなり次第、川並の衆が動きますれば今しばらくお待ちを！」

「仕損じたときには、お前も川並衆も首だけになって尾張川に並ぶことになるゆえ覚悟しておけ」

「そ、そんな殺生な」

「それが嫌なら、さっさと造作にかかれ！」

藤吉郎は小牧山を駆け降りて、松倉に戻った。

すべての準備が整い、墨俣へ進発する日時は九月十二日の深夜と決まった。

材木は稲田稙元をはじめ長江半之丞、河口久助らが舟に積んで尾張川を下ることとし、その他の蜂須賀党、前野党や藤吉郎の配下らは陸路で墨俣へ向かうこととなった。

当夜、長康の前野党は宮後村から前野村に分かれて密《ひそ》かに集結した。

男ばかりでなく飯炊きの女衆も加えて、近在の者たち三百人以上がそれぞれに武器やら道具を手に集まった。

かねてからの通告で、装束は大仰な鎧兜《よろいかぶと》は避けて身動きしやすいよう鎖帷子《くさりかたびら》などの軽装とし、地《じ》下人《げにん》は具足不要と言い渡してある。武器も槍は九尺、太刀は脇差か短《みじ》か刀《がたな》、ほかに当面の食糧として干飯《ほしい》六合を各人持参するよう申し合わせていた。夜間に敵と遭遇したときのために合言葉も決めた。

「これは雨になりそうじゃな」

秋の空気が湿気を含んで重い。夜の闇を見上げて長康はつぶやいた。

長康自身は前野家伝来の黒甲冑に身を包んで、二間の槍を握っている。その槍の先の天空は星一つない暗闇である。

「月あかりが無いほうが敵に見つからず好都合だが、雨に濡れるのは難儀じゃで。墨俣にたどり着くまで降らねばよいが」

そこへ一族の前野直高がやってきた。

「柏井の孫九郎様からの伝言でございます。明日にも柏井篠木の屈強の者ども七十人ほど引き連れて、坪内党とともに新加納から柳津《やないづ》あたりへ出張《でば》るとのこと。殿様よりの御指示なきゆえ大勢は出せぬがよしなにとの仰せでございます」

「そうか、それだけでも有難い。すでに長江、梶田らの三百数十を寄越《よこ》してくれておるからのう」

長康はうなずいた。

この墨俣築城は木下藤吉郎が命じられた仕事であるため、宗吉が勝手に援兵を出すわけにはいかない。先に送った長江、梶田らも直属の家臣というよりは地元の土豪であり、それならば信長に申し開きができると考えてのことである。坪内党とともに出張るというのも直接には参陣せず、美濃勢の攻撃にそなえて遠巻きに援護するということであろう。

「兄者は助六の初陣に怒ってはおらなんだか」

「渋いお顔はされておりましたが、已《や》むを得んじゃろうと仰《おお》せでした」

「そうか。それは良かった」

そう言って長康は安堵したように笑った。

昨夜、宗吉の長男の助六と、前野家の縁者である森家の久三郎が随陣したいと長康に頼みに来た。二人とも十代半ばで、まだ戦場に出たことがない。

普通の戦《いくさ》とは違って正規の兵もおらず、おそらく防戦一方となる危険な戦であるために長康も一旦は断った。宗吉が柏井にいて不在のときに、連れ出して死なせては申し訳が立たない。しかし一途《いちず》に訴える二人の熱情も不憫《ふびん》であり、付き添った親類の前野喜平次の助け舟もあって、ついに参陣を許した。

「ただ柏井の兄者には知らせておくようにな」

長康はそう言って、二人を後ろ備えの喜平次の組に加えていた。先ほど、喜平次が二人を連れて挨拶に来て、若い二人は緊張の面持ちで頭を下げた。

「軽挙は禁物じゃ。組頭の言うことをよう聞いてな」

長康は彼らの頭に手を置いて言い聞かせた。

これが前野助六雄善《かつまさ》と森久三郎雄成《かつなり》の初陣となったが、若い二人は墨俣の築城には参加せず、手前の小松原で馬の世話をする役目に従事していたという。

深夜、丑《うし》の上刻に合図ののろし玉三発を打ち上げると、各所の前野党はそれぞれが西へ向かって出発した。蜂須賀党や藤吉郎たちとは小越《おこし》の渡しで合流することになっている。

同じころ、松倉でも材木を積み込んだ川舟が、稲田稙元の指揮のもと一斉に川を下り始めた。内田権六郎の犬山船頭衆七十五人は九十四艘、草井長兵衛の草井船頭衆五十六人は六十三艘、さらに松原内匠が田舟を二百六十艘ほど手配した。

稲田党と日比野六太夫の配下を合わせて九百数十人、長江、川口ら柏井党に犬山、草井の船頭衆を合わせて六百数十の合計千六百人ほどが舟に乗り込んだ。

雲が夜空を覆って星明りもない暗闇だったが、船頭たちは慣れた川筋を難なくたどって西へと進んだ。川面すべてが舟で覆われ、巨大な蛇が音もなくうねっているようにも見えた。

早朝、時雨《しぐれ》の降る中、長康らの前野党が小越《おこし》の渡しに着いたころには、蜂須賀党も藤吉郎も到着していた。

ここは現在では木曽川の本流になっていて起《おこし》という地名も残っているが、当時の本流はさらに北の新加納から川手、佐波を経て墨俣で長良川と合流していた。そのために東美濃で切り出した材木を流れに乗せて墨俣まで運ぶこともできた。

松原内匠の率いる清洲大工衆が中洲まで舟橋をつなぎ、青山新七郎の鉄砲隊が敵に備えるために先に渡ったところである。干天《かんてん》続きで水かさは少ない。深いところで脇下ほどの水量であるため、馬はそのまま乗り入れた。

「どうじゃ、手はず通りか」

川べりで指図をしていた正勝に長康が尋ねると、正勝はにやりと笑った。

「蜂須賀党の仕事に手違いはないわい。それよりも近在の百姓には合力《ごうりき》を触れたんじゃろうな」

「三日前から清助が入り込んどる。前野党も手違いはないぞ」

長康もそう言って笑った。

長康の指示で従兄弟の前野清助義詮《よしまさ》が、大浦、小熊あたりの百姓に俵袋と蓆《むしろ》を持参すれば永楽銭一枚と交換すると触れ回っていた。

木下隊、蜂須賀党、前野党の順に小越を渡り、対岸の大浦で朝食を取ったあと、小熊に着いたのは午《うま》の刻であった。朝から降っていた時雨が次第に強くなり、長良川をはさんだ墨俣あたりは霞《かす》んで見通しが悪い。

近づくにつれて見えてきたのは、川面に浮かんだ数え切れないほどの舟と、荷揚げをする大勢の者たちである。

舟橋を渡って青山新七郎の鉄砲隊、木下藤吉郎、蜂須賀正勝、前野長康の各隊が墨俣に着いたのは昼を過ぎた未《ひつじ》の刻。

「遅うござるぞ、頭領」

雨と汗に濡れて荷揚げの指図をしていた稲田稙元が、やってきた正勝に声をかけた。

「すまん、すまん、ちと川越しに手間取うたわい」

「ええ若頭《わかがしら》ぶりじゃな、太郎左」

稙元の指揮する姿を見て、長康が笑った。

「頭領や叔父上がおらぬときは儂がやらんと。荒くれ者ばかりで指図する者がおらねば、ただの烏合《うごう》の衆じゃで」

そう言って稙元は表情を引き締めた。

稙元の母は前野長康の姉で、稙元にとって長康は叔父に当たる。

まだ二十を越えたばかりの稙元であるが、稲田の名を頼って岩倉の遺臣の多くが川並衆に加わったため、近頃は自覚が生まれていた。彼らの中には、父を失った山内一豊のように、まだ十代の少年もいる。彼らをまとめ上げ食わせていかねばならない。

「さあさあ頭領殿。采配を頼みまするぞ。砦が出来上がれば褒美は思いのままじゃでなあ」

三人の背後から藤吉郎が声をかけた。

一方、小坂宗吉はこの日の朝、七十人ほどの手勢をつれて柏井から松倉へ向かう途中、前野屋敷に立ち寄った。

長康が連れて行ったとみえて、屋敷内には下男たちの姿もない。母屋に入ると母親の妙善《みょうぜん》が下女たちと朝餉《あさげ》の最中であった。

「小右衛門たちは出かけたようですな」

「ああ、昨夜《ゆうべ》遅くに地下《じげ》の者を大勢引き連れて行ったで。助六や久三郎も大騒動で喜平次についていったわ。無事に帰ってくればええがな。お前も行くのか」

箸《はし》を止めた妙善が宗吉を見つめた。

「いや、儂は松倉まで行って様子を見て参ります」

母親にいらぬ心配をかけぬように言うと、宗吉は母屋を出て裏手にある長康の屋敷をのぞいてみた。

宗吉の母屋ほどではないが、裏屋敷と呼ばれる長康の屋敷も東西に三十間ほどある大きさである。

このほかに西屋敷、東屋敷など広大な敷地の中に八屋敷が並んでいる。

長康の屋敷へ回ると、縁先で二人の女が立ち話をしているところだった。

「これは義兄《あに》上様、ご苦労様にございます」

先に気づいて挨拶をしたのは長康の妻の松である。

歳は二十代半ばだが、小柄なためにまだ十代のようにも見える。

松倉の坪内忠勝の婿の坪内為定に勝定という弟があり、松はその勝定の娘である。

この為定、勝定の兄弟は越中から尾張へ流れて来て生駒家の食客となっていた。生駒家は荷の運搬を護衛するために腕の立つ者たちを何人も抱えており、その中でも際立っていたために忠勝が為定を娘婿にしたのである。

勝定もまた兄とともに松倉の坪内党に加わり、数年前には兄から当主を譲られた。しかし信長に臣従を誓ってからは勝定も隠居し、子の利定が当主となっている。松は利定の妹になる。

「小右衛門から何も言伝《ことづて》はなかったかな」

「はい、これというて聞いておりませぬが、助六様の初陣を義兄上様がお怒りではないかと気にかけておりました」

「まあ、仕方がなかろう。助六も久三郎もええ歳じゃで、戦に出たい気持ちも判らぬでもないわ。喜平次がついておれば間違いはないじゃろう」

宗吉は一瞬笑みを浮かべたが、すぐにそれを消した。

「子供のことより小右衛門や小六のことじゃ。こたびは少々難儀な出入りじゃで、二人が無事に戻るか判らぬぞ。覚悟はしておかぬと」

宗吉は二人の女を眺めてそう告げた。

「いつのときも覚悟はしております。日頃もどこで何をしておるか判らぬような人でございますので」

もう一人の背の高い女が笑みを浮かべて答えた。蜂須賀正勝の妻で、こちらも名前を松という。

蜂須賀正勝の妻については益田持正《もちまさ》の娘という説と、三輪吉高の娘とする二説がある。三輪吉高の娘ならば宗吉の後妻と姉妹ということになるが、のちに正勝の子の家政が阿波の国主となったときに、益田家の者たちが高禄を得ているところを見ると、益田の出身である可能性が高い。三輪氏の妻がいたとすれば側室なのかもしれない。

「松様に柿を届けていただきました。今、母屋へお持ちしようと思っていたところで」

見ると縁先に籠《かご》に入った赤い柿が山積みになっている。

「屋敷の庭で生《な》りましたもので、こんな物しかございませぬが多少なりとも腹の足しになればと」

宗吉の柏井衆が合力に来ると聞いて正勝が指示したのか、あるいは松の裁量かと考えたが、おそらく松の独断であろうと宗吉は思った。

「それはありがたい。皆に持たせてやろう。遠慮無《の》うもらうぞ」

配下の者に柿を運ばせたあと、

「こたびの仕事をやりおおせたならば小六にも小右衛門にも、殿より必ず褒美があるはずじゃ。無事に戻れるよう祈って待っちょってくれ」

と言って宗吉は屋敷を出て行った。


長康や正勝が墨俣に築城を始めて二日目の朝、五百ばかりの美濃勢が押し寄せた。

昼夜を徹して築いた馬止柵《うまどめさく》が六百間ほど出来上がっていたが、その柵越しに五十挺《ちょう》の鉄砲を並べて一斉に放つと、押し寄せた美濃勢はたじろいだ。これほどの数の鉄砲が、この小砦にそろっているとは美濃方も思わなかったのである。

「撃て！」

鉄砲隊を指揮する青山新七郎の号令で、再び轟音《ごうおん》が鳴り響いて美濃兵が倒れた。

砦の北には大川へ流れ込む枝川があり、浅瀬ながら押し寄せる敵の足を鈍らせる。そこを鉄砲で狙い撃ちした。不利と見た美濃側は斬り込むのをやめて、矢と鉄砲で攻撃してきたために砦側にも死傷者が出始めた。

「盾《たて》を並べよ！」

長康が指示して柵の内側に板を当てて矢玉を防いだ。

南側の大手口から正勝と稙元が兵を率いて繰り出し、砦の西側で混戦となった。

やがて叶《かな》わぬと見た美濃側は引き揚げて行った。

「思いのほか容易《たやす》う追い払えましたな」

退いて行く敵をながめつつ稙元が笑った。

「あれは様子見《ようすみ》じゃろう。明日あたり本腰を入れて攻め寄せて来るはずじゃ。それまでに守りを固めねばならん」

正勝が若い稙元を諌《いさ》めるように言った。

その言葉どおり、翌日の夕刻には再び美濃勢が墨俣の砦を囲んだ。

前日とは違い二千以上の兵数で、それぞれに持った松明《たいまつ》が夕闇を明るく照らして火の海のように見える。

「えらい数で来よったぞ、大丈夫かや、頭領殿」

櫓の上で眺めていた藤吉郎は足の震えが止まらず、思わずしゃがみ込んで隣の正勝を見上げた。

「夜陰《やいん》の火は数が多く見えるもんじゃ。大将は逃げ隠れせずに、ここで指揮をしちょれ」

「お、おう、判った」

美濃兵は北の川筋を避けて、東西へ分かれて回り込んだ。

砦の東西は堀を造って水を引き入れたが、まだまだ容易《たやす》く越えられるほどの深さである。

「これは鉄砲で防げる数ではないな」

長康が正勝に言うと、正勝もうなずいた。

「東は前野党と柏井衆で防ぐ。西は蜂須賀党で頼む」

「判った。こんなところで死ぬなや、小右衛門」

「お前より先には死なんわい」

二人は笑みを交わすと、それぞれに兵を率いて南の大手門から飛び出した。

長康は馬上から二間の片鎌槍を旋回させ、寄せる敵兵をなぎ倒した。柏井衆の長江、梶田らも数々の戦場を切り抜けて来ただけあって戦い方を心得ている。拡散せず、味方同士で背を合わせて前面の敵を斬り伏せていく。

正勝もまた長槍を操って敵を突き伏せた。稲田稙元ほか、日比野六太夫、松原内匠らの川並衆も獅子奮迅の働きである。装備は劣るものの、身軽で動きやすさは正規兵に勝る。馬止柵の内からは青山新七郎の鉄砲隊が休みなく射撃を続けている。誰もが徹夜の築城作業で疲れてはいたが、死に物狂いで戦った。

「土塀が燃えておるぞ、火を消せい！」

櫓の上から藤吉郎の声が飛んだ。

敵の放った火矢で東側に築いた土塀が燃え上がっている。本来の土塀なら簡単に燃えるはずもないが、手早く造るために中に藁束《わらたば》を入れて表面を土で塗り固めただけの塀である。中の藁に火がついて燃え始めた。延焼を防ぐために土塀を壊して火を消した。


美濃方の攻撃は二刻《ふたとき》ほど続いた。

これが朝まで続けば墨俣の砦は落とされたかもしれない。しかし深夜になって美濃勢を率いる長井道利のもとに、ある知らせが入った。

「川向うに兵の動きが見えます。松明《たいまつ》の数でおよそ千三百ほどが、こちらへ向かっておる様子にございまする」

「なにっ、どこの兵じゃ」

「おそらくは新加納の坪内衆かと」

「そういう策であったか！」

道利は歯ぎしりをした。千三百の軍勢に後ろから襲われれば、砦の兵と挟み撃ちになり美濃方は大敗する。

長井道利はこれまで日根野弘就《ひろなり》とともに美濃斎藤家を支えてきた戦巧者《いくさこうしゃ》で、斎藤義龍の死後、年若い龍興のもとでも美濃衆がまとまっているのは、この二人の力と言ってよい。ただ戦に通じているだけに、この尾張方の動きは事前に練《ね》られた戦略であると早合点《はやがてん》してしまった。

「兵を引くぞ、退却じゃ！」

砦を囲んでいた美濃勢は、夜半に潮が引くように北へと姿を消した。

あたりが静まったのを見て、櫓の上で身を伏せていた藤吉郎がやっと降りてきた。

「何とか持ちこたえたのう。皆々ようやった」

長康も正勝も負傷者を収容して、砦の内へと戻った。

「それにしてもおかしゅうございますな。急に美濃方が退いたような気がしましたが」

怪訝《けげん》そうな顔で稙元が二人に言った。

そこへ前野義詮が馬を駆って戻ってきた。

「佐波《さば》あたりへ坪内党が出張っておりまする。おそらく孫九郎様もご一緒かと」

皆は櫓に登り、東の川向うを眺めた。たしかに対岸に松明の明かりが揺れている。

「兄者が来てくれたか」

長康は嬉しそうにつぶやいた。

坪内党の兵は六百ほどであったが、夜の闇の中で揺らめく明かりは実際よりも多く見えた。

対岸の佐波でも、小坂宗吉が墨俣の明かりを眺めていた。

「美濃勢は退いたようですな」

坪内党の若い当主、坪内利定が宗吉に言った。

「こちらの動きを恐れてのことじゃろう。わざわざ出張《でば》ってもろうてかたじけない」

「何を礼など。もともとは坪内党が請《う》けねばならぬ仕事でございました。小右衛門殿や小六殿に肩代わりしてもろうて、礼を言うのは我らのほうかもしれませぬ」

利定はそう言って頭を下げた。

当初、信長は服属した坪内党にこの難事をやらせようとした。しかし坪内党は新加納の砦を守るのに手一杯で、墨俣に出張ればせっかく手に入れた新加納を失う恐れがあった。藤吉郎はそれを斟酌《しんしゃく》して、この話を蜂須賀党へ持ち込んだのである。これを蜂須賀党が成し遂げたならば、信長と正勝の衝突を回避できるだろうという読みもあった。

東の空が白みかけたころ、まだ煙のくすぶる墨俣の砦では、藤吉郎が疲れ果てて眠り込んだ者たちに声をかけて回った。

「今日にも援軍が来るでのう、もう安心じゃ。ひと休みしたら残りの造作にかかってくれ。見事仕上げたところを殿様にお目にかけるんじゃ！」

すでにこの三日の間に、五基の櫓が立ち上がり、小さいながら信長のための座敷も出来上がった。兵の長屋も三棟ほぼ組み上がり、あとは屋根を葺くばかりとなっている。事前に松倉で組み上げていたために、大工衆の作業も早い。

これらを取り囲む土居と高塀、さらに馬止柵も美濃方の攻撃にも耐えて、大方が残っていた。川並衆二千五百人のほか、金を払って駆り集めた近在の百姓六百人ほどが手伝った成果である。

藤吉郎からの知らせを聞いて、この日の昼近く、信長は三千の兵を率いて墨俣の砦へ入った。柴田、佐久間、森、丹羽といった重臣も従っていたが、完成した砦を驚きの表情で眺めた。佐々勢は二年も関わっただけに、数日のうちに出来上がった見事な砦は、夢でも見るかのようであった。

「どうやってでかしたんじゃ、小兄《しょうあに》。まるで幻《まぼろし》でも見とるようだわ」

驚く勝長に長康が胸を張った。

「幻かもしれんぞ。儂ら川並衆の手にかかれば幻も現《うつつ》になるんじゃ」

それぞれの櫓の上に掲げられた織田木瓜《もっこう》の旗が、秋の風に勇ましく翻《ひるがえ》っている。

砦を見回ったあと、信長は珍しく藤吉郎にねぎらいの言葉をかけた。

「ようでかした、猿。その方にこの砦の守将を命ずる。守備の兵も置くゆえ奪われぬように守り抜け」

「ははっ、命に代えましても守りまする！」

平伏する藤吉郎には目もくれず、信長はその後方に控えた長康や正勝の方へ歩み寄った。二人の後ろには川並衆の皆々が並んでいるが、どの顔も戦いで傷つき血と泥で汚れている。それを見まわしてから、再び長康と正勝を見た。

「よい面構《つらがま》えじゃ。その方ら、こののちも猿の下でよいのか」

正勝は表情を崩さず、

「我ら川並の者、気ままに流れるのが性《しょう》に合《お》うてござる。お許しいただけるならば、このまま」

と不愛想に答えた。

「勝手にせい」

信長はそう言って背を向けたが、もう一度振り向いて付け加えた。

「その方に卍の旗印を許す」

卍はもともと蜂須賀家の旗印の一つであり、今さら許されるも何もないと正勝は思ったが、

「ははっ」

と頭を下げた。隣にいた長康はその様子に笑みを浮かべた。

「お前たちこそ、大たわけの大うつけよ」

そう言うと信長は、珍しく親しげな笑みを見せた。

信長は三日間、墨俣に留まった。佐久間、滝川の兵八百を藤吉郎に預けることにし、帰り際に鉄砲三百挺《ちょう》を一斉に撃ち放って、遠巻きに見る美濃勢を驚かせた。

三

翌、永禄十年の七月、信長は北伊勢を攻めた。

滝川一益を先陣とし、小坂宗吉、生駒家長らもこれに従った。

この当時の北伊勢は、北勢四十八家と総称される国人衆が割拠しており、中でも亀山城の関氏《せき》とその一族である神戸《かんべ》城の神戸氏が有力であった。

一益の先鋒隊は八百ほどの兵であったが、次々と国人衆を調略、あるいは攻め寄せて降伏させた。

八月には信長が二千の兵を率いて出陣し、神戸氏の支城を攻めた。

このころすでに西美濃の氏家直元、安藤守就、稲葉良通は織田に内通を約束していたが、信長の出陣を自領への攻撃と思い込んで墨俣近くまで攻め寄せた。

「何を勘違いしとるだ。我が殿は伊勢の神戸を攻めに御出馬なされたのじゃ。このような不手際を仕出かしては、織田へ加勢するというのも偽《いつわ》りと取られても仕方にゃあぞ」

藤吉郎が攻め寄せた敵将を脅《おど》しつけると、やがて西美濃衆は謝罪して人質を差し出すと申し出た。

これを好機と見た信長は、五千の兵で尾張川を渡って斎藤龍興の稲葉山城を攻めた。

藤吉郎や長康、正勝ら墨俣勢も二千の兵で北上し、稲葉山城へ襲いかかった。織田信秀の代からこれまで何度も尾張勢の攻撃をはねつけてきた稲葉山であったが、東美濃に続いて西美濃の諸将も離れ、ここに至ってついに落城した。


滝川一益とそれに従う小坂宗吉らは美濃攻めには加わらず、北伊勢に在陣のままであった。そして翌、永禄十一年二月には神戸城の神戸友盛を攻めた。

これには木下藤吉郎の手勢一千も美濃から駆けつけた。無論、長康や正勝も従っている。

「久しぶりじゃの、兄者」

「おお、小右衛門か。良い顔つきになったのう。小六も一層いかめしい顔になった」

宗吉は桑名の陣所で、ほぼ一年半ぶりに長康と正勝に会った。

木下勢は墨俣築城から稲葉山城攻め、さらに稲葉山城の修復工事と奔走し、尾張には帰らず仕舞いである。宗吉もまたこの一年は北伊勢に在陣のままで、兄弟が会う機会がなかった。

「これほど長う顔を見なんだのも初めてじゃの」

宗吉は二人の顔をまじまじと見て、笑みを交わした。墨俣の激戦で受けた傷が、長康や正勝の顔のあちこちに残っている。

この年、宗吉は四十四歳になり、正勝は四十三、長康は四十一歳である。

「小兵衛も達者にしておるか」

「ああ、佐々勢も稲葉山と城下の普請《ふしん》に駆け回っておる。城も街も新《あたら》しゅうなって見事なもんじゃで」

「何しろ岐阜《ぎふ》じゃからな」

横から正勝が口を挟《はさ》んで、にたりと笑った。

稲葉山城を新たな居城とした信長は、井口《いのくち》という町の名を岐阜と改めた。古代中国の周王朝発祥の地である岐山《きさん》から採ったという。

「墨俣では兄者や坪内党に世話になった。礼も言わず仕舞《じま》いじゃったのう。柏井衆もよう働いてくれたで、おかげで皆も出来たようなもんじゃ」

「礼なんぞいらんわい。お前たちが織田家中に加わって喜ばしい限りじゃて。ちと猿殿が大将では心もとないが、せいぜい盛り立ててやるだわ」

「まあ見とってくれ。儂らは川並衆の強者《つわもの》がそろっておるでな。北伊勢の小城なんぞ、あっという間に落として見せるわい」

長康が、いたずら小僧のような不敵な笑みを浮かべた。

しかし織田方は神戸城を力攻めせず和議を結ぶと、神戸友盛の娘に十一歳になる信長の三男、信孝を婿入りさせ手を結んだ。

さらに安濃津《あのつ》城の長野家重臣、細野藤敦《ふじあつ》を攻めたがここでも和議を結んで、十一月には信長の弟、信包《のぶかね》が長野家の養子となって神戸友盛の妹を妻とする。

「なんじゃ、気が抜けたような戦じゃな」

長康がぼやくと、正勝がそれをなだめた。

「いや、あのうつけ殿も、なかなか勘考《かんこう》するようになったわい。ここで手間取っておる暇はないということだわ」

神戸、長野両家とも存続は認められたものの、実質は織田氏が後継となる形である。尾張、美濃に次いで北伊勢も地盤として堅固にしたいという信長の政略であった。同時に上洛を急ぐ信長としては、ここで時と戦力を消耗することは避けたかったのである。

北伊勢に目途《めど》がついた九月、ついに信長は上洛の陣触れを発し二万近い軍勢で近江路を進んだ。

織田勢一万五千余に、義弟となった浅井長政の兵三千、さらに同盟者である徳川家康の兵一千も加わっている。

木下藤吉郎もまた北伊勢から呼び戻されて、千三百ほどの兵で従っていた。しかし川並衆に加えて、急きょ地侍《じざむらい》などを集めたために軍装が整わず、兜《かぶと》だけを頭に乗せた者や、具足が不ぞろいな者など、明らかに他の部隊とは見劣りがする奇妙な一団である。

失笑や陰口は聞こえてくるものの、あまりに厳《いか》めしい面々であるために面と向かって馬鹿にする者はいない。長康や正勝も、長竿《ながさお》に瓢箪《ひょうたん》二つをぶら下げて馬印の代わりとし、素知らぬ風で馬を進めた。

近江路を南下した織田勢は、六角《ろっかく》義賢、義治親子の籠《こも》る観音寺城と支城の箕作《みつくり》城、和田山城を攻めた。

すでに信長は足利義昭を奉じての上洛に協力するよう使者を送っていたが、六角方は使者にも会わず追い返していた。

織田方はもっとも北の和田山城を稲葉、氏家、安藤らの西美濃衆で囲み、峰続きの観音寺城へは柴田、池田、森らが備えた。そうしておいて街道をはさんで南の箕作城へ佐久間、丹羽、木下勢が攻撃を仕掛けた。

箕作山は小山ではあるが、古来より六角氏が堅固な要害を築き、山頂へは急坂に一本道があるのみで他は大木が生い茂るばかりである。東口の丹羽勢、北口の木下勢ともに昼前から攻めかかったが、夕刻になっても一向に落ちる気配がない。

敵味方とも疲れて攻撃は明日に持ち越しであろうと、比叡の山に落ちる夕日を見ながら思い始めていたころである。

「このまま明日を待っても今日と同じことだわ。それより夜討ちをかけて、ひと息に片付けようぞ」

正勝が言うと長康も、

「そうじゃ、そうじゃ。このような小山、稲葉山に比べれば何ほどのものか。稲葉山に夜討ちをかけたのと同様に火攻めをすればよいわ」

と賛同した。

困り顔で山を見上げていた藤吉郎も、二人の言い分を聞いて日が差したような表情になった。

「面白れえわ。これよりは川並衆の本領発揮じゃ。ただちに殿様に申し上げてくるわ」

秀吉は信長の本陣まで行って、夜討ちの許可を得た。

三尺の大松明《おおたいまつ》を数百本用意し、麓《ふもと》から中腹まで五十カ所以上に備え付けた。

夜の闇にあたりが沈むころ、手に手に松明を持った兵が山を登り、備え付けた大松明に火をつけて回った。

六角方は今日の攻撃は終わったものと気を緩めていたところに、一斉に火の手が上がり敵が這《は》い登って来たために浮き足立った。山麓から燃え上がってくる火の手にも追われて逃げ惑《まど》った。蜂須賀党、前野党の川並衆は夜討ちは慣れたもので、火の中を走り回って敵を散々に斬りまくった。

夜明けには箕作城は落ち、それを知った和田山城や観音寺城の六角勢も城を捨てて逃げてしまった。またしても木下勢の活躍に、織田家中では賞賛と妬《ねた》みの声が半《なか》ばしたが、藤吉郎は聞こえぬふりで胸を張った。

「ようやってくれた。小六と小右衛門のおかげだわ。殿様からもお褒めの言葉をいただいたでな。これでもう京の都まで敵もおらぬわ」

当初は小六殿、小右衛門殿と呼んでいた藤吉郎も、いつの間にか二人を呼び捨てにしている。信長に直接仕えるのを避けるために、いわば藤吉郎をつなぎ役として担いだ二人であったが、次第に本当の家臣のような関係になりつつある。このあたり、藤吉郎のうまいところでもある。

「大手柄《おおてがら》じゃな、小兄。六角攻めが不首尾に終われば、上様の御上洛も頓挫《とんざ》するところじゃったでな。これで大威張《おおいば》りで都へ入れるちゅうもんだわ」

佐々の鉄砲隊を指揮する勝長が、長康と正勝のもとを訪れてねぎらった。

「これで兄者もおれば、兄弟三人そろって都入りできるところじゃったがのう。兄者の悔《くや》しがる顔が目に浮かぶわい」

小坂宗吉の柏井勢は、北伊勢の守備のために上洛軍には加わっていない。

大男の宗吉が地団駄《じだんだ》踏むさまを思い浮かべて、長康と勝長は笑った。

ところが長康もまた、京には入れなかった。

あまりの軍装の見苦しさのため、木下勢は近江在番を命じられたのである。勝長だけが織田鉄砲隊の主力である佐々の鉄砲衆を率いて、晴れがましく京の都へ入った。

「何ということじゃ。儂らが六角を追い落としたというに、またしてもこの仕打ちか」

正勝の配下の稲田稙元は、いまだに信長に良い感情を持っていない。

「まあそう怒るな、太郎左。軍装のこともさることながら、成り上がりの我らがあまりに目立っては、家中がまとまらぬと考えてのことだわ。こたびの褒美で武具をそろえて次の機を待てばええ」

長康はそう言って稙元をなだめた。

京を支配していた三好三人衆を駆逐《くちく》すると、信長は美濃から足利義昭を呼び寄せて上洛を果たした。

さらに京の南へ兵を進め、勝竜寺城、芥川城、池田城を攻略し、畿内周辺の諸将に織田の武威を見せつけた。

翌年に入り、阿波へ逃れていた三好勢が京へ攻め寄せたが、織田方に付いた三好義継、池田勝正らの働きでこれを防いだ。

八月には信長は南伊勢の北畠具教《とものり》を攻めた。北畠勢八千に対し織田勢は柴田、森、佐久間、丹羽、滝川、池田、木下、稲葉らに北伊勢の諸将を加えた大軍勢である。

支城の阿坂《あざか》城攻めでは藤吉郎が矢傷を負うものの、これを攻略。具教、具房《ともふさ》親子の守る大河内城は一カ月ほどの攻防の後、北畠の家名を残す代わりに信長の次男、茶筅《ちゃせん》丸を具房の養子とすることで和議を結んだ。

小坂宗吉は、前野家の縁者である森正成とともに茶筅丸の守役となった。


伊勢を平定した信長は、翌年四月には越前の朝倉義景に兵を向けた。

この年は永禄十三年であるが、足利義昭は自分の将軍就任に際して、元号を元亀へ変えるよう朝廷に奏上していた。信長はこれに反対したものの、朝倉攻めへ出兵した隙《すき》を見計らって義昭は改元を実行してしまった。

そんなことは知らず、長康や正勝は越前へ向けて進発した。

坂本から琵琶湖の西岸を北へ向かい、高島郡田中から若狭の熊川へ抜け、若狭街道から丹後街道を北上し若狭湾を見下ろす佐柿《さかき》城へ入った。

朝倉の本城は越前一乗谷であるが、南端の支城は琵琶湖北方の疋田《ひきた》城と、敦賀湾岸の金ヶ崎城と手筒山《てづつやま》城である。

佐柿城はその西の若狭口にあり、城主の粟屋勝久はすでに織田に味方する誓紙を差し出していた。わずか二百数十の兵で金ヶ崎城の朝倉景恒《かげつね》と対峙していた勝久は、先手の木下勢の到着を喜んだ。

この粟屋勝久は若狭の国主、武田氏の重臣であるが、領内の乱れを朝倉氏の力を借りて統制しようとする武田義統《よしずみ》と対立し、朝倉勢の入国をこの佐柿城で食い止めた。永禄十年に義統が病死すると子の元明《もとあき》が国主となるが、翌年には朝倉勢が侵攻し、元明は囚《とら》われて一乗谷へ幽閉されてしまった。その後は若狭は朝倉氏の支配するところとなっている。こうした経緯から若狭の国人衆は信長へ味方する者が多かった。

数日遅れて四月二十三日には信長の本隊も佐柿城へ入り軍議を開いた。

長康や正勝たちは眼前に広がる敦賀の海を見ながら、妙にしみじみとした気分になっていた。

「ずい分、遠いところまで来たもんじゃのう」

「伊勢や三河の海は見知っておるが、北の海は初めて見たわい」

青山新七郎や松原内匠《たくみ》ら尾張美濃の川を我が物顔で行き来している川並衆たちも、日本海の水は少し違う色に見えた。

「妙に冷え冷《ひび》えとした水の色じゃ」

「たしかに、この暑さというに海の水は冷とう見えるのう」

青く澄んだ空の色を映して、海の色も透き通るように青い。

「どうもここは儂らの知っちょる水とは違うようだわ」

年配の日々野六太夫が、歯の欠けた口でつぶやいた。

何の根拠もないことではあったが、川並衆たちは直感で危機を感じていたのかもしれない。

二十五日に敦賀へ向けて進発し、翌日、手筒山には柴田勝家と佐々成政が、金ヶ崎城へは木下藤吉郎が先手となって攻撃を仕掛けた。

敦賀湾へ突きだした小山の上に金ヶ崎城はそびえ、その峰続きに手筒山城がある。

佐々勢が四百有余の鉄砲で撃ちかけ、柴田勢が山を登って敵の柵を引き倒して進むと、丹羽勢も後から続いた。この日のうちに手筒山城は落ち、翌二十七日には金ヶ崎城も、あっけなく落ちた。

前野勝長らの佐々勢は柴田、丹羽勢とともに南の疋田城も攻め、二十八日にこれを開城させた。

二十九日の朝、木《き》の芽《め》峠へ向けて出発の触れが出て全軍が進み始めたころ、突然行軍が止まり軍議が催されることになった。

「こんな刻限に評定《ひょうじょう》とは何ぞあったんじゃろうか」

「さあ判らんが、ともかく行ってみるわい」

藤吉郎に従って長康と正勝も信長の陣所まで出かけたが、陪臣《ばいしん》の者の入幕は許されず、やむなく幕外で待つこととなった。

「妙に厳しい様子でございますなあ」

二人に従っている前野義詮《よしまさ》が不安げに、あたりを警固する兵を見回した。たしかに通常より警固の兵が多い。

そこへ稲田稙元がやってきた。

「木の芽峠の各所に朝倉勢が陣を構えて、今にも攻め寄せんばかりの勢いじゃ。金ケ崎と手筒山が落ちたというに、少しも慌てる風でもない。峠の坂も険しゅうて、あれは攻めるに難渋《なんじゅう》しますぞ」

稙元はひと足早く木の芽峠方面へ物見に出ていた。

「その手立てであろうかの」

正勝が首をひねるが、陣幕のうちは静まり返っている。

一刻半ほどしたころ、ようやく幕の内から柴田勝家、佐々成政らが出てきた。誰もが顔色が変わっている。

藤吉郎が姿を見せぬために、長康はやむなく丹羽長秀に尋ねた。

「藤吉はまだ上様に京へ戻られるよう申し上げておる。こうして長評定しておる間が惜しいわ」

「京へ戻るとは、何事の出来《しゅったい》でござりましょうや」

「浅井が裏切ったのよ。小谷から我らの背後を突こうと迫っておるそうじゃ」

「何と、浅井が！」

長康も正勝も稙元も声を失った。

「もう一度、儂も申し上げてくる」

長秀は目を血走らせて、再び幕の中へ消えた。


「そういうことだで皆、料簡《りょうけん》してくれ。上様をお救いするためだでよ。無論これを見事やり終えたなら褒美は限りなしじゃで」

評定《ひょうじょう》を終えて帰ってきた藤吉郎は、川並衆の面々を前に説明した。

退却の殿軍《しんがり》を引き受けたというのである。

「褒美というても生きて帰ればの話じゃろう」

声もない皆に代わって長康が呆れたように言った。

「まあ、しょうがねえ。こうなったら早う迎え撃つ支度《したく》をせにゃ」

正勝が言うと、藤吉郎も手を打って応えた。

「そうじゃ、早う支度をせにゃならん。二刻《ふたとき》も敵を足止めすれば、上様は佐柿から朽木《くちき》越えで京へお戻りになられよう。その時を稼ぐんじゃ。上様の馬印に幟《のぼり》も皆お借りしたゆえ、それを押し立てて陣所を作るんじゃ。ほかの旗でも構わん。何でもええから織田の兵が留まっておるように見せるんじゃ」

木下勢はわずか千二百余の兵力だが、それを三段に分けて陣を構えた。

最前線は木下小一郎を大将に、長康、正勝、生駒親正、加藤光泰のほか、青山新七郎、長江半之丞ら川並衆ら四百有余。中段は三町ばかり離れて陣を布《し》き、木下藤吉郎を大将に木下家定、三好吉房、一柳直末、堀尾吉晴、山内一豊、寺沢広政ら三百八十。後備えとして桑山重晴、浅野長吉ら四百有余である。

藤吉郎が陣構えに走り回っていたころ、すでに信長は百騎あまりの馬廻り衆とともに西の佐柿を目指して駆けていた。前野勝長の佐々鉄砲隊もその護衛に付き従っている。朝倉勢だけでなく敗走する兵には一揆衆が襲いかかることも考えられた。

信長に続いて丹羽長秀、さらに柴田勝家の諸将が退却を始めた。織田の総勢二万が一斉に退却するために、若州道は混乱を極めた。

織田の各隊が退いたあと、金ヶ崎の城には織田の旗や幟が静かに翻った。

「潮のように退いたのう」

「ああ、静かなもんじゃ」

長康と正勝が山の上から見下ろしている。

夏の青い空が頭上にある。南から心地よい風が吹き、白い雲が流れていく。

「儂らもここまでか」

「死ぬときは尾張川の水にでも流してもらおうと思うちょったが、こんなところでは無理じゃな。せめて儂の髪を持ち帰って流してくれるか」

「たわけ、小六が死ぬときは儂も死んどるわい」

長康と正勝は顔を見合わせて笑った。二人の脳裏には子供の頃から共に過ごした記憶が白い雲のように流れた。

そのとき稲田稙元が坂道を駆け上がってきた。

「藤吉様より伝言じゃ。浅井朝倉勢は数万にもなるゆえ、無駄な掛け合いはせずに、命のあるうちに中の備えまで退くようにとのことじゃ」

言い終えて稙元は、やけに二人が清々《すがすが》しい表情をしているのに気づいて眉《まゆ》をひそめた。

「お二人とも、死ぬ覚悟はまだ早すぎますぞ。なんで信長を逃がすのに我らが死なねばならん」

「それもそうじゃ」

相変わらずの稙元のその言葉に、二人は我に返って苦笑した。

一刻ほど経ったころ、手筒山の南に朝倉勢が、遅れて南の笙《しょう》の川沿いに浅井勢が姿を見せた。ひたひたと潮が満ちるように大軍が押し寄せると、金ヶ崎の一町ほど先に陣を布いた。手筒山、金ヶ崎に翻る幟旗を見て、織田勢がまだ立て籠もっていると警戒したようである。

日は傾きつつあり、やがて夜に入れば織田の陣に人がいないことは火の数を見れば明らかになる。遅くともそれまでには城を抜け出さねばならない。

「もうかれこれ二刻半にはなるじゃろう。時は十分稼いだはずじゃ。ぼちぼち始めるか」

正勝の言葉に長康もうなずいた。

すでに敵も異変を感じ始めたと見えて、じりじりと手筒山の麓《ふもと》まで兵を進めてきている。金ヶ崎まで取り囲まれては逃げ道はない。

青山新七郎の鉄砲隊二百八十人を前面の柵《さく》に並べると、迫ってきた敵に一斉射撃を行った。数度繰り返した後、敵がひるんだ隙を見て、長康と正勝はそれぞれに兵を率いて打って出た。

敵陣にひと当たりしたが数十倍の相手を崩せるものではない。場所を変えて仕掛けると見せて西へ走った。朝倉方も打って出た敵の少なさに首をかしげ、さらに城内から新たな兵が出るかと構えたが、それもない。

「やはりすでに信長は逃げたか！」

朝倉方は本腰を入れて追撃にかかった。

小魚を追う大魚のように、後ろからひと呑みにしようとする朝倉勢を、長康ら川並衆は斬り防ぎつつ逃げに逃げた。

先回りした浅井の一隊が前を塞ぐと、正勝が鉄砲衆に命じて一斉に撃ち放った。墨俣の激戦から何度も修羅場《しゅらば》をくぐりぬけた鉄砲衆は窮地にあっても慣れたもので、敵が眼前に迫っても落ち着き払って玉の装填《そうてん》をしている。騎馬武者が太刀を振り下ろそうとする瞬間に轟音がして、相手は馬から崩れ落ちた。

四町ほど西の関峠付近に藤吉郎の中備えが布陣しているはずだが、その四町が十里にも感じるほど遠かった。敵と打ち合ううちに刀の刃がこぼれてささらになり、やがて曲がり始めた。槍を振るう者は、気づくと穂先が無くなっていた。

やっとのことで中備えの陣にたどり着くと、藤吉郎が迎え出た。

「ようやった！　今ごろ上様は若州道を駆けておられよう。我らも生きて京へ帰ろうぞ！」

中備えの堀尾吉晴、山内一豊、中村一氏らが打って出て、傷ついて逃げてくる味方を援護した。すでに味方は半数ほどになっている。その者達を先に逃がすと、中備えの兵も順次退却した。長康たちが峠道で振り返ると、敦賀の海から波が押し上げるように敵兵が迫っていた。

佐柿を越えると前方の山間に煙が上がり、味方が退路を知らせていた。三方湖の東の山道を登るころには敵も追いつかんばかりであったが、そのとき街道脇の小山から轟音が響いた。長康が見上げると、白煙の中に佐々の旗印が見えた。

「あれは佐々の鉄砲隊じゃ。小兵衛が助けに来たわい！」

長康が嬉しそうに叫んで手を振った。

夕闇の迫る中、木下勢は佐々の援軍とともに踏み止まり朝倉勢と戦った。

長康は愛用の片鎌槍を振り回し敵をなぎ倒していたが、中途から折れてしまった。それでも太刀を抜く暇がないので、槍を反対に持ち替えて石突きで敵を叩き伏せた。

長康の従兄弟の義詮、行宗の兄弟は、子供の頃に宗吉から棒術を習っており、宗吉ゆずりの長樫棒を縦横に操って退路を塞ぐ敵をなぎ倒した。日頃は無用の長物と嘲笑した仲間も、この日の二人の活躍には恐れ入ったという。

加屋場《かやば》口に桑山重晴らの後備えの兵四百が篝火《かがりび》を焚《た》いて駐屯していた。そこまで退却すると今度は浅野長吉らが前線に出て、味方を収容した。すでに夜になったものの朝倉勢の追撃は一向に衰えを見せない。

味方を収容したところで、かねての手はず通り用意しておいた枯草に火をつけると、西風にあおられてたちまち火は野に広がった。

加屋場という地名は現在は見当たらないが、昔は屋根を葺《ふ》く藁《わら》の確保のために、村々で茅場《かやば》を作った。そういった場所だとすれば一面の枯れ野であったかもしれない。

夜の闇の中、燃え上がった火は白煙とともに朝倉方の行く手を遮った。一息ついた長康や正勝らは傷ついた者を手当てし、干飯をかじって空腹を満たし、谷川の水で喉《のど》を潤《うるお》した。

「ようし、若州道までもう一息じゃ。動ける者は傷を負った者を助けて先へ進め！」

そのとき前方の峠道を下りてくる一団があった。松明の数しか見えないが数百はいる。

「敵が先回りしとったか！」

藤吉郎が叫ぶと、長康と正勝が立ち上がった。

「蜂須賀党、前野党、前を固めよ！　御大将をお守りせい！」

やっとここまで逃げ延びて九死に一生を得た思いでいた者たちは、新手の出現に絶望的になった。

山間の道で、どこにも逃げ場はない。

「もはやここまでかや」

長康が言うと、正勝も眉間にしわを寄せて前方をにらみつけた。

「佐々鉄砲衆、前へ！」

勝長の声に佐々の鉄砲衆が並び、火薬の装填を始めた。

「蜂須賀鉄砲衆も来い！」

正勝の号令で、佐々衆の後に青山新七郎の鉄砲衆が列をつくった。

二段構えで闇の中の一団に狙いをつけて、発射の合図を待った。

「待て待て、撃ってはならん！」

突然、夜目の利く藤吉郎が叫んで、両手を広げて鉄砲衆の前へ走り出た。

「あれは徳川殿だわ。撃ってはならんぞ！」

皆が驚いて闇の中を見つめていると、やがて兵の姿が現れた。松明の火に浮かび上がったのは、たしかに葵《あおい》の旗印であった。

藤吉郎の前まで来ると、先頭を走っていた騎馬武者が手を上げて兵を止めた。

「木下殿、御無事であったか」

闇の中から現れたのは、徳川家康であった。

周囲を固めるのは酒井忠次、本多忠勝、榊原康政といった面々である。

「これは三河様御みずから御加勢に来ていただけるとは、木下藤吉郎、言葉もござりませぬ。この軍勢を見れば、もはや越前衆も深追いはせぬはず。いやはや九死に一生とはまさにこのこと。おかげで命拾いいたし申した。かたじけのうござる」

「いやいや、必死の殿軍《しんがり》を務《つと》め上げられるとは見上げたもの。良い御家来衆をお持ちじゃ」

家康はそう言って藤吉郎の後に居並ぶ長康、正勝ら、傷だらけの者たちを見回した。

このとき生きて戻った木下勢は、半数の六百ほどであったという。

四

浅井長政の離反は信長にとって大きな痛手であった。

美貌《びぼう》で名高い妹のお市を嫁がせ、尾張美濃と京の間にある近江を確保する戦略が、根底から覆《くつがえ》ったのである。急きょ、近江平定に方針を転換せざるをえなかった。

金ヶ崎の退却から一カ月後の六月の初めには、甲賀に逃げていた六角義賢が南近江に攻め寄せ、柴田勝家の長光寺城などを攻めた。勝家や佐久間信盛らが野洲河原で六角勢を破ったものの、今度は朝倉勢が南下し浅井勢とともに関ヶ原を越えて美濃の岩手、曽根、赤坂あたりへ放火した。織田の諸将は南近江の各所に布陣し、美濃から京への経路の確保に努めた。

木下勢は佐和山の南、多賀に陣を布いていたが、そこへ岐阜の信長から使者が来た。

「堀次郎と樋口三郎兵衛を調略せよとの御命令だわ」

前野長康は書状を読み終えてから、藤吉郎に伝えた。

藤吉郎は書状を手に取って難しい顔をした。子供時代に手習いを十分してこなかったために、いまだに平仮名くらいしか読むことができない。ただ信長の名と家押は判別できた。

「堀と樋口といえば、織田とは昵懇《じっこん》の間じゃろう。わざわざ調略せんでも殿様直々に書状を送って誘えば織田に降るじゃろうに」

書状をにらみつつ、藤吉郎は首をかしげた。

堀家は浅井の重臣として、関ヶ原から近江へ抜けた坂田郡南部の鎌刃《かまば》城を任されている。街道筋の峰々に支城を置いて美濃との国境を警固しているが、堀次郎秀村は父に代わって当主になったばかりの十代初めの少年であり、それを補佐するのが家老の樋口三郎兵衛直房である。

この樋口直房は以前から織田とは友好的であり、お市の輿《こし》入《い》れの際、近江方の仲介役を務め、また信長上洛の際には堀秀村とともに近江入りの道案内を買って出ている。

「昵懇とはいえ、それは織田と浅井が手を結んでおるときの話じゃ。手切れとなったからには浅井に従うほかはなかろう。樋口という者、忠義に厚い人物と聞くぞ」

蜂須賀正勝が鉄砲の手入れをしながら言った。

「鎌刃と周辺の小城なぞ容易《たやす》く攻め落とせようが、それをせずに調略せよというのは堀や樋口を見込んでのことじゃろ。これまでの働きにも応えようということよ。調略上手の殿の腕の見せどころだで」

からかうように長康が藤吉郎に言った。

「たわけ、調略と言うても口先だけの楽な働きじゃにゃあで。戦といっしょで命がけだでな。宇留間城では死ぬかと思うたわ」

藤吉郎が言うと、長康も正勝も笑った。

犬山城攻めの折、対岸の宇留間城を調略に出かけた藤吉郎は城内に留め置かれ、信長の返事次第では斬り殺される瀬戸際を生き延びている。

「曽根の稲葉殿が樋口とは好《よしみ》があるらしいで、何ぞ糸口がにゃあか聞いてみたらどうじゃろな」

黙って話を聞いていた藤吉郎の弟の小一郎が口を開いた。

西美濃三人衆の一人、稲葉良通《よしみち》は一鉄の名で知られるが、このとき五十六歳。斎藤から織田へ主君を替え、お市と浅井長政の縁組に際しては織田方の交渉役を務めた。その過程で近江方の同役である樋口直房と縁を深めた。どちらも有徳の人格で通じるところも多かったと思われる。

藤吉郎が調略の件を相談すると、稲葉良通は一人の男の名を挙げた。

「樋口のもとに竹中半兵衛という者が身を寄せておりまする。稲葉山占拠の一件はお聞き及びとは存ずるが、その後、美濃におるのをはばかって近江に隠れ住んでおりまする。かの者を使って堀の家中を織田方に引き入れてはいかが」

「ほう、あの竹中半兵衛が樋口のもとに」

藤吉郎もその名は知っている。

ちょうど信長が犬山攻めにかかろうとした永禄七年の初め、竹中半兵衛重治《しげはる》という美濃の家臣が数名で稲葉山を乗っ取ってしまった。すぐに鎮圧されると誰もが思ったが、二月から八月まで占拠は続き、美濃の家中を揺さぶる騒動となった。信長も織田家臣になるよう重治に誘いかけたものの、

「美濃家中での騒動ゆえ、お構いなきように」

と、そっけない返事が返ってきた。

苦々しく思いつつも信長はこの騒動に乗じて犬山を攻め、さらに東美濃まで制圧する。美濃斎藤家が滅びる一因となった出来事であった。


藤吉郎は稲葉良通に添え状をもらい、竹中重治がいるという長亭軒《ちょうきょうけん》へ向かった。

長亭軒の確かな場所は不明だが、関ケ原から近江の坂田郡へ入ったところに長久寺という地名があり、その山中に長比《たけくらべ》城という城があったが、重治の寓居《ぐうきょ》もその付近ではなかろうか。ほとんど国境《くにざかい》と言っていいが、一歩でも近江の内であれば美濃方は手を出せない。そして街道を行き来する様子も

察知できる。知恵者の重治らしい場所に思える。

その長享軒へ藤吉郎と小一郎、前野長康らは出かけた。

蜂須賀正勝は途中で別れて鎌刃城へ向かうことにした。事前に敵城の様子を探っておく目的である。

夜間に降った雨が上がって山中の緑が輝き、涼しげな風の吹き抜ける夏の早朝である。敵に見つからぬよう足軽を含め二十数名の小人数で、藤吉郎らは竹中重治の庵《いおり》を訪ねた。

街道筋から山中へ上っていくと次第に道は細くなり、両側から小竹が覆いかぶさってくる。かたわらを流れる清流にかかった土橋は朽ちており、人が行き来した様子もなさそうである。川端に菖蒲《しょうぶ》の花が誰に見られるともなく、ひっそりと咲いている。

竹中重治の庵は、藁《わら》ぶき屋根の粗末な百姓家であった。それでも小さな門がこしらえてあり、兵たちを外で待たせておいて、藤吉郎、小一郎、長康の三人で案内《あない》を乞《こ》うた。

小柄な老僕が温和な顔で取り次ぎ、奥へ消えた。

「何やら儂らが来るのを知っておったような落ち着きようじゃな」

藤吉郎が感心してつぶやいた。

しばらくすると中背《ちゅうぜい》で細身の若者が、庵から現れて会釈《えしゃく》をした。山中を吹く涼風のような笑みを浮かべている。

このように非力に見える若者が稲葉山を占拠したのかと三人は意外に思ったが、もともとの事件の発端も、この女性のような外見を馬鹿にされたことが原因らしい。

庵に招かれて言葉を交わしたものの、藤吉郎もいつもの饒舌《じょうぜつ》を忘れたかのように言葉少なである。交渉では無防備で相手の懐《ふところ》に飛び込み、警戒を解きほぐすのが藤吉郎のやり方だが、相手の方が無防備では手の出しようもないといったところである。

小一郎や長康はそんな藤吉郎を意外な思いで見ていたが、いつまでも黙っているわけにもいかず、小一郎が堀、樋口の調略の件を切り出した。

稲葉良通の添え状を読んで大略を承知した重治は、微笑みを浮かべつつ語った。

「樋口殿さえ口説き落とせば事は成《な》りましょう。織田の力もよく御存知ゆえ攻略の目はありましょうが、ただ信義に厚い方なれば、浅井を捨て直《ただ》ちに織田へ乗り替えることにこだわりがあるやもしれませぬ」

「しかし戦となれば境目のここら一帯が戦場となるは間違いなかろうで、堀殿が味方につけば我らは難なく横山あたりまで進むことが出来まする。堀殿、樋口殿には今が一番の売りどきと思いますがなあ」

藤吉郎は利《り》をもって誘おうとした。

「利で動いたと世人に思われるのが、樋口殿にはもっとも辛《つら》いことでしょう。堀家としても所領を増やすことより、今のまま安堵されるならば十分のはず」

そう言うと重治は小首をかしげて少し考える素振りをしたが、

「織田の直臣にならずとも、たとえば木下様の旗下《きか》に入るならば多少は気が易《やす》いかもしれませぬな。浅井を裏切ることには違いござらぬが」

重治はそう言いつつ、ちらりと涼やかな目を前野長康に向けた。

尾張川の川並衆が信長の直臣にならず、藤吉郎に従ったことも承知しているようである。

「なるほど、それなら多少は世間に聞こえも良かろうが、儂のような者の旗下に入ってくれるかのう」

藤吉郎が照れ笑いを浮かべて、小一郎や長康を振り返った。

「それは木下様の手管《てくだ》次第でございましょう。織田の一家臣ながら家中には蜂須賀様、前野様をはじめ名高い川並衆の方々がおられまする。その人物をもって誘うことが上策と思われまするが」

話がひと段落ついて皆が黙ると、山鳥の鳴《な》き声だけが庵の外から聞こえてきた。

四人ともしばらくそれに耳を傾けていたが、藤吉郎が再び口を開いた。

「ときに竹中殿、そなたはいつまでこの山中におられるつもりか。そなたほどの才略があれば召し抱えようという大名小名も多かろうに」

「それがしは斎藤家の家臣でありながら、主家の滅亡に力を貸した者。たとえ諫言《かんげん》のつもりとはいえ、誤《あやま》った方向に知略を用いたことを悔やんでおりまする。己《おのれ》の才を御《ぎょ》するだけの胆力のない者は、世に出ぬほうが良いと思っておりまする」

「己の才を己で封じ込めておられるのか。それはいかにも惜しいことじゃな。その胆力が出来た時には世に出るおつもりか。いつごろになるかのう、それは」

「さあ、十年か二十年か、あるいは三十年先になるか」

そう言って重治が笑みを浮かべたのにつられて三人も笑った。

「三十年も先では、儂は老いぼれになってしまうでな。そんなには待っておれんぞ。どうじゃ、我が家中の者どもならばそなたの才知が竜のように暴れようとも、力づくで押し留めて見せるで。我が陣中に来て力を貸してはもらえんかの」

両手をついて藤吉郎が頼むのを、重治は涼やかな目でながめつつ、

「木下様は買いかぶりすぎておられます。それがしはそれほどのお役に立てる者ではございませぬ。このまま山中にて朽ちても良かろうと思っておりまする」

そう言って柔らかに断った。

「それにしては」

と秀吉の後ろにいた長康が口を開いた。

「このような街道筋におられるのは、まだまだ世の動きが気になるゆえでござろう。山中で朽ちるならば、もそっと山奥へ入らねば落ち着いて朽ちもできませぬぞ」

長康はそう言って屈託《くったく》なく笑った。

「そなたのような若年で世を捨てておっては勿体《もったい》なきこと限りなしじゃ。いつ果てるか判らぬ命ならば、生きておるうちに己の力を試してみとうはござらぬか。己が世の迷惑になると思うのは、それこそ買いかぶりすぎではないかな。我ら尾張の川筋で旗揚げして以来、今日まで命がけで暴れまくっておるが、なかなかに世は思うどおりに動かぬものでござるぞ」

それを聞いて重治も、初めて本心からの笑みを見せた。

「たしかに左様でございますな。いささか己を買いかぶっておるのかもしれませぬ」

「まあ一度、我が陣中に来てくだされ。力を貸すに値《あたい》せんと思えば立ち去っていただいても結構じゃ。客分としてお迎えするで、それでどうじゃ」

結局、藤吉郎の誘いに、重治は乗ることになった。

稲葉良通が堀、樋口の調略に、わざわざ竹中重治の名を挙げたのも、このまま埋もれたままにしておくのは惜しいという思いがあったからである。添え状の文面からも、その思いは重治に伝わっていた。

数日して堀秀村は藤吉郎の配下となることを承諾した。蜂須賀正勝が鎌刃城へ行き樋口直房に説いて納得させた。竹中重治の口添えも役に立つ形となった。


堀秀村の投降の知らせを聞いた信長は、六月十九日に岐阜を発し長比《たけくらべ》城へ寄ったあと、浅井の本拠である小谷の城近くまで進んだ。小谷城の南の虎御前《とらごぜん》山に布陣し、浅井勢を誘い出そうと城下を焼き払った。

織田勢二万五千を眼前にして浅井方は動くことが出来なかったが、やがて越前から朝倉景健《かげたけ》率いる援軍約一万が到着すると聞いて戦意を取り戻した。

織田方では朝倉勢の到来を知り、このまま戦となれば背後に姉川があり不利であると柴田勝家が進言したため、信長は二十四日に虎御前山から姉川を越えた竜ヶ鼻まで退いた。そして背後の横山城を柴田、木下勢に攻撃させた。

横山城危機の知らせに、浅井朝倉勢は小谷城の東の大依山《おおよりやま》で陣を張った。総勢約二万の軍勢である。そして二十七日の夜には姉川の北岸へと動いた。

この日、徳川家康も五千の兵を率いて竜ヶ鼻に到着し、織田方は三万の軍勢となった。敵が動くのを見て、織田方も深夜のうちに姉川南岸に兵を進めた。

「こりゃあ、これまでにない大戦《おおいくさ》じゃな」

夜更けに飯を食いながら、蜂須賀正勝が前野長康や稲田稙元ら川並衆の面々に言った。横山城の包囲を解いて姉川まで移動した木下勢は、早朝の開戦に備えて腹ごしらえをしていた。

「終世、語り聞かせる出入りになるで」

「生き残ったならばでございますぞ」

稙元が冗談を言って笑ったが、たしかにその通りである。先の金ヶ崎からの撤退でも、川並衆の中から多くの死者が出た。この戦いでもまた幾人かが死ぬことになる。誰もが承知していることである。

「このような大戦が初陣《ういじん》とは、小六も運が良いのう。先々どこの戦場《いくさば》でも胆《きも》が縮むことはなかろうよ」

長康が正勝のそばで身を固くして控える蜂須賀家政に声をかけた。

正勝の嫡男、家政はこのとき十三歳。幼名は父と同じく小六である。父に似て体つきはしっかりしているものの、まださすがに少年である。身に着けた甲冑のため動きもぎこちない。

「足手まといにならぬよう、しっかり皆の動きを見ておれ」

正勝の言葉に、

「はい」

と家政は答えて、深く息を吸い込んだ。

夜が白むころ、少しずつ敵味方の布陣の様子が見えてきた。

川霧の中、水かさの少ない姉川をはさんで両岸に無数の旗が林立している。甲冑のふれあう金属音や馬のいななきが、さざめきのように聞こえてくる。いつもなら琵琶湖の湖面を渡ってくる風が涼しい時刻だが、集まった大軍勢のせいか風にも熱気がこもっている。

やがて藤吉郎は主だった配下を集めて意見を聞いた。

「物見の知らせでは我らの前方の敵は名高い磯野丹波じゃ。先日、磯野の佐和山の城下を儂らは焼き打ちした上に、堀殿、樋口殿も我が陣中にあり、磯野勢が遮二無二《しゃにむに》かかり来るは必定」

そこまで言ってから藤吉郎は皆をぐるりと見渡すと、声をひそめた。

「儂もこれほどの大戦《おおいくさ》をしたことがにゃあでな。どう差配して良いか判らんのじゃ。我らの前に柴田、佐久間の陣があるが、みっともにゃあ戦をしては家中の笑い者になるでな。どうしたもんじゃろ」

これを聞いて木下小一郎をはじめ蜂須賀正勝も前野長康も、さらには木下家定、浅野長吉、加藤光泰、木村重茲《しげこれ》らも困った。たしかに両軍堂々の布陣をしての戦を、これまで経験した者がいない。

「儂らとてこれほどの合戦をしたことがないわい。戦が始まれば敵の本陣を目指して突っ込み、大将の首を取るだけじゃ」

正勝も長康もそう言うしかない。しかしこの大軍勢の中を、どこまで突き進むことができるか、はなはだ怪《あや》しいものである。

藤吉郎は一同が黙ったのを困り顔で見ていたが、末席にいた竹中重治に目を止めた。

「半兵衛殿、そなたはどうじゃ」

一同の目が重治に向いた。

「それがし如き若輩者に、諸兄《しょけい》を差し置いて申し上げる策などございませぬ」

「そう申すな。遠慮のう言うてくれ」

藤吉郎が促《うなが》しても重治は固辞したままである。

長康がさらに、

「儂らに気を遣《つか》うことはないぞ。儂ら川並衆は夜討ち朝駆けの戦しか知らん。このまま戦が始まれば乱戦の中、右往左往するばかりじゃ。良い兵法を教えてくれぬか」

と頼んだ。

「さればご無礼」

と重治は進み出て、図面を指し示した。

「味方の陣形は川岸に沿って鶴翼《かくよく》に広がっておりますが、敵方は織田本陣を目がけて殺到するはず。これでは一つ所《ところ》が突き破られたとき収集がつかず、味方は混乱するばかりでございましょう。我らだけでも円陣に構え、この場で敵を食い止めることが肝心かと」

「守りに徹すべしと言うのか」

「我らの前には柴田様、佐久間様の陣がございます。我らが押し出すかどうかは彼ら次第。もし彼らが敵を追って渡河《とか》すれば我らも続けばよろしいが、磯野が相手なればなかなか難しかろうと存じまする」

藤吉郎は重治の進言を聞いて、ただちに陣形を円陣に変えさせた。

やがて川霧も晴れ、日もすっかり上がったころ、合戦は西の三田村で始まった。

先陣を許された徳川家康が押し出して、対岸の朝倉勢に弓鉄砲を撃ちかけた。朝倉方も応戦して川岸まで押し寄せ浅瀬を渡り始めた。

東の野村付近でも磯野勢が一斉に渡河を始めた。これを見て柴田、佐久間の兵が動いた。水かさは深いところでも人の胸あたりまでしかないため、兵は勢いのまま川中へ突入した。双方から鉄砲隊が撃ち合い、轟音《ごうおん》と白煙が辺りを包んだ。

織田方の佐々鉄砲隊を指揮するのは、長康の弟勝長と佐々平左衛門である。金ヶ崎からの撤退で木下勢を援護したが、その折に狭い山中であったために場所がなく、やむなく撃ち手が一発放つたびに交代して撃つ格好になった。

それを勝長らは工夫し二人一組で交代して撃つことで、弾込めの空白を短くすることを思いついた。先の虎御前山からの退却では佐々鉄砲隊が殿軍《しんがり》を努め、この二段撃ちを試し敵首二百を挙げた。報告を聞いた信長は、勝長と平左衛門を大いに賞賛したという。この二段撃ちをさらに発展させて、長篠合戦では三人が交代で撃つ三段撃ちになっていく。

鉄砲による戦い方もこの時期徐々に工夫されていくが、姉川の戦いのような大会戦では序盤に突撃してくる敵を撃つには効果的であるものの、入り乱れてしまうと味方を撃つわけにもいかない。乱戦の中では弾込めの時間もなく、河原の石を拾って投げつけるような場面もあった。

浅井勢の勢いは凄《すさ》まじく、織田勢は押され気味となった。

前線にいた池田恒興、森可成、坂井政尚らが懸命に応戦するが、時が経《た》つにつれ次第に後退を始めた。柴田勝家、佐久間信盛も敵将の磯野員昌《かずまさ》の猛攻を食い止めていたが、本陣が危ういと見て救援に動いた。代わって木下勢が磯野勢の前面に出る形となった。

磯野は柴田勢を追おうとしたが、前方に翻る堀の旗を見つけて矛先を木下勢に向けた。木下勢は前面に騎馬武者を置き、後方は槍で囲んで、その中心で藤吉郎が指揮を執った。何度も繰り返してくる磯野の猛攻を、円陣を崩さぬように固めてしのいだ。後方の横山城に備えていた丹羽長秀らも味方危うしと見て駆け付け、木下勢の東から浅井勢に攻撃を仕掛けた。

昼近くまで優劣の定まらぬ乱戦が続いたが、木下勢が河原の中ほどまで押し出したころ、突然に浅井方が浮き足立った。

西の三田村方面で朝倉勢と対峙していた徳川家康が、浅井朝倉の陣が縦《たて》に伸びきったのを見て、横手から榊原康政を突入させたのである。後ろを取られると恐怖した敵兵は後退せざるを得なかった。これを追って織田勢が押し出し、多くの敵兵を討ち取った。

「どうやら勝ったのう」

敵が退くのを見て藤吉郎が、汗と泥で汚れた顔で笑った。

「半兵衛の策に従っておらなんだら、今ごろ儂らは散《ち》り散《ぢ》りになっておったな」

珍しく正勝も殊勝《しゅしょう》なことを言った。

「そうじゃ、半兵衛のお陰じゃ。これからも宜《よろ》しゅう頼みますぞ、半兵衛殿」

藤吉郎が手を取ると、重治ははにかんで笑って頭を下げた。

「宜しゅう頼むぞ」

長康もまた重治の肩に手を置いた。

信長は深追いせずに兵を引いて、南方の横山城を落とし、ここへ木下藤吉郎を入れ城番とした。


このあと藤吉郎たちは敵方の有力武将を調略するなど浅井攻略に奔走する。

そして三年後の天正元年八月、ついに越前の朝倉、近江の浅井氏は織田の総攻撃を受け滅亡する。

浅井の本拠である小谷城攻めでは木下勢が先陣を務め、夜襲をかけて浅井久政の出城を攻略すると、信長の妹である市を助け出すことにも成功した。竹中重治の策と、蜂須賀正勝、前野長康ら川並衆の機動力がうまく融合した戦闘であった。

浅井攻めに功のあった藤吉郎は、浅井の旧領のうち北近江三郡を与えられた。

休む間もなく翌九月には、信長は伊勢長島の一向衆を攻めた。

長島にはこれより七十年ほど前に、蓮如の子の蓮淳《れんじゅん》が願証寺を創建して以来、本願寺の一大拠点として尾張、伊勢国主の支配を受けず発展してきた。信長が石山本願寺と敵対したため、長島の一向衆も信長に対して反旗を翻すことになった。

すでに一昨年に信長は長島を攻めているが、西美濃衆の氏家卜全《ぼくぜん》が戦死するなど苦戦していた。今回は元服間もない信長の次男、北畠具豊《ともとよ》にも出陣命令が出て、家臣の小坂宗吉も出陣した。木下藤吉郎に従う前野長康も出陣し、久しぶりに兄弟は顔を合わせることになった。場所は北畠の桑名陣所である。

このとき宗吉は四十九歳、長康は四十六歳である。

「達者そうじゃな、小右衛門。浅井朝倉攻めが終わったばかりというに骨折りなことじゃ」

「兄者も健勝そうでなにより。五年前にこの桑名で会うて以来かの」

「そうじゃな。あれ以来になるかのう」

秋空の下、兄弟は互いの無事な姿を目にして微笑んだ。

「小兵衛も佐々の鉄砲隊で励んでおるそうじゃな」

「ああ、あやつには何度か助けてもろうて、儂らは命拾いをしておるわい。小六の鉄砲で遊んでおった小兵衛が、今や一番の鉄砲巧者になっておるわ」

幼い頃の記憶がよみがえって二人は笑った。

「兄者もずっと尾張には帰らず仕舞いか」

「お茶筅《ちゃせん》様が北畠家へお入りになってからずっと伊勢じゃな。尾張のほうは皆が守っておるゆえ心配ないが、そろそろ家族を呼んでやろうかと思うておるわい。お前ももうずい分、妻子とは会っておらんじゃろう。近江に呼んでやったらどうじゃ」

「そうじゃのう、近江の平定もなって、今度、今浜に城を造ることになってな。城下が出来たなら儂らも屋敷をもらえるそうじゃで、そうなれば松も子らも呼ぶかのう。兄者の子はもう幾《いく》つになる」

「助六は二十二で、孫八郎は四つ、仙十郎はまだ生まれたばかりじゃ。助六は去年の暮れに滝川殿について三方ヶ原まで出向いたが負け戦で、命拾いして帰って来たわい。まだまだ厳しい戦が続くで、一緒におられるならば、そのほうがええわ」

織田家中の者たちは休む間もなく次の戦いを命じられて、明日の命があるかどうかも判らない日々が続いている。ここまで共に戦ってきた仲間も、すでに何人も姿を消している。

「次に会うときも、互いに健勝でありたいものじゃな」

「それとお前は、もう幾人か男子をもうけねば前野家の先が気がかりじゃ」

「いざというときは兄者の子をもらうわい。兄者の子が前野を継ぐ方が理にかなっておるぞ」

長康はそう言って笑った。

兄の宗吉は、母の実家の小坂家を継いでいるために、弟の長康が前野家を継いだ形になっている。

「いずれにしろ我《わ》が一族が栄えるように、儂らが励むことが肝心じゃで。この先、小右衛門や小兵衛がどれほど出世するか楽しみにしておるぞ」

二人は笑い合って別れた。


この翌年、信長は三度目の長島攻めで一向衆を全滅させた。

さらに翌、天正三年の五月には武田勝頼を長篠で敗走させた。

この長篠の戦いに木下藤吉郎から名を改めた羽柴秀吉が出陣したのは確かだが、前野長康や蜂須賀正勝が同行したかは記録がない。武田の陽動作戦に誘われた秀吉が軍を動かしたのを、竹中重治が進言して兵を戻し、事なきを得たという。

それよりもこの戦いでは織田の鉄砲隊の活躍が目覚ましく、その中心をなした佐々鉄砲隊を前野勝長が指揮をしていた。このとき鉄砲隊の兵を三人一組とし、三人が交代で撃つことによって弾込めの空白を限りなく少なくした。

熟練の者でも一発撃つまでに二十秒ほどかかる鉄砲だが、三人で回せば計算上は三分の一の七秒間隔で撃つことができる。それほど上手《うま》くいったかは怪しいが、とにかく一人のときよりは速射になる。通常言われるような鉄砲隊を三段に分けて、号令で一斉射撃していては技量の違いで時間差が生じ、かえって効率が悪い。一斉射撃ではなく、三人一組にして各個に撃ったというのが真実のようである。とにかく勝長らのこれまでの工夫を、信長が大規模に取り上げたことによって大きな成果を挙げ、勝長は大いに鼻を高くしたことであったろう。

宗吉が再び長康と会ったのは、この年の八月に越前一向衆を鎮圧したときである。

朝倉義景が滅んだあと、信長は朝倉の旧臣、桂田長俊《かつらだながとし》を越前の守護代に任命したが、これに不満の他の旧臣が一向衆を煽動《せんどう》し長俊を殺害した。その後、加賀の一向衆勢力が加わって朝倉旧臣を一掃すると、石山本願寺の顕如《けんにょ》が派遣した下間頼照《しもつまらいしょう》が指導者となった。

しかし地元の一向衆が家臣のように使われることに不満を抱き、頼照に対して反乱を起こした。

信長は武田や石山本願寺、長島一向衆などとの戦闘に忙殺されて、越前へは手を打てずにいたが、ここに至って長島が片付き、武田も退けたことから、越前の内乱を好機と見て出陣命令を下《くだ》した。柴田、佐久間、丹羽、滝川、明智、羽柴ら、織田の主力三万が越前へなだれ込むと、一向衆は数日のうちに制圧された。

　このとき小坂宗吉が仕える北畠具豊《ともとよ》も参陣していた。この年に具豊は北畠家の家督を相続し、名も信意《のぶおき》に変えている。

　越前へ発向する前に、諸将は羽柴秀吉の用意した陣所に宿泊し、その折に宗吉は長康と再会した。宗吉の次男、孫八郎も同行していた。

「これは孫八郎か。よう来たのう。もう随陣しておるのか」

　長康は甥《おい》の武者姿を上から下へと眺めた。

「昨年より殿の小姓《こしょう》に召し出されてのう。御そばに仕えておるのじゃ」

　宗吉が嬉しそうに答えた。

「兄はどうした。助六は一緒ではないのか」

「はい、兄は尾張で留守を守っております る」

　孫八郎が声を張って答えた。

「昨年末の御上意により、尾張でも道普請《ぶしん》をしておってな。儂に代わって丹羽郡の普請を助六と喜左衛門がやってくれておる」

「さようか、それは会えずに惜しいことじゃった。しかし息子二人ともお役に立っておるとは良いことじゃ」

長康は、ささやかながら膳を用意して、宗吉に酒を勧めた。

「木下殿、いや羽柴殿も今や北近江三郡の領主。今浜の新城も出来上がって目出度いことじゃな」

盃を干した宗吉は、長康に返杯した。

「羽柴というは未《いま》だに言いづろうて困るが、今度は上様の御名の一字をいただいて、今浜を長浜に変えると仰《おお》せでな。いろいろとお考えになっておるわい」

「相変わらず抜け目なく知恵が回るお人じゃな。されどそのお陰でお主ら家臣も禄《ろく》を授かるわけじゃで。どうじゃ、知行も増えたであろう」

「ああ、三千百貫文もろうておる。小六が三千二百で、殿のお身内衆をのぞけば儂らが一番の知行持ちじゃ。それで儂も小右衛門では格好が付かぬゆえ将右衛門に名を改めることにしたわい」

「ほう、将右衛門か。それも良かろう。今浜の屋敷はもう出来たか」

「ああ、ようやくじゃ。領内の見回りに忙しゅうて自分のことが後回しになっておったが、京極町に五反ほど賜《たま》わって、母屋と長屋四棟ほど拵《こしら》えたわい」

「それは大したものじゃ。ならば早速に松を呼んでやらねば。首を長うして待っておるぞ。儂も今年の初めに妻子を伊勢へ呼び寄せたでな。早うに安心させてやるが良いわ」

二人は、しみじみとして盃を口に運んだ。

開け放った陣屋の外の闇には、秋の月が鮮やかに浮かんでいる。夜風が心地よく、虫の声も盛んに響いている。

「尾張におったころには思いも寄らなんだが、この先どこまで行くのじゃろうなあ。兄者は伊勢、儂は近江、小兵衛はどうやら佐々殿が越前で知行を拝領するらしいが、兄弟それぞれに離れて生きていくことになりそうじゃな」

「それは仕方のないことじゃ。各々《おのおの》が仕えた主に従うしかあるまいて。それぞれの地で栄えて、前野の武名を高めることが先祖の恩に応えることになろうでのう」

「離《はな》れておっても兄弟の絆《きずな》は切れるものではないな」

「無論じゃ」

兄弟は杯を掲げてから飲み干した。

そんな父と叔父の姿を、まだ少年の孫八郎は誇らしく見つめていた。

五

足利義昭の呼びかけに応じた浅井、朝倉、延暦寺、武田は、次々に信長に打倒され、石山本願寺も伊勢、越前の信徒が壊滅して両手をもがれた形になった。

越前の一向衆を平定した信長は、翌年の天正四年にいよいよ石山本願寺との戦いを本格化させた。教団を率いる顕如《けんにょ》は毛利の援助を得て、この先、信長と熾烈《しれつ》な戦いを続けていく。羽柴秀吉は播磨《はりま》へ侵攻し、毛利勢力の切り崩しを任されることになった。

秀吉の播磨《はりま》調略は天正四年に始まっているが、その後も石山攻めや雑賀攻め、北陸の柴田勝家の加勢を命じられるなどして、本格的に播磨へ専念するのは天正五年の秋からである。

天正五年の八月、秀吉主従は加賀にいた。

一旦は制圧した一向衆が再び勢いを増したために、越前にいた柴田勝家が信長に救援を求めたのである。近江に領地を持つ丹羽長秀や羽柴秀吉が加勢を命じられることになった。

このとき羽柴勢は石山攻めから急きょ加賀へ駆けつけたが、しかし出かけてみると前線は柴田、佐久間、佐々、滝川らが務め、秀吉は前田利家とともに後陣に配された。

「まったく不甲斐ない取り合いじゃ。我らは後巻《ごま》きばかりで部署替えもなく、手柄《てがら》の立てようがない。家中の者もいきり立っておるわ」

蜂須賀正勝が憤懣《ふんまん》やる方ないといった様子で吐き捨てた。

一揆衆を追って居振橋《いふりばし》、松任《まっとう》から尾山へと攻め上り、上杉領との境まで進んだところで勝家は軍議を開いた。

勝家としても信長に救援を乞い、四万にも増えた軍勢で一揆勢を追っただけでは面目が立たないと考えたのであろう。このまま上杉領へ進んで、いくつかの城を奪うことを提案した。これに反対したのは秀吉である。

「上杉の城を一つ二つ落としたとしても、我ら援軍が退けばまた奪われるだけでござる。そうこうするうちに冬が来て、上杉も我らも身動きできぬようになりますれば、これ以上に欲を出しても詮《せん》のないこと。一向衆を平らげた上は、ひとまず越前へ退くべきと存ずる」

しかし勝家は頑《がん》として聞かず、秀吉の意見は退《しりぞ》けられた。

「柴田様は身内の手柄のことしか考えておらんわい！」

羽柴の陣中に戻った秀吉は、怒りで顔を真っ赤にしていた。

軍議の末席にいた前野長康、蜂須賀正勝、竹中重治もまた心中は同じである。

「こちらが国境を越えねば、戦巧者《いくさこうしゃ》の上杉が仕掛けてくることは百に一つもないと存じまする。柴田、佐久間の兵で砦を固めたなら十分でございましょう。これほどの大軍をいつまでも留め置くのは無益なこと」

竹中重治が秀吉をなだめるように言った。

「それに気がかりなのは大坂の松永弾正《だんじょう》じゃ。稲田大八郎の知らせではいよいよ向背《こうはい》が怪しいとのこと。もし石山本願寺や毛利と通じたなら大坂表は大混乱となって、我らが先年来、根回ししてきた播磨の調略も水の泡となり申す。一刻も早う畿内へ立ち戻るべきでござろう」

前野長康が言うと皆、同意した。

「どうされる殿。御決断なさらねば我ら独断で江州へ引き返す所存にござるぞ」

蜂須賀正勝が脅《おど》すように言うと、秀吉も意を決した。

「儂とてこの北国でいたずらに時を費やし、柴田の下風《したかぜ》にあるのは我慢できぬ。危急の時じゃで、必ずや上様も御料簡してくださるじゃろう」

信長の了解も得ずに戦線を離れるのは重大な軍令違反であったが、羽柴勢は独断で加賀から撤退した。真夜中に人目につかぬよう三隊に分けて出発し、四日後には長浜へ着いた。休む間もなく羽柴秀長、前野長康、蜂須賀正勝、竹中重治は播磨へと向かった。

四人はそれぞれ配下の者を従えてはいたが、総勢百三十人ほどの人数である。

この小人数で御着《ごちゃく》の小寺藤兵衛政職《まさもと》のもとを訪れた。

播磨は室町時代には幕府の重臣である赤松氏の領地であったが、やがて没落して家臣の浦上氏、別所氏、小寺氏などがそれぞれに割拠し均衡を保っていた。

この小寺氏の家臣に小寺官兵衛孝高《よしたか》という男がいた。

隆盛《りゅうせい》する信長を見て、これに賭けることを決意した。そして主人の小寺政職をはじめ国人領主たちに織田家に従うことを説いて回った。

信長も毛利との対決のためには播磨侵攻は穏便《おんびん》に行いたいと考えており、臣従するならば領地は安堵《あんど》するという方針であった。国人たちは疑心暗鬼ながらも、一応は織田へつくことを了承し、この年の初めの雑賀攻めや石山本願寺攻めにも、羽柴勢の一翼として兵を出した。

ただここへ来て松永久秀が本願寺攻めから勝手に撤収し、信貴山《しぎさん》城へこもったことから、雲行きが怪しくなった。

「松永弾正の動きは大和守護になった筒井への不満と思われまする。たとえ兵を挙げたとしても早晩退治されましょう。播磨の方々には動揺無きように、織田への忠誠をお誓いいただきとう存じまする」

御着の城主、小寺政職の前で羽柴秀長は、いつも以上に落ち着いた口ぶりで語った。

「忠誠とは、いかがすればよいのじゃ」

政職はやや不安げな目で秀長と、その後ろに居並ぶ長康、正勝、重治を眺めた。

「先年の御誓約どおり、播磨の方々それぞれに質《しち》を入れていただくならば、上様も御満足され、いっそう御信頼なされるはずでございまする」

「質か」

政職は眉間にしわを寄せて、天井を見上げて思案した。

政職はこのとき四十九歳。やっと生まれた嫡男の氏職《うじさと》はまだ幼く、しかも病弱であった。

「その件、他の国人衆の意向もあるゆえ、今しばらく勘考させてもらおう」

そう言って返事を濁《にご》した。

秀長らにしてみれば一刻も早く人質を預かり、長浜へ戻りたいところである。軍令を破って加賀から戻った罪を許してもらうためには、信長の目を先へ向けねばならない。播磨衆の人質を取ることに成功したとなれば、播磨攻略は秀吉に継続して任せようと信長も考えるはずである。

しかし未《いま》だに織田と毛利を天秤《てんびん》にかけている播磨衆は、簡単に人質を差し出そうとはしない。

「早う戻らんと、殿は上様に成敗されてしまうぞ」

御着城の一室で、蜂須賀正勝が声をひそめて言った。

「播磨衆すべての質を出させるのは難しゅうござりましょう。小寺の質だけでも預かることができればと思いましたが、あの様子では時がかかるやもしれませぬな」

竹中重治も困り顔である。

「こうなれば我らの窮状を官兵衛に明かして、何とか骨折《ほねお》ってもらうしか手はないのではないか」

長康が言うと秀長も賛同した。さっそく小寺孝高を呼ぶと、長浜で秀吉が蟄居《ちっきょ》しており、今にも信長の手討ちに遭《あ》いそうであることを明かした。

「そうでござったか。それは一大事でございますな」

孝高は驚いた顔をしたが、すぐに頭の中では次の策を考え始めている。

この窮地を助けたならば、この先、秀吉の懐《ふところ》に深く入り込むことができるはずである。自分にとって大きな好機であると考えた。

「判り申した。実は我が殿は御嫡男を質に出しとうないと仰《おお》せで、いや決して織田に忠心なきゆえではございませぬ。長年待ちに待った嫡男様が御誕生になり、宝のようにお育てになっておられますが、お体が弱く他郷へ行ったときに如何《いか》なることになるやも知れず、それを心配しておられるのでございまする」

孝高はひと息入れてから、身を乗り出すようにして言った。

「いかがでござりましょう。主《あるじ》になり代わると申しては不遜《ふそん》なれど、どちらも丸く収まるのであれば、ここはぜひ我が嫡男をお役立ていただきとうござるが」

「そなたの息子を質に出すというのか」

「はい。十歳になる一人息子で松寿丸《しょうじゅまる》と申しまする」

秀長たちは顔を見合わせた。

しばしの沈黙の後、秀長が口を開いた。

「判り申した。見事な御覚悟じゃ。決して粗略にはせぬゆえ安心なされよ。たとえ我が兄がいかなることになろうとも、小寺が織田の味方であるうちは、そなたの子は我らが必ず守り抜くことを約束いたそう」

「よろしゅう願い申し上げまする」

孝高は深々と頭を下げた。

翌日、松寿丸を預かった四人は、早々に長浜へ向けて出発した。


一方、長浜城で蟄居した秀吉は、信長への目通りも許されず鬱々《うつうつ》としていた。

播磨から十日以上も知らせがなく、さすがの秀吉もこれまでと覚悟し始めていた。頬は削《そ》げ落ち、髪は乱れ放題で心痛は見るに忍びない限りであったと、のちに堀尾吉晴が語っている。

そこへ秀長らが帰ってきた。秀吉の憔悴《しょうすい》ぶりに驚きながらも、人質の件を報告した。

「果たして上様が何と仰せになるか判らぬが、やつれておるときではござりませぬぞ。すでに諸将に松永征伐の出兵も命じられたとか。この機を逃しては助かる道も無くなりましょうぞ」

長康が励ますと秀吉も気を取り直してうなずいた。

「松永攻めの総大将は岐阜中将様と聞き申した。まもなく岐阜より安土へ入られますゆえ、このたびの一件を中将様に申し上げて松永攻めにお加えいただくこと、御取り成しいただきますよう申し上げてはいかがでしょう」

重治が知恵を出して、皆が賛同した。

「それから、このように陰気ではいかん。羽柴も謀反を企んでおると噂でも立ったら取り返しがつかぬ。ここは盛大に宴でも催し、異心のないことを上様に知らせることじゃ」

正勝がそう言って、その晩から長浜城では連夜の宴となった。

その間に浅野長吉を織田信忠のもとへ送り、加賀の戦線から離脱した経緯を説明し、何とか信長への目通りを仲介してもらうことに成功した。

やっと安土への登城が許され、秀吉主従はさすがに緊張の面持ちで城内に入った。

秀吉が信長と会っている間、秀長、長康、正勝、重治、それに浅野長吉は控えの間で息をひそめて成り行きを見守った。

若い長吉は落ち着きなく三度も厠《かわや》へ行き、正勝は襖《ふすま》のそばで耳をそばだてて異変に備えた。

「もはやこの城からは生きては帰れぬかもしれぬぞ。しかし儂はただでは死なぬ。討手《うって》が迫ればたとえ匕首《あいくち》一振りとはいえ斬り結んで切死《きりじに》する覚悟じゃ」

正勝はそう言って懐中の匕首を確かめると、不敵な笑みを浮かべた。

秀長は聞こえぬふりで中庭を向いて座り、静かに白扇を使っている。

長康は秀長の様子を眺めていたが、その向こうの中庭に菊の花が秋の日を浴びて咲き誇っていることに、ようやく気付いた。息を深く吸い込むと、ときおり流れ込む風にも菊の香りが漂っている。その様子をかたわらの重治が笑みを浮かべて見ていた。

「短い秋の日に、菊の花は競い合って咲いておりまする。我らと似たようなものでございますな」

重治がそう言って目を細めた。張りつめていた空気が、いつの間にか柔らかになっていた。

一刻ほど過ぎたころ、秀吉が満面の笑みで戻ってきた。

「上様のお許しが出たで！　お咎《とが》めなしじゃ。これより岐阜中将様とともに松永征伐じゃで、早速に支度をせにゃならん。そのあとは播磨を切り取り次第にせよとの仰せじゃ！」

秀吉の言葉に、皆も驚き歓喜した。播磨を平定後は、思いのままに領地に出来るのである。

「すでに出陣の用意は出来ておるで、いつでも出発できますぞ」

そう秀長が応えると、

「ようやってくれた。これも皆々のおかげだわ」

と言って秀吉は、一人一人の手を取りながら頭を下げた。

松永久秀を信貴山城に滅ぼしたあと、秀吉らは一旦長浜へ戻り、播磨へ向けて出発したのは十月十九日の夜明け前のことであった。兵数は五千六百。

三時間ほどで安土城へ到着し、早朝に大手馬場前にて信長の謁見《えっけん》を受けた。いつにない緊張の面持ちで、秀吉が決死の覚悟であると口上を述べると、

「此度《こたび》の播州入り、まことに大儀《たいぎ》。急々の征旅なれば不如意のこともあろう。困ったことがあらば遠慮なく申すがよい」

との信長の言葉を聞いて、秀吉はひざまずいたまま涙を流し、しばらく顔を上げることが出来なかった。

三日後に播磨へ入った秀吉勢は、国府で別所、小寺ら国人衆の歓待を受けた。

そして小寺孝高の申し出により、孝高の居城、姫路城を秀吉の本陣とすることにした。孝高の一族は城を出て、四キロほど南にある国府山《こうやま》城へ移った。あとは未だ従属を申し出てこない西播磨の国人衆を制圧するばかりである。

「思いのほか容易《たやす》う進んだのう。これも官兵衛の手回しゆえじゃ」

秀吉は喜んだが、竹中重治は何やら思案気《しあんげ》に額に指を当てている。それに気づいた長康が声をかけた。

「どうした半兵衛」

額に指を当てるのは、気がかりなことがあるときの重治の癖《くせ》である。

「あの官兵衛という男、いささか危《あぶ》のうございますな。陪臣《ばいしん》の身で一子を質に出したと思えば、此度は居城までも差し出し、これは織田への服従というよりは、胸中に秘めたる野心の証《あかし》かと。あの者をあまりに重用されますと、国人衆に亀裂が生じることにもなりましょう」

「なるほど。されど官兵衛の働きがあってこそ、東播磨は手間なく織田になびいたのじゃ。この先もあの者の力は必要であろう」

秀吉は孝高の恩義に報いたい気持ちでいる。思い切った手を打つところが自分に似て、このところ孝高を使うことが楽しみにもなってきている。

「毒薬も使いようでは良薬になりまする。使い方を間違えぬことが肝要かと」

重治は静かに念を押した。

こののち秀吉は正勝と西播磨の制圧に向かい、秀長は長康とともに隣国の但馬へ攻め入った。

西播磨は備前の宇喜多直家につながる国人が多く、中でも上月城の赤松正範は名家赤松家の血筋で、周辺の国人衆をまとめて毛利方へ付いていた。

上月城へ向かったのは秀吉、正勝のほか浅野長吉、神戸田正治、尾藤知宣《とものぶ》、中村一氏《かずうじ》、荒木村重、そして先手として尼子勝久、山中幸盛の四千二百。播州国人衆は後陣とした。

上月城方は宇喜多の援軍を加えて一万の兵で迎え撃ったが、失地回復を目指す尼子勢の猛攻を受け落城。赤松正範は一族郎党とともに自害して果てた。

上月城の東にある福原城へは竹中重治が小寺孝高を案内役にし、加藤光泰、一柳直末《なおずえ》の千二百で攻撃し、これも落とした。

一方、但馬へ進軍した羽柴秀長、前野長康に従うのは生駒親正、宮部継潤《けいじゅん》、宮田光次《みつつぐ》、青木一矩《かずのり》、堀尾吉晴、藤堂高虎、木村重兹《しげこれ》ら三千二百。岩洲《がんしゅう》城、山口城、竹田城を落として朝来《あさご》、養父《やぶ》の二郡を二十日余りで制圧した。

わずか二カ月足らずで播磨全域と但馬二郡を平らげた秀吉は、その年の暮れ、報告のために安土へ向かった。朝来郡内にある生野《いくの》銀山から掘り出した銀十駄など、あわせて二十八駄の献上品を持参した。

この知らせには信長も上機嫌で、褒美として乙御前の釜を秀吉に与えるよう言い置いて、三河へ鷹狩りに出かけた。十二月二十一日に三河から安土へ戻った信長に、秀吉は播磨、但馬の状況を報告した。

そのまま秀吉は安土に留まり年賀の儀にも出仕して、居並ぶ諸将の前で信長より戦功を大いに賞せられた。信長は完成途中の安土城の座所を、諸将に見物させるなど上機嫌であった。

しかし秀吉不在の播磨では、不穏な空気が流れ始めていた。

すでに上月城攻めにも言を左右にして出兵しなかった三木城の別所長治が、このところ密かに防備を固め武器を買い集めていることが判った。蜂須賀正勝からの知らせで但馬の秀長、長康が播磨の竜野城まで赴《おもむ》いた。

「わが手の者の調べでは三木城だけでなく、周辺の志方《しかた》、神吉《かんき》、野口の城も同様とのこと。先般、儂と半兵衛で加古川までまかり越し、別所孫右衛門に問いただしても要領を得ぬ。つまるところ織田は播州衆の所領を安堵すると言いながら、毛利への抑えの必要が無くなれば織田領にしてしまうのではないかという疑心暗鬼よ。先の上月城攻めで尼子を先陣させ、手柄を立てた尼子に上月城を任せたことも不満のようじゃ」

正勝がこれまでの経緯を説明した。

重治は皆からやや離れて座っているが顔色が悪い。

「半兵衛はまだ風邪が治らぬのか。もそっとこちらへ寄らぬか」

長康は心配して声をかけた。

「このような危急のときに申し訳ござりませぬ。方々に御迷惑をおかけしてはならずと思い控えておりまする」

重治は答えたが声にも力がない。このところは床に伏していたようである。

「暖かくなれば病も治るじゃろう。しばらくは我らに任せて養生しておれば良いわ」

秀長が労《いたわ》った。

「とにかく兄者が戻るまで、用心して国人衆の動きを見張ることじゃ。兄者は石山本願寺との和睦の取りまとめを荒木殿に任せるよう上様に進言したそうでな。和睦が成れば播州衆も再び織田へとなびくはずじゃで」

ひとまず秀長と長康は但馬へ戻っていった。


秀吉が播磨へ戻ったのは二月の中旬であった。

荒木村重による石山本願寺との和睦の成り行きを見守っていたが物別れに終わり、再び本願寺攻めが開始された。

秀吉も播磨から備前への進軍に備えて、近江より新たな兵三千を率いてきた。無論、別所の不穏な動きについては知らせを受けている。ただ、あまりに播磨、但馬攻めがうまく進み、信長からも大いに賞賛されたことで、いささか有頂天になっていた。

「なにっ、それほど怪《あや》しげになっとるのか。官兵衛は何をしちょる」

「どうやらその官兵衛が災いの種でござる。小寺藤兵衛は官兵衛が主を差し置いて、あれこれ国人衆に物を申すのが気に障《さわ》る様子。別所も先の上月城攻めで先陣を許されなんだことから、官兵衛一人が良いように播磨を切り盛りしておると不満を募らせ、織田を信じられぬようになっておるようで」

正勝がこのところの成り行きを説明すると、秀吉は激怒した。

「たわけ！　上様から褒美をもろうてお褒めの言葉もいただいたというに、手のひらを返したように播磨が乱れては面目が立たんわい。すぐさま毛利攻めの軍議を開くゆえ、国人衆を集めよ！」

早速、参集の命令が下ったが、別所、小寺をはじめそれに連なる国人衆は姿を見せなかった。そればかりか各城に籠《こも》って、いよいよ敵対する構えである。

秀吉は姫路城の北西の書写山《しょしゃざん》に本陣を移して守りを固めた。

書写山の高台から姫路、御着のあたりを見渡しながら、秀吉はかたわらに控える小寺孝高に話しかけた。

「国人衆は織田へ付くように、お主がまとめたのではなかったのか、官兵衛」

瀬戸内海を渡る春風が、かすかに潮の香りを運んで来る。

霞《かすみ》のかかったのどかな風景が眼下に広がっているが、秀吉にそれを楽しむ余裕はない。己の進む先が霞の中に消えかかっているようで、苛立《いらだ》ちがこみ上げて来る。

「申し訳ございませぬ。織田への臣従が未だ十分ではないところへ、毛利からの調略が入ったようにございまする。されど、これも羽柴様には好都合ではございませぬか」

孝高の言葉に秀吉は驚いた。

「なにっ、好都合じゃと。この窮地がか」

「左様にございまする。国人衆が大人しく織田に従ってしまえば領地は安堵せねばなりませぬ。逆に歯向こうてくるのなら、これを討ち果たして領地を取り上げることができましょう」

秀吉は振り向いて、孝高の顔を凝視した。孝高は口の端に微かな笑みを浮かべている。

（こやつ、儂の心を読んでおるのか）

それも確かに秀吉の胸中にあった思いである。

信長からは播磨は切り取り次第との言葉を得ていた。しかし播磨衆が織田に従うならば、その所領は安堵せねばならない。敵対した西播磨の一部しか、秀吉の自由にならないことになる。

「播磨中がひっくり返り、それを制圧したならば、それはそのまま羽柴様のものになりましょうぞ」

「しかし、そなたの主人もその内におるのじゃぞ」

「それがしが何度も説いたにもかかわらず、織田には付かぬと申しております。この上どうすることもできませぬ」

孝高は主人の小寺政職を見限って秀吉に付くことを明言した。秀吉が播磨を平定すれば相応の所領を得て、あるいは主人に成り代わることも考えているに違いない。

「なるほど。半兵衛の言うたとおりじゃ」

「竹中殿が」

孝高は怪訝《けげん》な目をしたが、秀吉はそれには応じず黙った。

この先、自分も険《けわ》しい道を切り開いていくためには、この男のような邪知《じゃち》も必要なのかもしれない。

「とにかくこの窮地を脱することが専一じゃ。毛利と謀《はか》ってのことならば、この機に宇喜多や毛利本軍も動き出すはずじゃで。上月城が危ないわ」

そう言って本陣への道を引き返した。

秀吉は三木城の支城の一つ、野口城を蜂須賀正勝らに攻めさせた。

城主の長井政重は四百ほどの兵数で応戦したが、三日の後に降伏した。正勝は三木城と周辺の支城へも備えたものの、三千ほどの兵では数が足らない。

そのうちに西から毛利、宇喜多勢が播磨へ侵攻し、上月城に迫るとの知らせに秀吉は出陣し、上月城の東二キロほどの高倉山に布陣した。

但馬の羽柴秀長、前野長康のもとにも知らせは届いた。

諸将は驚いて、すぐさま救援に向かうべきと色めき立ったが、秀長はそれを制した。

「皆の思いは判るが、書状によると但馬を離れず死守せよとある。兄者も何ぞ存念あってのことじゃろう」

「おそらく播磨だけでなく但馬にも毛利の調略は入っておりましょう。我らが手薄となれば但馬にも反旗の恐れがござりまする。仮に上月城を守ったとしても但馬を失うては上様に面目が立たず、殿はそれをお考えでは」

長康が説明をした。

とりあえず情勢を探る意味も含めて、木村重兹《しげこれ》、神戸田《かみこだ》正治、宮田光次《みつつぐ》に五百の兵を付けて高倉山へ派遣した。

毛利本軍が動き出したとの知らせは、秀吉から安土の信長へ届けられた。

信長は滝川一益、明智光秀、丹羽長秀、筒井順慶らに救援を命じたが、彼らが到着したころには、すでに上月城は毛利の三万の大軍に包囲されていた。

織田方は一万五千ほどにはなったものの、毛利の堅固な防御の前に仕掛けることも出来ず、にらみ合いが続いた。さらに援軍の諸将は秀吉に合力する気概が薄く、後方の三日月山に布陣して傍観の態《てい》であった。

遅れて織田信忠、信意《のぶおき》、信孝ら一門衆に加え、佐久間信盛、細川藤孝らも播磨に到着し、三木城の南二キロの大窪《おおくぼ》に布陣した。五月初旬のことである。

この信忠軍が上月城攻めに合流すれば毛利との戦力は互角となり、上月城を救援できたかもしれない。しかし信忠が受けていた命令は三木城攻略であった。

高倉山の櫓《やぐら》の上で秀吉は焦《あせ》っていた。

眼前の上月城からは、さかんに狼煙《のろし》が上がるが救援の仕様がない。

「万一のときには城を捨てて逃げるようにも伝えたが、尼子衆は意地もあろうで逃げなんだのじゃろう。何とか救い出してやらにゃならん。何ぞ手はにゃあか」

「毛利の背後を脅《おびや》かせば、あるいは包囲を解くやもしれませぬ。それがしが八幡山城の明石飛騨守を調略いたしましょう。間に合うかどうか判りませせぬが」

竹中重治はそう言うと、櫓を降りていった。

八幡山城は龍ノ口城とも呼ばれ、上月城の南西三十キロほどの場所にある。目と鼻の先に宇喜多の本拠の岡山城がある。

明石飛騨守行雄《ゆきかつ》は、もとは播磨の領主である浦上氏の家臣であった。宇喜多との戦いの中で主人を見限り、今は宇喜多家の客分となっている。重治は小寺孝高を案内役とし疋勝とともに八幡山城まで出向いて、明石行雄を調略することに成功した。

一方、但馬でも守護の山名祐豊《すけとよ》が織田への臣従を承服したため、重治はこの報告に安土まで出向いた。失態続きの秀吉の面目を、少しでも取り戻そうという思いである。信長はこれを褒めて秀吉に黄金百枚、重治にも銀子百両を与えている。

しかしそれから一月ほどが過ぎても、毛利は動かなかった。大軍の中にあって明石も動きようがなかったかもしれない。

追い込まれた秀吉は極秘に戦線を抜け出し、安土の信長に嘆願に出向いた。しかしながら信長の返事は、上月城を捨てよという冷酷なものだった。

信長にしてみれば毛利三万の大軍が押し寄せ、さらに三木城が裏切り、その狭間《はざま》に軍を留めておくことは危険と考えた。まずは背後の三木城を落として、あらためて毛利に対峙《たいじ》すべきであるという当然の理屈である。

織田信忠は全軍に三木城とその支城を攻略する指示を出した。

信長の命令が出た以上は秀吉も上月城から手を引かざるを得ず、さらに三木城攻めの陣中にも加えられず、後方に待機するしかなくなった。

この間に播磨の陣を蜂須賀正勝に任せて、秀吉と重治は但馬に向かった。

竹田城で秀長、長康と久しぶりに対面した秀吉は、上月城の尼子衆を見殺しにせざるを得なかったことを語り、悔《くや》し涙を流した。すでに七月の初めに上月城は落城し、尼子勝久らは自刃している。山中鹿之介幸盛もまた護送の途中で斬殺された。

秀長らは秀吉を慰《なぐさ》めつつ、

「肝心なのは先々のことじゃ。この先どうする」

と重治に尋ねた。

「織田勢は今、志方、神吉の支城を攻め、これを落とせば三木城にかかりましょうが、かの城は容易《たやす》く落とせるものではございませぬ。長陣となれば石山本願寺も未だ堅固のままゆえ、いずれ殿の出番となるは必定。また丹波の波多野退治には山名祐豊《すけとよ》を味方にせしことが生きて来るはず。備前の明石飛騨守もまた宇喜多調略に動いておりますれば、きっとこの先、我らに良い風が吹き始めるに違いござらぬ」

そう語った重治は、明らかに憔悴《しょうすい》の影が見える。病身のまま東西を駆け回った疲れが出ているのであろう。

「ようやったくれたな、半兵衛。お主の知略には感服じゃ。しかしあまり無理をせず、しばらく養生したほうがよいぞ」

長康がいたわりの言葉をかけた。

「これがそれがしの戦でござる。少しは世の流れが変われぱと思いましてな」

重治は白い顔で笑みを浮かべた。

近江の長亨軒に重治を訪ねたとき、長康が言った言葉に応えてのことであった。

「ああ、変わるじゃろう。儂らが皆で変えてみせようぞ」

長康も力強く応じた。

重治の予測通り、志方、神吉の支城を落とした織田信忠は八月中旬に兵を退いた。

三木城の包囲は秀吉に任されることになった。

上月城を落とした毛利は、宇喜多の動静に不安を覚えたのか、それ以上に播磨へ侵攻することはなかった。

信長は但馬の羽柴秀長に三木城攻めへの合力を命じたため、秀長、長康らは千二百の兵をつれて播磨へ向かった。但馬は宮部継潤ら三千九百の兵を置いて守らせた。

三木城の北東の平井山に秀吉の陣所はあり、そのふもとの与呂木《よろぎ》に秀長は陣取った。

秀吉は上洛のため不在であったが、再び秀長、長康は正勝や重治と顔を合わせた。

「のんびりしたもんじゃのう、彦右衛門。眺めておるだけで、いつになったらあの城は落ちるんじゃ」

長康は久しぶりに会った正勝に軽口を言った。

「仕方なかろう。見ての通り、川が取り巻いて攻め口が少ないんじゃ。織田の三万の兵が攻め寄せても落ちなんだでな。取り囲んで干物《ひもの》にするしかあるまいよ」

正勝が床几《しょうぎ》に座ったまま言うと、傍《かたわ》らにいた稲田稙元も調子を合わせた。

「戦続きで少々くたびれましたでな。時にはこういう戦いも良うございませぬか」

秋の日に照らされて、眼前の美嚢《みのう》川と枝分かれした志染《しじみ》川の川面が光っている。

その向こうに広大な三木城が広がっている。川と堀で取り巻いた中に高い石垣を築き、まともに攻めても攻めようのない堅固さである。

「城内に寝返る者でも出ぬ限り、早うに開城させるのは無理か」

長康もため息をついて床几に腰を下ろした。

この三木城攻めに織田信意《のぶおき》も参陣しており、兄の宗吉や縁者の森正成らも陣中にいたと聞いたが、会えないまま信意勢は石山本願寺攻めに戻った。

(我らの失態を、兄者は心配しておるじゃろうな)

平井山の陣中で、長康は兄を思った。

「それより少々気がかりなことがあるんじゃ。神吉城を落としたあと荒木殿が国許へ帰ったままでな。再びの参陣を知らせたが音沙汰なしじゃ。まさかとは思うが」

正勝が、手にした柿をかじって渋い顔をした。

「渋柿じゃぞ、太郎左」

「そうですか、それはお気の毒」

稙元が笑ったが、正勝はそのまま食べ続けている。

「敵か味方か、見分けがつかん奴ばかりでいかんわい」

とうとう口中の食べかけを吐きだすと、正勝は手にしていた柿を三木城を目がけて投げつけた。

六

心配したとおり、荒木村重の離反は確実となった。

蜂須賀正勝と前野長康が摂津の有岡城まで出向き村重を説得したが、その決意は変わらなかった。

もともと荒木村重は摂津の池田家の家臣であったが、主家に取って代わり頭角を現すと、信長の配下となって摂津一国を任されるまでになった。石山本願寺攻め、播磨攻めにも出陣し、畿内における織田の貴重な戦力であった。

村重は秀吉の推挙で石山本願寺との調停役を任されたものの、和議は成らなかった。また神吉城攻めでも降伏した神吉長則は丹羽、滝川によって首をはねられたが、伯父の神吉藤太夫と村重は親交があったために、これを見逃してやった。

さらには本願寺と交渉する中で顕如の人徳に触れ、窮乏する城中の民のために村重は米百石を届け入れた。謀反というよりも、村重の厚情から生じた行動であった。

「このところの石山攻めで、播磨攻めで、急に織田の家中におるのが嫌になりましてな。そもそも播州は国衆安堵のところ、小寺官兵衛の画策で騒乱の様態になり申した。羽柴殿も我らの意見を蔑《ないがし》ろにし、官兵衛の言に乗ったがために禿《は》げ鼠《ねずみ》の如く走り回り、但馬へ逃げ込んで嘲笑される始末。それに比べて顕如上人は温潤にして慈愛の心深く、さすが一宗の棟梁《とうりょう》にござる。上人は元より争いは好まず、ただ法地を守らんがためのこと。紀州牢人《ろうにん》どもが愚昧《ぐまい》なる門徒衆を欺《あざむ》いて戦っておるにすぎぬ。上人の願いにより我が一存で兵糧を差し入れたが、これを逆心と言われては、もはや抗弁する気もござらぬ」

村重は静かな口調で、しかし固い決意を含ませて語った。

長康と正勝も説得は無理と感じて黙ったが、それでも長康は村重を思いやった。

「織田に従わぬのはやむを得ぬが、この城に籠《こも》っては総攻めを受けて、いずれ松永弾正のごとく無残なことになるは必定。それよりは城を捨て播州にて隠棲し、風流の内に生涯を送ることもまた楽しゅうはござらぬか」

長康は村重と同様、千宗易に茶の指南を受けており、風流を好む村重が顕如の人徳に魅《ひ》かれるのも判らぬでもない気がした。

若いころは武将として身を立てようと主君を裏切りもしたが、壮年になって己《おのれ》の本質に抗じ切れなくなったのかもしれない。このとき村重は四十四歳。ちなみに長康は五十一歳、正勝五十三歳である。

「御両所の申されること、もっとも至極。御厚情かたじけなく存ずる。されど諸国の法地、仏徒を焼き払い狼藉を繰り返す信長へ、かなわずといえども一矢報いてその罪を悟らせるが我が本望にござる。天涯一人になろうとも信長の行く末、見届けねば我が心が鎮まることはござらぬ」

結局、村重を翻意させることなく、むなしく二人は播磨へ帰った。


秀吉は三木城を囲むように付城《つけじろ》を数カ所に築くと、兵糧を運び込めぬように監視を強化した。海にも浅野長吉が軍船を浮かべて、毛利方の舟が近づくのを牽制《けんせい》した。

そうしておいて十月十五日の満月の夜には、平井山の陣所で観月の茶会を開いた。味方の諸将を慰《なぐさ》めるのと、三木城にこもる兵へ見せつける意味もあった。

正月に信長から拝領した乙御前の茶釜を披露し、堺より津田宗久《そうきゅう》を茶の師匠に招いた。

参席したのは羽柴秀長、浅野長吉、杉原家次、三輪吉高の身内衆のほか、蜂須賀正勝、前野長康、神戸田正治、生駒親正、竹中重治、藤堂高虎、中村一氏、山内一豊ら。馬廻り衆として加藤清正、大谷吉継、脇坂安治、福島正則、堀尾吉晴などの名も見える。上席には信長の四男で、秀吉の養子になったばかりの羽柴秀勝が座った。

三十数名が日頃の戦塵《せんじん》を払って、冴《さ》え渡った夜闇に浮かぶ名月を楽しんだ。西に目を転ずると三木城は音もなく静まり返っている。

「歯噛《はが》みして、こちらを見ておるのじゃろうな」

秀吉が満足げに三木城を見やった。

いくつもの篝火《かがりび》を焚《た》いている秀吉の本陣は、三木城からもまばゆく見えているに違いない。

「されど事前に武器兵糧を大量に運び込んだ様子ゆえ、音《ね》を上げるまでには、いささか時がかかりましょうなあ」

正勝が腕組みをして肩をすぼめた。

十月の中旬ながら、雲が無いせいか寒さを感じる夜である。

「力攻めをしても埒《らち》が明かぬ城ゆえ、こうして囲って兵糧を断つのが上策でござろう。気がかりなのは摂津の荒木と、御着の小寺の動きでござる。毛利の調略で反旗を翻すとなれば、三木城の兵も勇み立ちましょうぞ」

長康が言うと秀長もうなずいた。

「荒木を攻めるとなると、また我らも駆け付けねばなりませぬかのう」

秀長は兵站《へいたん》の算段で頭が痛い。現状でも播磨と但馬に手勢が分かれて、やりくりが複雑になっている。

「三木城を放り出すわけにもいかんじゃろ。それは上様も御承知のはずじゃで。官兵衛がうまく荒木を説き伏せるのを待つほかあるまい。のう半兵衛」

秀吉に尋ねられた重治は、少し考えたあと口を開いた。

「官兵衛に説得はできぬでしょう。荒木殿がもっとも忌《い》み嫌《きら》うのが官兵衛でござる。どのような甘言をもってしても荒木殿が翻意するとは思えませぬ」

冷気のせいか重治の言葉が一層冷たく響いた。

「そう思っておりながら官兵衛を行かせたのか」

秀吉が眉根を寄せた。

「荒木殿を説得すれば手柄になると勇んでおりましたゆえ、それがしは黙っておりました。あのように己の力量を過信しておっては、いずれ大きな過失を犯し、殿に御迷惑となりましょう。播磨の騒乱も一端はあの者の失態。一度、痛い目に遭わねば慎重になりませぬ」

「一つ間違えば命を落とすやもしれぬのだぞ」

「そのようなときこそ、持てる知恵のすべてを使って生き延びようとするもの。命を落としたなら、己の力が足りなかったというだけのことでござる」

いつも以上に厳しい言葉を吐く重治を、長康も正勝も意外な目で見つめた。

この茶会のあと上京する秀吉とともに、重治は病気療養のために京へ向かうことになった。


荒木村重の説得に有岡城へ向かった小寺孝高は、やはり城中へ入ると捕らわれの身となってしまった。

孝高が戻らぬのを村重に加担したと解釈した信長は、人質であった孝高の息子、松寿丸を殺すように命じたというが、このあたりの話はいささか疑念の残るところである。

その後、孝高が救出されたときに信長は悔やんだが、実は松寿丸は竹中重治が密かにかくまっていて安堵したという話である。

この話が記録されているのは『黒田家譜』のほか『魔釈記《ましゃくき》』『古郷《こごう》物語』などであるが、いずれも『黒田家譜』からの派生と思われる。

竹中重治の機転を示すこの話が、息子の竹中重門《しげかど》が著した『豊鑑《とよかがみ》』にも載っていないし、『甫庵《ほあん》太閤記』にも出てこない。死んだと思われた孝高が生きて救出されたというだけでも、読み物的色彩を好んだ小瀬甫庵なら飛びつきたくなるような面白い逸話のはずである。

孝高が捕らわれたのは、それに触れた家臣らの書状が残っていて真実のようだが、本当に一年にも渡る勾留《こうりゅう》だったのか、その後の松寿丸の一件など、裏付ける史料はない。

『黒田家譜』は黒田家家臣で儒学者の貝原益軒が藩命により編纂したもので、すでに江戸期に入って七十年以上たった頃の書物である。黒田家所蔵の古文書などを基《もと》にしたというが、完成後も何度か藩主の命により加筆修正されたようである。孝高や長政を持ち上げるような記述が目立ち、近年は内容の間違いなどが指摘されている。


信長は何とか荒木村重を翻意させようと手を尽くしたが無駄に終わった。

十一月に入るとついに村重を討つことを決断し、明智、丹羽、滝川らのほか信忠、信意《のぶおき》、信孝ら身内衆、さらには北陸の前田、佐々、不破らにも出陣を命じた。

有岡城周辺には高山右近の守る高槻《たかつき》城や、中川清秀の茨木《いばらき》城など多くの支城があった。織田信意の陣は茨木城に近い太田にあり、小坂宗吉と助六の親子も陣中にいた。佐々勢もこの太田に陣取ったようだが、宗吉が弟の前野勝長と会ったという記録はない。あるいは勝長は国もとで留守役であったかもしれない。

羽柴勢も三木城を取り囲んだまま年を越し天正七年となった。

この冬はことのほか寒さが厳しく、野陣で城を包囲する羽柴方の兵には辛い状況であった。櫓《やぐら》の上の物見は鎧《よろい》の上に布子《ぬのこ》をまとって寒風に耐えた。

二月の早朝、別所勢が五千の兵で城から押し出し、秀吉の平井山本陣に攻めかかったが、羽柴勢は四百の鉄砲を撃ちかけて撃退した。それ以後は再び別所勢は三木城にこもったままとなった。

「いつまでも城が落とせぬでは、上様のお怒りを受けるやもしれんぞ。儂らも摂津へ援兵を出そうかの」

季節は再び暖かくなり、平井山から見える景色も緑がまばゆくなってきた。さすがに秀吉も焦《あせ》りを感じた。

「いや、このまま摂津へ出向いても、すでに織田の大軍が取り巻いておって我らに出来ることはないじゃろう。三木の城を早う落とせと、それこそ上様に叱られるのが関の山じゃで」

気の長い秀長が、わざと呑気《のんき》そうにあくびをして見せた。

「荒木攻めも長引いておる様子で、上様も苛立《いらだ》っておられましょうな。どうじゃろう、我らは丹波《たんば》境《ざかい》へ攻め入っては。荒木の謀反に同心して丹波の波多野の動きが盛んになりつつあると知らせが来ておりまする。放っておいては但馬へ騒乱が及ぶ恐れもあるゆえ、早めに叩いておくが得策ではござらぬか」

長康が提案すると秀吉もそれに賛同した。

五月四日に秀長と長康は、四千の兵で但馬から丹波へ攻め入った。

梁瀬《やなせ》から夜久野《やくの》へと山道を進んでいくと一揆勢が砦を築き道を塞《ふさ》いでいたが、鉄砲を撃ちかけて突き破った。

一揆の首領を討ち取ったあと、降参した百姓は許し、生野《いくの》銀山の小粒銀をそれぞれに与え味方に加えた。

「他の村々にも味方する者には生野銀を与えると触れを出しましょう。兵を損するより、そのほうが得策でござる」

長康の意見に秀長も同調した。

これにより味方に加わる百姓や地侍《じざむらい》が増えて、羽柴勢は五千近い兵力となって福知山城と綾部《あやべ》城を攻撃した。福知山城の小野木重次、綾部城の江田兵庫頭《ひょうごのかみ》はいずれも降参して開城したため、秀長はこれを許した。丹波に侵攻して七日目のことであった。

その後、南へ進んで秀長は氷上《ひかみ》城を、長康は久下《くげ》城を攻めた。

久下城には城主の久下重氏をはじめとして波多野宗長、宗貞親子ら勇猛で知られた武将がおり、双方に多くの死傷者が出た。しかし長康の指揮のもと、脇坂安治、梁田鬼九郎、堀尾吉晴、山内一豊らが猛攻を加え、ついに敵を本丸へと追い詰めた。

長康は矢文を送って降伏を勧めたが重氏はこれを容れず、重氏以下二十数名が切腹して果てた。久下城が落ちたことを知ると、氷上城でも三十数名が腹を切り開城した。

このまま波多野秀治の本拠、八上《やかみ》城を攻めたものかどうか秀吉に報告したところ、数日して加藤光泰が返書を持ってやって来た。

「丹波は明智殿が攻め入っておるゆえ、ここまでにして引き揚《あ》げよということよ。上様からの御命令だそうじゃ」

秀長が文を読み終えて諸将にそう告げた。

丹波攻略は四年ほど前から明智光秀に任されていたが、たびたび他方面へも出兵を命じられるために専念できず光秀も焦《あせ》っていた。すでに波多野の主城の八上城を包囲して兵糧攻めにしており、今ここで羽柴勢の手を借りては面目を失うことになる。信長もそこは配慮してのことであった。

「やはり半兵衛の申すとおりか」

長康は雨空を見上げて嘆息した。

加藤光泰は長康のもとにも竹中重治の文を届けていた。

京で療養していた重治は、五月に入って再び三木城包囲の平井山本陣に戻っていた。病が良くなったわけではなく、摂津、播磨の戦況が動かないために宇喜多調略が水泡に帰すのではという危惧《きぐ》から陣中に戻ったのである。秀長と長康が丹波へ出陣したあとであった。

長康への文には丹波攻めの戦功を賞賛し、それに対して病で満足な働きのできない自分への苛立《いらだ》ちが記されていた。そしてそのあと、丹波侵攻を進めたとしても我らの戦力では保持できないために、速やかに引き上げるように進言していた。

「半兵衛の塩梅《あんばい》はどうじゃ」

「芳《かんば》しゅうはございませぬ。陣中におることもかなわず、近隣の百姓家を借りて臥《ふ》しておりまするが、病は進んでおるようで」

光泰の言葉に、長康も秀長も顔を曇らせた。

秀長は但馬へ引き揚げ、長康は占拠した城を明智光秀に引き渡すために、しばらく福知山に留まることになった。

長康は五百ほどの兵で、福知山の北の鬼ヶ城に籠《こも》る赤井幸家に備えた。

この赤井氏は波多野氏とともに丹波の有力武将で、幸家の兄の直正が悪右衛門の異名を取るほどの勇猛な武将であった。明智の攻撃を何度も退け、長康らが但馬へ攻め入ったときにも但馬勢に加勢して阿修羅のごとく手向かった剛の者であったが、この前年に病没し、今は弟の幸家が一族を率いている。

「また今日も雨でございますなあ」

福知山城の陣所で前野義詮《よしまさ》が長康に声をかけた。

従兄弟の清助義詮は墨俣以来、長康と行動を共にしている。

「明智様はまだ八上城にかかっておられましょうや。このように手持ち無沙汰になるならば、鬼ヶ城を攻めても良うございましたな」

若い前野宗高、忠康の兄弟は、じっとしているのが苦痛のようで、雨に濡れるのも構わず陣屋の前を出たり入ったりしている。二人は松倉の坪内忠勝の息子で、こちらも長康とは従兄弟になる。二人とも二十歳を越えたばかりで、力が有り余っている。

そこへ雨の中を伝令が駆け込んできた。

「播磨の蜂須賀様からの文にございまする」

長康は嫌な気配がして一瞬ためらったが、気を取り直して文を開いた。

「思うたとおりじゃ」

「どうされました」

のぞき込む義詮に長康は文を見せた。

「半兵衛が身罷《みまか》った」

長康は義詮に文を渡して目を閉じた。

「なんと」

義詮もまた絶句した。

思えば長亭軒の庵を訪ねて以来、わずか九年の間ではあったが、困難に出遭《であ》った時には行く先を指《さ》し示し秀吉主従を助けてくれた。

（とても儂らだけでは、ここまでやってこれなんだわい。まだまだこの先、おぬしの知恵を借りねばならんことがあるというに）

長康は目を閉じた中に、重治の顔を思い浮かべた。

初めて出会った長亭軒の庵での顔、いつぞやの安土城内で菊を眺めたときの顔、平井山で観月の茶会を催したときの顔が、次々と幻《まぼろし》のように思い浮かんだ。

竹中重治が死んだのは『信長公記』は六月二十日と記している。

『武功夜話』では福知山の長康に知らせが届いたのが七月十三日としている。知らせを発するまでの期間の長さは、秀吉周辺の悲しみの深さであったかもしれない。

八上城を落とした光秀は、降伏した波多野秀治ら三兄弟を安土へと送った。三人は安土で磔《はりつけ》となって命を落とした。

七月二十三日に長康は福知山城を光秀に引き渡し、播磨の平井山陣所に戻ったのは八月一日のことであった。

九月には摂津の有岡城でも動きがあった。

荒木村重がひそかに城を抜け出し、嫡男のいる尼崎城に移っていた。毛利の援軍を要請するために、自ら海に近い尼崎城に入ったとも言う。

村重の逃亡に兵は動揺し内通者も出たために、十一月には織田方の総攻撃を受けて落城寸前となった。村重の家族と家臣らの命と引き換えに、尼崎城と花隈城の開城を信長が通告すると、城代の荒木久左衛門は、もはや勝機もなくこれを受け入れ開城した。

久左衛門が伝令となって尼崎城の村重に伝えたが、村重はこれを承諾しなかった。

このため村重の家族重臣ら三十六人は京の六条河原で斬首され、そのほか家臣やその家族六百人以上が尼崎城の近くで処刑された。

村重はその後も花隈城に移って抵抗を続けるが、やがて毛利を頼って逃れることになる。

十月に備前の宇喜多直家が織田へ寝返り、十一月には有岡城も開城して、三木城の別所長治も翌年の天正八年一月に降伏した。

兵糧攻めによって三木城内は食糧がなくなり、兵たちは骨と皮ばかりになっていたが、それでも最後の意地を見せようと羽柴勢との間に悲壮な戦いが繰り広げられた。

長康、正勝をはじめ浅野長吉、加藤光泰らが鉄砲を撃ちかけて大手門を打ち破ると、本丸まで攻め寄せた。

「このまま攻め込んでも敵味方に死人をつくるばかりじゃ。もはや勝敗は明らかゆえ、降伏するよう使者を立てよう」

長康に正勝も同意すると、別所重宗に説得に向かわせた。

別所孫右衛門重宗は当主の長治の叔父であり、早くから織田への従属を唱えていた。しかし重宗の兄、吉親《よしちか》は秀吉と対立したために長治も引きずられて織田に反旗を翻していた。

三木城内では降伏に傾いたが、吉親は最後まで抵抗を主張して屋敷に火を放ったために、ついに家臣らに殺害されてしまった。こうして別所長治は降伏を受け入れ、城兵の命と引き換えに妻子兄弟とともに自害して果てた。

城中には草もなく木の皮もはがされて食料とされていた。いたるところに餓死した死骸や殺された馬の骨が散らばり、生きている者も無言のまま幽霊のようにさまよっていた。長康は指揮をして、死骸を西の曲輪《くるわ》に大穴を掘って埋めた。

同じころ、やはり織田に抵抗していた御着城も落城し、小寺政職《まさもと》は備後へ逃れた。

ようやく播磨は平定され、羽柴秀吉が播磨と但馬の差配を任されることになった。

秀吉はあらためて姫路城を居城と定め、長康にその普請を命じた。

五月に姫路城の広間に家臣を集めると、秀吉はこれまでの皆の働きに褒賞を行った。

「皆々の粉骨の働きにより、播磨もようやく治まったでな。上様からもお褒めの言葉とともに、播但二国の差配をこの秀吉に任せると仰せつかった。誠にありがたいことじゃ。ついてはこれまでの働きに報いるために、各々に褒美を取らせるでな」

秀吉は用意した書面を取り上げると読み上げた。

「蜂須賀彦右衛門正勝、そなたには竜野四万一千石を与える」

居並ぶ諸将からは、驚きの声が上がった。

「前野将右衛門長康、そなたには三木三万一千石を与える」

これにも、羨《うらや》ましげな声が聞こえた。

「二人は儂《わし》が足軽百人組の大将のころから尽くしてくれたでの。この二人がおらなんだら墨俣も金ヶ崎も小谷攻めも、どれ一つとして出来なんだじゃろう。あらためて礼を申す。儂の家臣の最初の城持ち大名として、これからも支えてくれよ」

二人は居心地の悪そうに顔を見合わせたが、並んで深々と頭を下げた。

「川並衆の我らが城持ちとは、尻のあたりがこそばゆいのう。どうじゃ将右衛門」

広間を出てから正勝が長康に笑った。

「先も見ずに懸命に働いてきたが、気がつけば儂らも思わぬところまで来てしもうたな。城をもろうたと言うても、抱えておる家臣も多いゆえ食わせていかねばならん。まだまだ楽《らく》にはならんわい。播磨が落ち着いたなら、また出陣だわ」

長康も笑った。

同じころ但馬では再び毛利に通じた国主の山名祐豊《すけとよ》を羽柴秀長が討って、これにより秀長は但馬一国を任されることになった。

長康の言った通り、休む間もなく六月には、秀吉は因幡《いなば》攻めの命を下した。

因幡では守護の山名氏と家臣の武田高信、さらに尼子、毛利、吉川の勢力争いで、たびたび鳥取城の城主が入れ替わっていたが、このころは守護の山名豊国が入っていた。

豊国は数年前まで織田に服従の姿勢を見せてはいたものの、家臣らの突き上げによって籠城し羽柴勢に対抗した。

秀吉は播磨口から蜂須賀正勝、家政親子を先手として一万の軍勢を、また但馬からは羽柴秀長、前野長康らが八千の軍勢で因幡へ侵攻した。

秀長、長康の軍勢は、鳥取城の南西にある鹿野城を取り囲んだ。この城は吉川の家臣が七百ほどの兵で守り、鳥取城の山名豊国を監視する役目を担っていた。秀長の軍に播磨からの正勝の軍が合流し、一万以上の兵で取り囲むと、城方はなすすべもなく降伏した。

やがて秀吉も到着し、全軍で鳥取城へ押し寄せた。

鹿野城降伏のとき城内に豊国の娘がおり、これを人質にして開城を迫ったところ、豊国はやむなく降伏を申し出た。秀吉はこれを許し、山名の旧領であった因幡八郡を安堵することを約束して七月には播磨へ戻った。

因幡を監督する立場となった秀長は、宮部継潤《けいじゅん》に処務を申し付けて但馬へ引き揚げた。この宮部継潤は近江以来の秀吉の家臣で、数々の武功を立ててきたために、秀長は但馬八郡のうち、因幡に近い二方郡二万石を与えていた。

八月まで因幡に留まっていた長康は、秀吉への報告のために播磨へ戻った。

「あのまま山名の家中《かちゅう》が治まるとは思えんでな。いずれ毛利に通じた家臣どもが騒ぎ出すはずだわ。今のうちに因州の米を買い上げて、城方に渡さんようにするのじゃ。年が明けて暖こうなったら、もう一度押し寄せてやるわい」

姫路の城内で、秀吉は指示をした。

「初めからそのおつもりでござったか。だんだんと殿の戦も巧妙になってきましたな」

長康が笑うと、秀吉もずるそうな笑みを浮かべた。

「何と言うても毛利の大軍勢が待ち構えておるでな。それまでは味方の兵を一人でも死なせるわけにいかんのじゃ。金《かね》で勝ちが買えるなら買えばええのよ」

秀吉は自分に言い聞かせるように何度もうなずいた。

「これから寒うなるでな。ことに因州の冬は厳しいゆえ、残っておる者たちには兵糧を十分に与えて守りを固めるように言うてくれ」

長康は承知して退出した。

四カ月ぶりに三木へ戻った長康は、留守居役の前野宗高に所領の状況を聞いた。

「今年中に検地を終えるつもりでしたが人手が足らず、来年の春までかかりそうにございまする」

「そうか、因幡へ行っておる者も多いゆえ、仕方なかろう。別所の家臣をできるだけ多く使ってやってくれ。あの者たちのほうが土地のことに詳しかろうでな」

宗高は長康の言うことを、一つ一つ書き留めて忘れぬようにした。

「三太夫、そなたが居ってくれて助かるわい。これからもよろしゅう頼むぞ」

「戦働きができぬのは歯がゆうございますが、これも御奉公にございますれば」

「ああ、立派な奉公じゃ」

長康は若い宗高の肩を叩いて笑った。


十月に入って長康は再び但馬へ行き、秀長と相談した後、浅野長吉、杉原家次《いえつぐ》、副田《そえだ》吉成と因幡へ向かった。秋に収穫した米を買い上げるためである。

杉原家次は秀吉の妻、寧々《ねね》の伯父、副田吉成は秀吉の妹、朝日の夫である。どちらも算術に長《た》けており、米を買い占める役目を担っていた。また浅野長吉は海からの毛利の援軍に備えるため、海上の防備を任された。

因幡中で買い上げた米は四千五百石にも及び、これらの米は海上を舟で但馬まで運んだ。うかつにも城方はこの動きに気づかず、毛利方に通じる家臣らは当主の山名豊国を追放すると、再び織田への反旗を鮮明にした。

すでに寒気が到来し、双方とも身動きの取れない季節になっていた。因幡の各所に兵を残し、長康は一旦、但馬へ引き揚げた。

このころ長康のもとに兄の小坂宗吉から文が届いている。弟が三木城の城主となったことを聞いて、それを祝う文面であった。

「一門の者が鼻を高うしておるそうじゃ」

長康は兄の文を義詮《よしまさ》に見せた。

「それはそうでございましょう。我ら前野一党に連なる者、長年の御奉公が報われ夢の如き心地にございますれば、孫九郎様もそれは鼻高々ではございませぬか。北畠中将様は荒木攻めの折に上様の御勘気を蒙《こうむ》ったと聞き及びましたが、その後はつつがなくお勤めでございましょうや」

「その一件は滝川殿の取り成しで大事にはならなんだと聞いたが、今年になって田丸の城が焼け落ちて、松ヶ島に新たに城を築いたらしいわ。それを機に御名《おな》を信雄《のぶかつ》と改められたというから、御奉公にも一層気を引き締めておられるじゃろう」

「信雄様でございますか。よう御名が変わりまするな」

「御家来衆にも名を与えて、兄上は雄吉《かつよし》になって、助六と孫八郎も雄善《かつまさ》、雄長《かつなが》というそうじゃ」

「ずい分と気前よくお与えになりましたなあ」

「それだけ兄上も頼みとされておるのじゃろう。良いことではないか」

長康はもう一度、文を読み返しながら、誇らしげに笑う兄の顔を思い浮かべた。

返書は翌月、安土へ向かう杉原家次に託した。


翌年の天正九年の六月、秀吉は鳥取城への攻撃を命じた。

この三月には吉川経家が千人の兵を率いて海から鳥取城に入っていた。秀吉は播磨、但馬の兵に加え、備前の宇喜多勢、さらには加勢の長岡藤孝親子も含めた三万近い軍勢で鳥取城を取り巻いた。

いくつか支城を落としたあと、城下の百姓らを城中へと追い込み、兵糧の消耗を早める策に出た。

三木城でも悲惨な状況が現出したが、鳥取城では百姓の数が多く、そのためなりふり構わず飢えから逃れようとする者が続出した。柵越しに叫んで城から出ようとする者を、包囲した羽柴勢が鉄砲で撃ち殺すと、それを目がけて殺到した城中の者たちが死体を切り刻み、瞬く間に持ち去った。

毛利方は海から兵糧を入れようとしたものの、浅野長吉、長岡藤孝が船団を率い上陸を阻止したために、城へ近づくことも出来ずに退去せざるをえなかった。

十月の末に至り、ついに吉川経家は自分の首と引き換えに、城内の者の助命を申し出た。秀吉は経家を生かし、山名豊国を追い出した家臣らを切腹させようとしたが、経家はいさぎよく腹を切り、家臣らもそれに続いた。

開城に際して、秀吉は粥《かゆ》を用意し飢えた者らに食わせた。しかし急激に詰め込んだために胃けいれんを起こして死ぬ者が多かったという。

鳥取落城の直後、吉川元春が軍勢七千を率いて、伯耆《ほうき》国の八橋に現れたとの知らせがあり、秀吉自ら二万五千の兵で伯耆の馬ノ山まで進んで対峙した。元春は鳥取の落城を知り、また羽柴の大軍に驚いて戦うことなく退却した。

秀吉は鳥取城を宮部継潤に任せて、播磨へと引き揚げた。


天正十年の正月、安土城では信長が上機嫌で家臣らの新年挨拶を受けた。

完成した御殿の内を披露し、見物を終えた者からは信長自ら見物料を受け取る趣向で、家臣らを驚かせた。

秀吉の家臣らも前野長康を始め五十名ほどが登城し、眩《まばゆ》いばかりの御殿内部を見て回った。いたるところに金箔と金の金具がきらめき、部屋ごとに狩野永徳の筆による見事な襖絵《ふすまえ》が展開していた。

「この世とは思えぬきらびやかさでございますな」

長康がため息をもらしつつ秀吉に言うと、秀吉はさらに大きなため息をついた。

「さすがは上様じゃのう。このような趣向は儂らでは思いもよらぬわい。手柄を立てて儂も少しは上様に近づけたかと思うたが、まだまだ足元にも及ばぬ」

「我らは生まれが違いますゆえ、風流の道のことは如何《いかん》とも難《がた》いですな」

秀長がそう言って笑った。

「何を言うか。儂もいずれはこのような城を西国にでも造ってみせるわい」

振り返って秀吉はそう言ったが、秀長らの表情が変わったのに気づいて前を向くと、そこに信長が立っていた。

「こ、これは御無礼を。まこと眼の眩《くら》むばかりで、魂が抜ける心地にござりまする」

「いずれ西国に城を造ってみせるか」

信長はそう言うと一歩踏み出した。

「滅相《めっそう》もござりませぬ。それは西国平定の上は、上様の出城としてそれがしがお造り申し上げたいということで」

「ならば早う毛利を討たねばのう。今年のうちには目鼻をつけよ」

「ははあ！」

深々と頭を垂れた秀吉主従に、信長は手を差し出した。

「見料は一人百文じゃ。置いてゆけ」

「ははあ！」

薄笑みを浮かべる信長へ、それぞれに百文を手渡すと秀吉らは退出した。


一月十九日には蜂須賀正勝が、宇喜多の家老らを安土へ伴ったために、秀吉は再び信長に拝謁した。昨年に病死した宇喜多直家の跡を、十一歳になる次男の家氏に継がせることの許しを得るためである。家氏はのちに秀吉の一字をもらい秀家を名乗る。

信長は家督の相続を許し、本領安堵を約束した。その席で座敷外の白州にいた秀吉家臣の蜂須賀正勝と前野長康に目をとめた。

「両人の者、頭を上げよ。尾張以来の忠節、神妙である」

そう言うと縁先まで進み出た。

「この者らは儂が尾張のうつけと言われたころよりの付き合いでな。見どころはあったが儂の下には付かぬと言うて、猿の下に付きおった。すぐに逃げ出すかと思うたが、以来十数年、粉骨のはたらきは見上げたるもの。武士の鑑《かがみ》じゃ。筑前が今日あるは、この両名のはたらきによるものぞ。久方ぶりの対面、故友忘るべからずの者どもじゃ」

座敷に居並んだ丹羽長秀ら側近衆は、信長がこれほどの親しみをもって家臣を賞賛するのを珍しげに見守っている。家臣を友と呼ぶことなど、古参の丹羽長秀も記憶がない。

言葉のない正勝と長康に代わって、上座の秀吉が口を開いた。

「両名の者、常に陣屋にあり、このような晴れがましき場に出たこともございませぬ。口も開けぬ有様にて、それがしが代わって御礼申し上げますする。思えばそれがしが足軽大将のころ両名の者を上様より下《くだ》され、以来常《つね》に陣中にあり、山河を越え、風雪に耐えて御奉公に努めて参りました。今日上様より勿体《もったい》なき御言葉をたまわるは感涙の極《きわ》み。我ら一党、なお一層粉骨してお役に立つ所存にござりまする」

秀吉の言葉に合せて、正勝と長康は頭を下げた。

「川並の荒くれが一城の主になるとは思いもせなんだであろう。されど儂の直臣《じきしん》になっておれば今ごろ一国二国を所領としておったはずじゃ。惜《お》しかったのう、小六、将右衛門」

信長はそう言って笑った。

そこで正勝が、くいっと顔を上げて胸を反らせた。

「一国二国を切り従えるは容易なれど、その前に我らのような粗忽者《そこつもの》はこの首を上様に斬られておりましょう。わが主《あるじ》の下におったればこそ、今日までこの首はつながっておりまする」

満座が一瞬凍りついたように静まり返ったが、

「よう、ぬかすわ。たしかに尾張のころは何度もお前たちの首をはねようと思うたぞ」

と信長が大笑して、何事もなくその場は収まった。

「今年は毛利攻めに儂も出向くゆえ、また見《まみ》えようぞ」

信長の言葉に、二人は平伏した。


同じころ前野義詮《よしまさ》は長浜へ戻り、長康の妻子に嬉しい知らせを届けていた。

三木城に御殿が完成したために、皆で移るようにという知らせである。

長康の妻の松は、長康が近江へ移ってからも八年ほどは尾張の前野屋敷に留まっていた。近江の長浜へ呼ばれて喜ぶ間もなく今度は長康は播磨へ移り、この四年は子供らとともに長浜の留守を守っていた。

「播磨とはどのような国です、清助殿。海はありますか、山はいかがですか。殿は長浜にはお出でになりましょうや」

興奮した松は身を乗り出し、矢継ぎ早《ばや》に義詮に尋ねた。

すでに四十を越えた松であったが、童顔のためにしぐさまでが子供のように見えるときがある。

義詮は微笑みながら、

「殿は筑前様に従って安土におられますが、そのまま播磨へ随行されまする。それがしが奥方様をお守りして播磨へお連れするよう言い遣《つか》っておりますれば、早速に御仕度《おしたく》を」

と答えた。

松は十一歳になる娘のたえの手を握って、嬉し涙を流した。

松の一行が三木城へ着いたのは、一月二十六日のことであった。

二月に入って信長は武田討伐のため、岐阜の織田信忠を進発させた。

三月には信長自身も丹羽、明智ら六万の兵を率いて安土を出発した。羽柴勢は毛利に備えるために参陣を免除されたが、悠長に構えているわけにもいかない。

二月の中旬に蜂須賀正勝と黒田孝高が先陣となって備中境へ進み、高松城の清水宗治らの調略を試みた。しかし高松城はもちろん周辺の諸城もこれを拒んだために、正面から攻めることとなった。

三月一日に姫路へ播磨、但馬の軍勢二万三千が集結し、備前の岡山城へ入ったのが四月三日。すでに正勝、孝高の先鋒は高松城南の庭瀬《にわせ》城を落とし、次に高松城北の宮路山城を包囲していた。

秀吉は立田山に本陣を置いて高松城へ数度攻め寄せたが、周囲の湿地に兵馬の足も鈍り、動きの悪いところを城から鉄砲の一斉砲火を浴びて退却した。まともに攻めても負傷者ばかりが増える堅城である。

ある日、秀吉は前野長康、浅野長吉をともなって足守川の河原まで進んだ。周囲を山に取り囲まれた中に平地が広がり、中央に高松城がある。その脇を足守川の流れが南北に走っている。秀吉は地頭の宮内平左衛門を呼びつけて足守川の水かさなどを尋ねた。

平左衛門によると今は川幅も十間ほどだが、出水時には三倍四倍にもなり、田畑が水没し百姓が難儀しているという。

「水攻めにしたらどうじゃろうな」

「良いお考えにございますな」

秀吉のつぶやきに長康も応えた。

ただちに宮路山城を攻めていた蜂須賀正勝が呼ばれて堤《つつみ》総奉行となった。

「また大仕事じゃのう」

正勝は呆れた顔をしたが、

「なあに、兵の命が一人でも助かるならば、このほうが良いのよ」

と長康は笑った。

「それよりも堤が出来上がる前に毛利に攻められては厄介《やっかい》じゃ。さとられる前に仕上げねばならんぞ」

「判っておる。たんと褒美《ほうび》を出して百姓らを駆り出せばよかろう。墨俣と同じよ」

記憶の中の同じ風景を思い出して、二人は笑みを浮かべた。


毛利の動きに備えて、秀吉は安土の信長へ救援を依頼した。

秀吉の軍勢に宇喜多勢を合わせて三万ほどの大軍ではあったが、毛利の全軍が押し寄せたなら、とても支えきれない。

秀吉は長康を播磨へ戻し、信長を迎える支度をするよう命じた。

「宿所、兵糧、道々の手配りを、くれぐれも落ち度の無きようにの」

長康は堤普請《ふしん》を前野忠康に任せ、五月六日に百人ほどの手勢をつれて出発した。

一方、正勝は早速に各将に持ち場を割り当てると、蛙《かえる》ケ鼻《がはな》から門前村までの約四キロに渡る堤を築き始めた。土の俵一つにつき百文と米一升《しょう》を与えたため、噂を聞いた周辺の百姓らが我先にと詰めかけ、五月八日に始まった工事は二十日には出来上がってしまった。ちょうど梅雨の時期で、せき止めた足守川から溢《あふ》れた水が高松城の周囲に流れ込んだ。

高松城の危機を知った毛利方は、毛利輝元を総大将に、吉川元春、小早川隆景の全軍四万で救援に駆け付けた。しかし吉川、小早川が高松城に近い岩崎山、日差山に布陣したころにはすでに堤は完成し、高松城は湖面に浮かぶ城となっていた。

四月下旬に武田討伐から安土に戻った信長は、秀吉から届く報告で毛利との対決が近いことを知った。

毛利攻めの準備にかかる一方で、織田信孝には四国へ攻め入る準備をさせた。中国路へ進んだときに背後から襲われるのを防ぐ意味もあったろう。

五月十五日には徳川家康が穴山梅雪を伴い、安土を訪れた。武田攻めのあと駿河国を拝領した御礼言上のための来訪であった。信長はこの接待に明智光秀を当てた。

ところが家康が安土に留まっている最中、秀吉からの援軍要請が届いたため、五月十七日に信長は光秀に先鋒を命じた。息子の信忠を上洛させ家康の接待をさせるとともに、自身も二十九日に上洛した。

夕刻の京の街中は、降り続く雨で人影もまばらである。

わずかな手勢を連れて、信長は本能寺に入った。

七

天正十年六月二日の深夜、三木城に急報が届けられた。

長康は寝所でその文《ふみ》を読み、足元が崩れたように愕然《がくぜん》とした。

このとき長康は五十五歳であったが、文を持つ手が自分の手とは思えぬほどに震えるのは、老いのせいではなかった。

長岡藤孝からの文によると、この日の朝方に信長が明智光秀に攻められ本能寺で自害したという。

目を見開いて何度読み返しても、とても信じられない内容であった。

ようやく気を取り直して立ち上がり寝所を出ると、廊下に家臣の前野義詮《よしまさ》と前野宗高が立っていた。

深夜の使者に異変を感じていた彼らは、蒼白となった長康の顔を見つめるばかりであった。息を整えて長康が文の内容を告げると一同騒然となった。

「真《まこと》でござりましょうや。明智様が謀反など、とても信じられませせぬ」

魂が抜けたように呆然としていた義詮が、ようやく口を開いた。

「長岡殿の知らせであれば、まず相違あるまい」

「明智の大軍が京より播州に攻め入れば、我らではとても支えきれませぬ。如何《いかが》いたしましょう」

興奮した宗高が口早に言って詰め寄った。若い者たちが戸惑う姿を見て、逆に長康は冷静さを取り戻した。

「まあ待て。こうして長岡殿が知らせてきたということは、明智に同心する気はないということじゃ。京の周辺の者がすべて味方ではないとすれば、明智も容易には動けまい」

長康の言葉に若い家臣たちはうなずいた。

「とにかく一刻も早う殿に知らせねば。それから京周辺の動きを探ることじゃ」

長康は自分に言い聞かせるようにつぶやいた。

高松城を包囲している秀吉のもとには、長康が発した使者よりも数刻早く京から知らせが届いた。六月四日未明のことである。

秀吉もまた大いに狼狽《うろた》えたが、帷幕《いばく》にあった弟の羽柴秀長、蜂須賀正勝、黒田孝高が協議して、ただちに毛利方と和議を結び、姫路へ取って返すことを決めた。このまま留まっていては毛利と明智の挟み撃ちに遭《あ》いかねない。

安国寺恵瓊《えけい》を介して和睦を決めると、秀吉軍は姫路へ向けて退却を始めた。

総勢一万七千の軍勢の移動で混雑するため、退路を南北二路に分け、南路は加藤光泰、黒田孝高ら、北路は蜂須賀家政、前野忠康らが兵を率いた。殿軍《しんがり》は羽柴秀長が引き受けた。

秀吉は蜂須賀正勝とともに、伊部浦から赤穂岬まで海路を取った。

すでに正勝が知らせを走らせていたために、赤穂岬に着いた六日の夕刻には長康が鉄砲隊三百を引き連れ待っていた。

「どうじゃ、上方の塩梅《あんばい》は」

長康が気を利かせて用意した茶を飲みながら、秀吉が尋ねた。

「明智勢は京を固め、さらに近江一円を抑えた様子。日向守も安土の城に入り、長浜の城も敵の手に落ちたかと」

「女どもはどうした。人質に取られたか」

「いえ、奥方様はじめ皆々、城を抜け御無事とのこと。今、詳《くわ》しゅう探らせておりまする」

「それは良かった。寧々《ねね》を人質に取られては手出しも出来んでな。他の諸将はどうじゃ」

「長岡親子は明智よりの誘いを断わったとのこと。また摂津衆はいずれも日和見《ひよりみ》の様子で尼崎《あまがさき》の池田様の動き次第かと思われまする。あとは大和の筒井が明智に付くかどうかでございましょう。京周辺の軍勢はほかに大坂に丹羽様と三七様が四国攻めのためにおられますが、まだ動きはございませぬ」

「丹羽様は何をしちょる。一番間近におって好機じゃというに」

「四国御同陣の織田七兵衛様に謀反の疑いありとして、これを襲って討ち果たしたとのことにございまする」

七兵衛とは信長の弟、勘十郎信勝の子の信澄《のぶずみ》である。光秀の娘を妻としていたために疑われたという。二十八歳の若さであった。

「たわけたことをしよる。丹羽様も耄碌《もうろく》したわ。よし、将右衛門と小六は池田様を調略して参れ。すぐに儂が大軍で尼崎まで押し出すと言えばこちらに付くじゃろう。五百ほど兵を連れて行け」

秀吉の頭はすでに明智討伐に向けて切り替わっている。

柴田、滝川といった有力諸将が遠国にいるうちに主君の仇討《あだうち》をすれば、彼らの上へ立つことができる。このとき秀吉が自ら天下人になる絵を描いていたかは判らないが、上へ上へという猛烈な上昇志向に突き動かされていたことは間違いない。

尼崎の池田恒興のもとには、かつて尾張の川並衆であったころの知己《ちき》である伊木清兵衛が重臣として仕えていた。信長の犬山攻めのとき美濃方にあった伊木清兵衛は、正勝や長康の説得で尾張についた経緯がある。

翌七日に長康と正勝は、その清兵衛を介して恒興に会うことができた。

「わが主《あるじ》、筑前守は毛利と和睦を果たし、すでに姫路に戻ったところでござる。明智日向守を討ち果たすべく、近日中に尼崎まで進発いたす手筈《てはず》。紀伊守《きいのかみ》様にはぜひとも合力いただきますよう願い上げまする」

二人が頭を下げると恒興は、いかつい顔でうなずいた。

「よう判った。摂津衆には儂から知らせを出すゆえ、すぐに参陣できよう。大和の筒井にもこちらへ味方するよう書き送ろう」

「かたじけのうござる」

恒興は二人より十歳ほど年若だが、織田家中では古参というべき人物である。恒興の母が信長の乳母であったため信長とは乳兄弟であり、またその母が信秀の側室となったために義兄弟でもある。

「儂にその方たちのような家臣がおればのう。筑前が羨《うらや》ましい限りじゃ」

恒興はそう言って腰を上げた。

伊勢の織田信雄《のぶかつ》のもとへ信長死去の報は、安土城の留守居役、蒲生賢秀《がもうかたひで》より早馬で届けられた。明智勢が安土城へ攻め寄せる風聞ありと知らせているから、安土城が奪われた六月五日以前に知らせは発せられている。

「上様と岐阜中将様が討たれたとあっては、織田家の当主となるは殿をおいてございませぬぞ。早々に出陣して仇《かたき》を討たねば」

悲嘆に暮れるばかりの信雄を、小坂雄吉《かつよし》らは説得した。

ようやく八日には雄吉をはじめ滝川三郎兵衛、津田掃部《かもん》らが兵を率いて鈴鹿峠から甲賀郡土山へ進み、信雄の着陣を待った。翌日、信雄は着陣したものの、安土城はすでに明智勢の占拠するところとなっていた。

秀吉の東上を知った光秀は八日には先勢《さきぜい》を京へ向かわせ、自身も九日未明に京へ入った。京で公家衆と会ったあと、十日には洞《ほら》ヶ峠で筒井順慶を待ち、十一日には淀《よど》城へ入っている。

信雄の軍勢は千二百と小勢であったために、どうしようもなかったのかもしれないが、雄吉らが安土へ入ったのは十一日の朝になってのことであった。

「羽柴様が中国より取って返し、大坂の三七様と丹羽様、摂津の池田様とともに明智討伐の兵を進めているとのこと。我らも早々に加わるべきではございませぬか」

雄吉が進言しても、信雄は動こうとしなかった。

「父上の築かれたこの安土の城を守ることこそ肝要じゃ。賊に奪われたまま見過ごすわけにはいかぬ」

すでに明智の本隊は去った後であったが、光秀の従兄弟の明智秀満が一隊を率いて城に籠《こも》っていた。しかし城攻めをして明智方が火を放っては元も子もないため、信雄はただ城下に攻め寄せたまま手出しができず、無駄に日を過ごすことになった。


北陸の柴田勝家が信長の死を知ったのは六月六日のことである。

二月から越中の魚津城攻めに遠征していたため、変事を知るのが一層遅れてしまった。

この魚津城攻めは三月に始まった武田攻めに関連しており、織田勢が武田勝頼を攻めたときに同盟者である上杉景勝《かげかつ》が救援に来るのを防ぐ意味があった。魚津城を囲まれたために景勝は越後を動くことが出来ず、武田は滅亡した。

魚津城は勝家をはじめ佐久間盛政、前田利家、佐々成政ら四万八千の大軍に包囲され、上杉景勝も救援に動いたものの五千の兵では手の打ちようがなかった。そのうちに武田を滅ぼした織田方の滝川一益が上野《こうずけ》から、森長可《ながよし》が信濃から越後に向かっていると聞き、景勝はただちに春日山《かすがやま》へ引き揚げた。

五月二十九日に魚津城は降伏開城した。城兵の命は助けるとの約定であったが、城兵が三の丸へ移ったところを本丸に入った佐々勢が鉄砲を撃ちかけると、それを合図に城外の織田勢がなだれ込んだ。

だまされたと知った城方は怒り狂い抗戦を続けたが、ついに力尽き生き残った者たちは自刃して果てた。

「城は落ちたが、あまり心持ちの良いものではございませぬな」

鉄砲隊を率いてだまし討ちをした前野勝長は、城内を見回りながら佐々政元に言った。

「仕方あるまい。城を囲んでから三月半にもなる。手強《てごわ》い上杉相手とはいえ、これほど支城に手こずっていては上様がお怒りになろう。柴田様はそれを考えて無理をなされたのであろうよ」

「武田が滅んで次は上杉討伐でございましょうな。滝川様、森様が越後境《ざかい》を越えたと聞きましたが、上様はお出ましになられましょうや」

「どうであろう。この軍勢で寄せたならば上杉も勝ち目はあるまい。武田攻めのように岐阜中将様にお任せになるやもしれぬぞ。上様は毛利攻めへお出でになるのではないか」

「もはや織田の天下は近うございまするな」

やっと勝長は晴れやかな顔になった。

しかし魚津城が落ちた六月三日、すでに信長はこの世にいなかった。

六日に信長の変事を知った柴田勝家らは、ただちに魚津城から退却し、それぞれの領国へ帰った。北陸は一向衆の勢力が根強く、信長が死んだとなると再び蜂起する恐れがあった。配下の諸将に領国を維持するよう指示を与えて、勝家が自らの軍勢で越前から京を目指したのは十七日のことであった。

中国攻めから急きょ戻った秀吉軍は姫路で休む間もなく、すぐに尼崎まで移動した。訳も分からず備中から走り通した兵も、ようやく上方での異変の詳細を聞かされ、目指す相手が明智光秀と知った。

秀吉軍が尼崎に集結したのが六月十一日。織田信雄が安土城下へ入り、柴田勝家が越前へ戻ったころである。そして明智光秀は洞ヶ峠まで進んで筒井順慶を待ったものの順慶は動かず、やむなく淀城へ入り秀吉方に備えて城の修復をしていた。

十二日に秀吉は池田恒興、中川清秀、高山右近ら摂津衆とともに富田へ進んで、丹羽長秀、織田信孝と合流。軍議を開いて陣立てを決めた。

「敵は山崎の北に陣を布《し》いております。我らが進めば、この山崎の狭地で戦になりましょう。我が方は三万、敵は一万五千。兵数に劣るために平地を避けて、この切所を選んだのでございましょう」

絵図を広げて黒田孝高が説明をすると、待ちきれぬように秀吉が口をはさんだ。

「どうすれば良い」

信長の弔《とむら》い合戦との意気を示すため、秀吉は頭を剃《そ》りあげている。その頭が熱を帯びて異様に赤黒い。

「正面の街道筋は高山殿、中川殿を先陣とし、小一郎様の手勢で西の天王山を取りまする。池田様には淀川沿いを進んで敵の横腹をお突きいただきまする。さすれば寡勢の敵は支えきれますまい」

すでに前日に秀吉と秀長、正勝、長康、孝高で話し合って決めた策である。

「ようし、上様の仇を討つ大戦《おおいくさ》じゃ。皆々心を一つにして明智を討ち取り、上様の御霊《みたま》に捧《ささ》げようぞ！」

秀吉が叫ぶと、居並ぶ諸将も声を上げた。

翌日十三日の戦は、秀吉方の策の通りに運んだ。

未明から羽柴秀長、前野長康、黒田孝高らが六千三百の兵で天王山へ進軍し、やはり横腹を突こうと進入していた明智方を、昼近くには敗走させた。

街道筋は明智方の斎藤利三らの攻撃が激しく、高山、中川勢が崩れかけたが、後詰めの兵が駆けつけて持ち直した。この隙に池田勢が川沿いを進んで敵の側面に出たため、明智方は左右から攻撃を受けて退却せざるを得なくなった。

夕刻、明智光秀は勝竜寺城まで退き、さらに夜陰に紛れて坂本へ逃れようとしたが、途中の小栗栖《おぐるす》で落武者狩りに遭《あ》い、命を落とした。


安土城を占拠していた明智秀満が山崎の敗北を知り坂本城へ向かったために、小坂雄吉らは安土城を奪還した。秀満は十四日に打出浜《うちでのはま》で堀秀政と戦うも、敗れて坂本城へ入り自刃した。

「羽柴様や三七様に遅れは取りましたが、無事に安土の城を取り戻したのはお手柄でございましょう」

雄吉らの言葉に信雄は満足げにうなずいた。そしてこれまで父への遠慮で、足を踏み入れられなかった天守の隅々まで見て回った。

しかしその翌日の十五日、城下から出た火が燃え移り、信長が贅《ぜい》の限りを尽くして造り上げた天守閣は灰燼《かいじん》に帰してしまった。信長の怒りに触れたような気がして、信雄は意気消沈し伊勢へと帰った。

六月二十七日、清洲において羽柴秀吉、柴田勝家、丹羽長秀、池田恒興の諸将が、今後の織田家の跡目と、所領の配分について話し合った。

それにより信忠の嫡子、三法師が織田家の総領となり、信雄と信孝は後見役となった。そして信雄は尾張上四郡と下二郡、伊勢中部の四郡を、信孝は美濃を所領とすることになった。

信雄は居城も伊勢から尾張の清洲に移し、気分を一新した。

引き移ったばかりの清洲城内で小坂雄吉は生駒家長と話していた。

二人とも、すでに六十近い年齢になっている。

「わが殿が織田の跡目《あとめ》になれなんだのは無念じゃが、諸将の評定で決まったことでやむを得ぬ。このちは三法師様を盛り立てていかねばならぬ」

「三法師様も我が殿も、いずれも生駒の血が流れておるからな。儂ら縁者でお支えしてゆかねばのう」

信長の嫡男信忠と次男信雄、さらに長女の五徳は生駒家長の妹、吉乃《きつの》が産んだ子である。早くに吉乃が病死したために、家長は我が子に近い思いで見守ってきた。その信忠の子が三法師であり、家長にとっては孫のようなものである。

「前野の三兄弟もそれぞれに立身して喜ばしいことじゃ。そなたはこうして三法師君を後見する中将様に仕え、将右衛門は羽柴様の重臣、小兵衛も柴田様与力の佐々殿の重臣となっておる。まるで三叉《さんさ》の鼎《かなえ》のようじゃな」

「三叉の鼎か。それほどのものでもないが、しかし川並衆で無頼《ぶらい》をしておった将右衛門と小六が、今ではあのように羽柴様の股肱《ここう》の臣となり、城持ち大名になるとは隔世《かくせい》の感があるわ。誰にも仕えんと言うておった頃は、どうなることかと気を揉《も》んでおったが」

「羽柴様こそ、生駒の下働きをしておった頃は、とてもあのように立身するとは思いも寄らなんだでな」

当時の彼らを思い出して、雄吉も家長も笑い合った。


しかしその後の織田家中は、次第に亀裂を深めることになった。

安土城の修復がなるまで三法師を預かる約束だった岐阜の織田信孝が、いつまでたっても三法師を手放そうとせず、柴田、滝川と結束して秀吉に対抗する構えを見せた。

秀吉からの要請を受けて信雄が岐阜まで赴《おもむ》き説得を試みたが、信孝は頑として聞こうとせず、一戦交える意気込みまで示した。

柴田、羽柴の双方がそれぞれ京で信長の葬儀を行うと対立は決定的となった。

冬が来て柴田勝家が越前へ帰ったのを見計らって秀吉は岐阜の信孝を攻めた。畿内、播磨、但馬、丹波、近江の諸将を集め四万六千にもなる大軍勢が岐阜城へ押し寄せると、信孝は一戦も交えることなく降伏した。

柴田は雪のため出兵できず、伊勢の滝川も尾張の信雄が兵を出して牽制《けんせい》したために美濃へ向かうことができなかった。

年が明けると秀吉は、今度は滝川攻めにかかった。一月六日に姫路を発って、安土城の三法師と織田信雄に拝謁し、滝川攻めの了解を得た。

「滝川左近将は鈴鹿口の諸城に兵を入れ、敵対の構えを見せておりまする。亡き上様の威望を犯す所《しょ》行《ぎょう》許し難く、これより我ら勢州に赴《おもむ》き打ち向かう所存でございまするが、尾張中将様にも是非とも御出馬願い上げまする。中将様の御出馬があれば参陣の諸将も亡き上様への敬慕の念を奮い起こし、馬前の功名を競い合うものと思われまする」

平伏して言上する秀吉に、上段の間に三法師と並んだ信雄が返答した。

「あい判った。筑前守の申すところ、もっともである。直ちに国許に出兵を命じよう。安土に来ておる我が手勢も、貴殿の兵とともに勢州へ向かわせよう。それで良いか」

「ありがたき幸せ。軍中に中将様の旗印《はたじるし》があらば、諸将も奮い立ちましょう」

秀吉は礼を言って退出した。

この信雄の安土登城に小坂雄吉も随伴していたが、このとき秀吉幕下の前野長康とは対面していない。あえて顔を合わせることもなく、それぞれに職務に専念していたようである。

秀吉軍は信雄の兵を合わせて、七万五千という大軍勢となって伊勢へなだれ込むと、鈴鹿の関に近い峰城、亀山城、関地蔵《せきじぞう》城を攻撃した。

秀吉と羽柴秀長、蜂須賀正勝らは亀山城を、前野長康、浅野長吉、山内一豊らは峰城の攻撃にかかった。

信雄の約一万の兵は亀山城と峰城に分かれており、小坂雄吉は亀山、嫡男の助六雄善《かつまさ》は峰城を攻囲する陣中にいた。

雄善は着陣して三日目に長康の姿を見かけたものの、戦闘中でもあり声をかけず仕舞いであった。

数日して雄吉の使いで前野清蔵が雄善のもとへ来た。雄吉の文を長康へ届けたいという。雄善は清蔵を伴って長康の陣まで出かけた。

「これは助六か。久しいのう。陣中におるとは聞いておったが、なかなか会えなんだ」

出てきたのは長康に仕えている前野義詮《よしまさ》である。

「将右衛門様は今不在でな。なに、そのうち戻られるゆえ、ゆるりとしてゆけ」

義詮の知らせで前野宗高、忠康の兄弟もやってきた。義詮は前野義高の子、宗高、忠康は坪内忠勝の子で、雄吉や長康とは皆、従兄弟《いとこ》同士である。

「そなたらの顔を見るのはいつ以来じゃろう。まだ幼いころだったと思うが」

「松倉におったころでございましょうなあ。ご無沙汰をしておりまする」

宗高、忠康の兄弟は雄善よりも十ほど年若である。忠勝が晩年にもうけた二人の息子は、すでに二十歳近くなり長康に仕えていた。

昔話や一族の消息などを話して一刻も過ぎたころ、長康が帰ってきた。

「おう助六か。腰を痛めたと聞いておったが、達者そうじゃな」

「はい、あれはもう一昨年のことで、すっかり平癒《へいゆ》しました」

「兄上から文だそうじゃが、何であろう」

清蔵から受け取った文に長康は目を通すと、ふっと笑みを浮かべた。

「儂らもいつ死ぬか判らん歳になったゆえ、一度会っておこうということじゃ」

兄弟の再会は峰城の開城後、関の地蔵院でということになった。

関の地蔵菩薩は、奈良時代に東大寺大仏建立に功のあった行基《ぎょうき》上人が、当時流行した天然痘を鎮《しず》めるために、街道の要衝《ようしょう》である鈴鹿の関に安置したと言われ、地元の民だけでなく街道を行く旅人にも深く信仰されていた。

この近辺に亀山城の支城である関地蔵城があったが、これも秀吉勢の攻撃で開城していた。

その日、小坂雄吉が一党を引き連れて地蔵院まで出向くと、すでに弟の前野長康も峰城から到着していた。

「待たせてしもうたのう。おお、蜂須賀党も一緒か」

地蔵院の境内には長康に従う義詮、宗高、忠康ら前野衆のほか、蜂須賀正勝、蜂須賀家政、稲田稙元、山内一豊らが待っていた。

一方の雄吉に従う者は雄善、前野直高、清蔵、森正成、正好、雄成、生駒善長ら二十数名である。

「久しゅうござるのう、兄者。健勝そうで何よりじゃ」

「いつ以来であろうな」

「たしか越前の一向衆退治の折じゃろう」

すでに八年も前のことになる。

「小六も年をとったのう。その分、子息が立派になって、宮後村におった頃の小六とそっくりじゃ」

「倅《せがれ》も小六と名乗っておりますのでな、少々ややこしゅうござる」

親の小六正勝が傷だらけの顔で笑うと、皆々つられて笑った。

互いの近況を尋ね合う頭上では、再会を喜ぶように雲雀《ひばり》がさえずっている。

すでに三月に入り、周囲の山も新芽が吹いて黄緑色に染まっている。

「一月以上もかかってしもうたが、ようやく峰の城も目途《めど》がついて、我らはこれより近江へ急がねばならん。すでに柴田修理が近江口まで攻め出し、我が殿も長浜で陣立てしておるはず。大一番じゃで」

長康の表情が硬くなった。

「滝川の動きは我らで封じるゆえ、心置きなくやるがええ。ただ北国《ほっこく》の佐々勢は柴田に付くのじゃろうなあ」

「小兵衛のことじゃな。気がかりには違いないが、これも武門の習いゆえ仕方ないわい。戦場《いくさば》で顔を合わせせんように願うばかりじゃ」

「織田の家中がこのように割れるとは思いも寄らなんだでな」

雄吉の言葉に皆、押し黙った。雲雀の声だけが変わらず高く響いている。

「この時勢の中で、我ら一党、このように無事でおるのは武運が強い証《あかし》じゃて。この先も皆、困ったときは助け合うて、やっていこうぞ」

雄吉が言うと、長康や正勝もうなずいた。

無事の再会を約束して、それぞれに地蔵院を後にした。

羽柴秀吉と柴田勝家は三月中旬から一月以上も北近江でにらみ合いを続けた。

岐阜城の織田信孝が後方を脅《おびや》かそうと動いたのをきっかけに、戦況は動いた。秀吉が自ら岐阜へ進発すると、好機と見た柴田勢が押し出し、秀吉方の先鋒、中川清秀、高山右近の陣を襲った。中川は戦死、高山は羽柴秀長の陣へ逃げ込んだ。

この知らせを聞いて大垣城にいた秀吉は急きょ反転し北近江まで駆け戻った。前野長康、蜂須賀正勝、加藤光泰、一柳直末、生駒親正の五将のほか、加藤清正、福島正則、片桐且元ら馬廻衆十六人が付き従った。

突如として戻った秀吉勢を見て浮き足立った柴田勢は、懸命に抗戦したものの前田利家の戦線離脱もあり、ついに敗走した。四月二十四日には秀吉軍は越前北ノ庄城へ攻め寄せ、柴田勝家を自刃させた。

秀吉がさらに進んで加賀の尾山城に入ると、越中の佐々成政が恭順の意を示してきた。

成政の家老である佐々政元と前野勝長の二人が、成政の娘を連れて秀吉に拝謁した。

「此度《こたび》は格別のご配慮をいただき、主人内蔵助《くらのすけ》まかり越してお詫《わ》び申し上げるところでござりまするが、越後境《ざかい》の上杉の動きただならぬために離れられず、それがしどもが参上した次第。これなる内蔵助の姫を質《しち》に差し出しまする上は、何とぞご許容のほど御願い奉りまする」

秀吉はまだ幼い姫をちらりと見てから口を開いた。

「佐々はこの戦に出てこんかったかの」

「かねてより我ら北陸勢は柴田の与力《よりき》でござりますれば、援兵の要請を断わるわけにもいかず、それがしが数百の兵で参陣仕りましたが、何しろ小勢で大した働きも出来ぬまま退いてござりまする」

そう言いつつ、政元が一層平伏した。

「まあ良いわ。前田も佐々も与力衆であれば仕方にゃあわな」

そう言ってから秀吉は、側に控えていた長康に目を向けた。長康もまた佐々家臣の二人と同様に沈痛な表情になっている。

「あれなる前野小兵衛は、そなたの縁者だったかの」

秀吉の問いに長康が頭を垂れた。

「仰《おお》せの如く、それがしの舎弟にござりまする。殿も御存知の通り、弟は若年の頃より佐々の身内に加えられ、これまで織田家中にて御奉公に励んで参りましたが、今日このように対面するとは誠に汗顔《がん》の至りにございまする。されど我が兄弟は、兄は北畠中将様に仕え、それがしは殿の御恩顧《おんこ》を蒙《こうむ》り、弟は佐々の身内となり申したが、これは存念があってのことではござりませぬ。尾州以来の兵乱をくぐり抜けて生きるうちに、かように雁行《がんこう》乱れて群れを離れてしもうたのでございまする。主を異《こと》にし他郷に起居するといえども、互いに武辺を磨き合い、弓箭《きゅうせん》の面目を失わぬよう覚悟いたしておる所存にござりまする」

長康の言葉に、秀吉もこれまで自分がたどってきた苦節の人生を思い浮かべた。

「将右衛門の申すところ、もっともだわな。昔は皆、織田家中で一つになって亡き上様の御ためと思うて励んできたものじゃ。このように同朋同士で争うなどとは思いもよらなんだでな」

珍しく秀吉も神妙な口調になった。

結局、佐々成政は娘を人質に入れただけで、越中一国を安堵されることになった。

「久しぶりの対面であろう。兄弟で酒など酌《く》み交わしていくとええわ」

そう言い残して秀吉は姿を消した。

すぐさま富山城へ戻るという二人を、長康は自分の陣中へ招き入れた。

「せっかく殿がああ仰せになったのじゃ。無碍《むげ》にしてもかえって角《かど》が立つものだわ」

長康は、ささやかな酒膳を用意させた。

長康、勝長、それに佐々政元の三人で静かに盃を重ねた。

「小兵衛の子は三人じゃったな」

長康が尋ねると、勝長もようやく笑みを見せた。

「ああ、又五郎、三左衛門、嘉兵衛の男ばかり三人じゃ。娘がおらんで味気がないわ。小兄のところは男子一人に娘二人じゃったの」

「男が一人というのが心細いが仕方がない。殿に従ってあちらこちら転戦続きで、家を離れておったのがいかなんだ」

三人とも声を出して笑った。

「孫九郎殿はどうでござったかの。後妻を取られて何人か御子が生まれたと聞きましたが」

政元は長康より二歳ほど年下である。杯を重ねて口が軽くなった。

「たしか六男と二女ではなかったかな」

「それはようでかされた。よかった、よかった」

小坂雄吉は最初、丹羽氏の娘を妻にしたが子がないまま病死してしまった。後妻に三輪吉高の娘をもらい八人の子を成した。

佐々政元も丹羽氏の出で、佐々家へ養子に入り成政に仕えた。関係は判らないが、雄吉の前妻とも縁者だったと思われる。

「明智に続いて柴田、滝川も討ち果たした。丹羽様、池田様もすでに我が殿に臣従されておる。もはや織田家中は我が殿の下にまとまるであろう。今後は一つになって西の毛利、長宗我部、島津、東の北条、上杉を屈服させねばならん。佐々殿にも、よう伝えてくれ」

長康が言うと二人はうなずいた。

「しかし我らの懸念は、その先のことじゃ。羽柴様が織田家中をまとめるのは異存はないが、天下の平《ひら》ならしが成ったあとは、織田の三法師君が天下人になられるのじゃろうな」

勝長が聞き取れぬほど声を潜《ひそ》めて長康に尋ねた。

長康は、ぎくりとしたが、

「それは間違いない。が、この先、何が起こるやも判らぬ。儂らはただ目の前のことに力を尽くすのみじゃ」

と答えるしかなかった。

佐々と同様に前田利家も娘を質に入れて、能登の旧領は安堵された。

柴田勝家の所領であった越前は丹羽長秀が若狭とともに領有することになり、さらに佐久間盛政の加賀は前田と丹羽が二郡ずつ分けることとなった。

信長の重臣であった柴田の旧領を秀吉が奪ってしまえば、あからさまな権力の掌握に見えるが、同じく重臣の丹羽長秀に与えることでその批判はかわすことができる。

また北陸は一向衆勢力がまだまだ根強く、新参の領主では再び混迷する恐れもある。地元に精通した利家と成政をそのまま置いたのも、そうした秀吉の思惑があった。若党のころからの同僚への温情と周囲は賞賛したが、このあたりの秀吉の手腕は見事である。

戦闘だけでなく政治的にも冴《さ》えが見えるのは本人によるものなのか、あるいは周囲の羽柴秀長、前野長康、蜂須賀正勝、黒田孝高らの功績なのか、おそらく両方であったろう。秀吉陣営がもっとも上手く機能していた時期と言ってよい。

柴田勝家の死後、後ろ楯《だて》を失った岐阜城の織田信孝は、兄の織田信雄によって捕えられ、知多の野間大坊に送られ切腹させられた。秀吉自らが手を下さず、織田の身内で処理させたのも妙手である。

昔より　主《あるじ》討つ身《み》の　野間なれば　報いを待てや　羽柴筑前

が信孝の辞世の句という。

内海の野間はかつて源義朝が家臣に討たれた場所であり、それにかけた句であるが、あまりにも出来すぎで後世の作のようにも思える。いずれにしろ信孝の無念は尋常ではなく、割腹の際、はらわたをつかみ出して壁に投げつけ、血痕の残る掛け軸と、そのとき用いた短刀が今も残るという。

伊勢の滝川一益は七月まで長島城に籠《こも》り抵抗したが、ついに降伏し剃髪《ていはつ》して丹羽長秀のもとで蟄居した。北伊勢の所領は織田信雄のものとなった。

八

北陸の仕置きを終えて帰った秀吉は、長浜城で五日間過ごした後、安土城へ参向した。

安土には信長の後継者である四歳の三法師と、後見役の織田信雄がいる。

「三法師様の御威光により諸将粉骨いたし、北国の柴田、佐久間を討ち果たしましてございまする。また尾張中将様には岐阜中将公と伊勢長島の滝川征伐の段、まことに忝《かたじけ》のう存じまする。今後は織田家中、一つにまとまり三法師様を盛り立てていきますれば、御心安《やす》んじてお過ごしいただきとうござりまする」

柴田討伐の模様や、北国の仕置きについて説明したあと、秀吉は重要なことを二人に告げた。

「今後は、途絶えたままの毛利との折衝《せっしょう》を再開させねばなりませぬ。さらに四国の長宗我部、九州の島津など西国勢に当たるための城が必要かと存じまする。大坂の本願寺あとの城を普請し直し、それを西国への備えとしとうございます。今、大坂の城におる池田紀伊守を美濃大垣に移し、濃尾の固めに置きますれば、三法師様も岐阜城へお入りいただいてはいかがかと。さすれば尾張中将様も隣国ゆえ御後見の手間もかからず、我らの故地、尾張美濃を御差配いただくに好都合かと存じまする」

「なるほど、それは手間いらずだが、この安土はどうなる」

信雄が広間の内を見回して尋ねた。

「恐れながらこの安土は亡き上様の思いの深き御城ではございますが、東西の通行も激しく、また京にも近いがために明智蜂起の折の如く、災いが降りかかることも多かろうと存じまする。守るに難《かた》い城なれば三法師様の御ためを思えば、岐阜城の天険に依るがよろしいかと。この安土には守将をおいて、いつでも屋敷にお入りいただくよういたしまするが、かつての天守を再構するは難しかろうと存じまする」

「そうじゃな。まだまだ天下平定までには時もかかろう。いらぬ物入りは慎んだほうが良いであろうな」

信雄は秀吉の申し入れを許し、諸事まかせると伝えた。秀吉は、信長一周忌の法要などを打ち合わせてから退出した。

「ようし、尾張中将様のお許しが出たでな。大坂に城を造るが、縄張りは将右衛門と小六に任せるで塩梅《あんばよ》良うやってくれ。上様の安土城よりも大きく、皆の度肝《どぎも》を抜くような城を造ってくれ」

秀吉の命令に長康と正勝は顔を見合わせた。

「墨俣の城のようなものではいけませぬな」

正勝が真面目な顔で冗談を言うと、

「たわけ、川並衆が籠《こも》る城とは違うわい。儂が天下を治める城を造るんじゃ」

と思わず秀吉は大声で言ってから、慌《あわ》てて口を押さえた。

まだ安土城の中である。


長康と正勝が造り上げた城は、壮大なものであった。

難波の上町台地の北端に位置し、周辺は淀川、大和川から流れる川筋に囲まれた天然の要害である。石山本願寺との長期にわたる戦いで、この地の攻めにくさは織田家中の者は痛いほど知っている。

この川筋を利用し、さらに石垣を高く積み上げて、長康と正勝は古今無双の城を造り上げた。部署を割り振って普請に当たらせたため、諸将は忠誠を競うように巨石を引き入れ、あるいは大木を探し出して提供した。

城域の広さだけでなく、長岡幽斎と千宗易《せんそうえき》を相談役にすることで、城の各所隅々まで趣向を凝らした造りにした。安土城天守の黄金の間を模して秀吉が黄金の茶室を造るように命じたときには、さすがに宗易は嫌な顔をしたが、長康がなだめて完成させた。

わずか半年あまりで七層の天守閣は完成して、数百の武家屋敷も建ち並んだ。年の暮れには秀吉も新邸に入った。

これまでの功績に応えて、長康には一万三千石を加増、正勝も一万五千石を加増された。また長康には従五位下但馬守の官位が与えられた。


大坂城の姿が明らかになるにつれて、織田信雄の耳には良からぬ噂ばかりが聞こえてきた。

「筑前守は石見《いわみ》、生野《いくの》など七カ所の鉱山を我が物にして、運上の金銀は大坂城に溢《あふ》れているというではないか。儂は後見役というからこうして安土に来ておるが、政道について何の相談もない。筑前守が勝手に差配するというなら、ここにおる必要はない」

そう言って家老の岡田重孝を残して、十二月十三日に伊勢長島へ帰ってしまった。

小坂雄吉も安土より帰ると、持病もあって前野村へ帰ることを許された。

半年ぶりの帰郷に妻の善恵をはじめ皆は喜んだ。

「ゆっくり養生なされませ。生駒で薬草を求めて参りましょう」

善恵はそう言うと、家人の与平次を生駒屋敷へやった。

しばらくして与平次が帰り、生駒家長の伝言を伝えた。上方の様子などを聞かせに、明日にでも生駒屋敷まで来てほしいという。家長は安土へ同行せず清洲にいたため、今回の秀吉との確執について詳しい事情が知りたかったのである。

翌日の夕刻、雄吉は子の雄善、森正成、娘婿の山口重政を連れて生駒屋敷に出向いた。

「足の悪いところ、すまなんだのう。ひどう痛むのか」

「いや、痛なったり治ったりじゃ。今日はまだ何とかなる」

雄吉は持病で足が痛かったというから、痛風であったかもしれない。

家長は夕餉《ゆうげ》の膳を用意していた。

すでに生駒屋敷には川並衆の坪内勝定、利定親子、さらに遠山友政も来ていた。

友政の父、友忠は美濃苗木城の城主であるが、金山城主で秀吉方の森長可の配下となるのを嫌い対立していた。のちにこの友政の娘が、生駒家長の息子利豊の後妻となる。

雄吉が安土での出来事を語って聞かせたあと、話は次第に信長のころの思い出話になった。酒も入って、雄吉は足の痛みも忘れたように語った。

「あの頃は皆、亡き上様のもとで一つになって御奉公したものじゃ。あれから三十年近く経って織田の家は割れて、かつての同朋同士が争う世になってしもうた。この先どうなることか」

雄吉が嘆息すると一同が黙り込んだ。やがて坪内勝定が口を開いた。

「尾張中将様は三河の徳川様を頼んで、筑前守と一戦交える御覚悟と聞いたぞ。徳川様ならば義を重んじ胆略周到、泰山の如き御仁じゃ。さらに大垣の伊木清兵衛が申すには、池田様も中将様の味方に付くという。筑前守が多勢といえども恐れるに足らずじゃろう」

坪内党は尾張川の川並衆で、元は犬山の織田家に従っていたが、勢力を増した信長に味方し美濃攻略に協力した。

その過程で信長の使者として川並衆の中へ入り込んだ藤吉郎という小男に、勝定はどうも好感が持てなかった。長康や正勝らの川並衆が藤吉郎の配下となる中で、坪内党は別の道を歩んできた。ただこの勝定の娘が長康の妻となっている。

「徳川様や池田様がお味方となれば心強いが、されど孫九郎は将右衛門と戦うことになるのう。儂の娘も小六の息子と縁組することになっておるが、どうしたものか」

生駒家長が困った顔で雄吉を見つめた。

「それはやむなきこと。戦となれば舎弟であろうが手加減するわけにはいかぬ」

「身内同士が争うのは虚しいことじゃ。なんとか殿のお怒りを収めていただき戦にならぬようにできぬものか」

「我ら大人は怒りを抑えて耐え忍ぶことも出来ようが、殿や若い者たちは激昂《げきこう》するばかりじゃ。我が息子の久三郎もいきり立ってなだめようがない」

老齢の森正成が嘆いた。

雄吉とともに信雄の守役であった正成も、すでに七十を越え、今は息子の久三郎雄成《かつなり》が信雄の側近となっている。この正成の妻は生駒家長の妹の須古《すこ》で、信雄の母の吉乃とは姉妹である。つまり正成と信長は義兄弟ということになる。

「上様が御存命ならばのう。このようなことには」

思わず家長はつぶやいたが、詮方《せんかた》ないことと気づいて口ごもった。


天正十二年もこのまま暮れようとしていたが、十二月二十三日の夜、大垣城の池田恒興が清洲を訪れ、織田信雄と面談した。

恒興は信雄と秀吉の不和を解消しようと、両者の会見の仲立ちを考えていた。

信雄はなかなか承諾しなかったが、恒興は翌日も信雄を説得し続け、ついに年明けに秀吉と会うことを約束させた。

年が明けて天正十三年、寒風の吹く中、織田信雄は二千人ほどの軍勢とともに安土城へ入った。小坂雄吉、生駒家長ら年寄も同行したが、側衆の中から屈強の者二十人ほどを選んで会見の場へ控えさせることにした。この中に森雄成や生駒家長の子、善長もいた。岐阜からは池田恒興の計らいで三法師も警護されてやってきた。

安土城に入って二日目に恒興が、秀吉の意向として会見場所の変更を伝えに来た。当初は大津の園《おん》城寺《じょうじ》としていたところを、安土城の馬場先広場にしたいという。身の危険を感じた秀吉は、周囲に見通しが効く屋外を選んだのかもしれない。

これには信雄も激昂《げきこう》したが、恒興が必死の覚悟で諫《いさ》めて承諾させた。

約束の日、刻限が迫っても秀吉は一向に姿を見せず、信雄が苛立《いらだ》ち始めたころ、秀吉の使者として浅野長吉、富田一白、桑山重晴がやってきた。秀吉は大津から野洲川まで来たところで腹痛をもよおし、常楽寺で休憩中とのこと。面談は明日に延引していただきたいとの口上であった。

「偽りに決まっておろう。おのれ筑前め、儂を侮《あなど》りおって！」

信雄は使者に会わずに追い返そうとしたが、家老の一人である滝川雄利が懸命に諫《いさ》めた。

「すでに使者は書院に控えております。ご謁見《えっけん》なさらぬでは、明日の会見でますます筑前守を用心させることになりまする。なにとぞ平静なお振舞いでお目通りくだされませ」

やむなく信雄は書院に姿を現し、使者の口上を聞いたあと、

「筑前守の変わらぬ忠節、よう判った。明日の会見、祝着であると伝えよ」

と無表情のまま言葉をかけた。

実際、信雄方は会見の場で秀吉を討ち取る算段をしていた。

小坂雄吉や生駒家長らの老臣衆をはじめ信雄自身もその謀計には驚き決断できずにいたが、滝川雄利が強く説得して手配りをしていた。

この滝川雄利は、伊勢北畠の一族である木造《こづくり》氏の出で、永禄十二年の北畠攻めのときに功があり、滝川一益がその姓を与えたものである。信雄が北畠の養子となるとその家臣に加えられた。


翌日、秀吉は鉄砲隊五百を含めた総勢二千五百の供を連れて安土城までやって来た。

湖面を渡る北風が安土の山を吹き上がる寒い日であったが、誰もが緊張のために寒さを感じる暇がなかった。馬場先の床几《しょうぎ》に座らされた五歳の三法師だけが何が起こるか知らず、ただ寒さに震え鼻水をすすっている。

隣にはやはり床几に腰かけた信雄が、蒼白な顔で落ち着きなく周囲に視線を走らせている。物陰には秀吉を討ち取るための屈強な家臣が二十名、あちこちに身を潜めている。

やがて秀吉の行列が惣門の三町先の町屋口に到着すると、浅野長吉が十二頭の馬に乗せた土産物を城内に運び入れて、ひと足先に三法師の前へ捧げた。そのあと長吉は信雄の前へ進んで、秀吉の口上を伝えた。

「わが主《あるじ》筑前守、本日御城下までまかり越しましたるところ、不穏な風評を耳にいたし入城を躊躇《ちゅうちょ》いたしておりまする。なにとぞ御警護の人数を差し向け、御案内願い奉る次第にございまする」

これには滝川雄利をはじめ信雄の家臣は驚いて対応を相談したが、生駒善長ら馬廻り衆六十人余りをそろえて下山させた。

家老の岡田重孝が迎えに出て惣門まで案内した。ここから先は警護の家臣は入城できず供衆は五人までと定められていたが、秀吉の家臣らは岡田の止めるのも聞かず押し入ってしまった。

先頭を行くのは加藤清正、福島正則、片桐且元ら、賤ケ岳《しずがたけ》で七本槍と称された面々である。止める者を跳ね除けて進む勢いに、呆《あき》れ恐れて誰も近づくことができない。

「これは無礼ではござらぬか！」

さすがに岡田が声を荒げて秀吉に抗議したところ、秀吉は素知らぬふりで相手にする様子もない。代わりに秀吉の両脇にいた蜂須賀正勝と前野長康が進み出て、

「これは主《あるじ》筑前守の全く与《あずか》り知らぬところでござる。若輩の者ども、御城下にて不穏なる噂を耳に

し、主の危難を救わんとして勝手に振る舞った所行でござろう。かの者どもは主人のためならば冥土《めいど》の先までも御伴する覚悟にて、万一失礼の段あらば、彼らにお尋ねあって退去命じられるがよかろう」

と脅《おど》しつけた。

岡田が振り返ると、石段の途中で加藤、福島らが鬼の形相《ぎょうそう》で長槍を携《たずさ》え、肩をいからせ突っ立っている。

石段の上でこの騒動を見ていた滝川雄利が信雄に様子を伝えると、事が破れたと知った信雄は驚いて立ち上がった。そして会見を取りやめると言って御殿の奥へ逃げ込んでしまった。

「今日《こんにち》の御対面なくば、御家のために先行き宜《よろ》しゅうございませぬ。なにとぞ今一度、お出ましを！」

「嫌じゃ、もう儂は知らぬ！」

滝川がいろいろと説得の言葉を並べたが、怖気《おじけ》づいた信雄は頑《かたく》なになるばかりであった。

やむなく家老の一人、津川義冬が秀吉の前へ進み出て、

「遠路の御入来、我が主、満足に存じ速《すみ》やかに御対面あるべきところ、今朝よりにわかに腹痛差し置き、臥《ふ》せっておるところにござります。筑前守様の御忠義、十分に相判ったと仰せでござりますれ

ば、誠に申し訳ございませぬが本日の会見はこれにて」

津川の言葉が終わらぬうちに秀吉が、

「腹痛が流行《はや》っておるようじゃな」

と傍らの正勝に言うと、

「悪い風邪でござりましょうや」

と正勝も表情を変えずに言って、堀尾吉晴に下城の法螺《ほら》貝を吹かせた。

馬の踵《きびす》を返すとき、長康は遠く石段の上に並んだ大人衆の中に兄の姿を見つけた。

高々と右手を上げると、にやりと笑って背中を向けた。

雄吉は黙ったまま弟が石段を下りていくのを見送った。


会見が不調に終わり信雄は伊勢へ帰ったが、数日して後を追うように秀吉の使者が長島城を訪れた。

安土城での家臣の不始末を詫《わ》び、両家の親睦を図るために再度会見の場を設けたいという。今度は大津瀬田城にて秀吉が待つゆえ、信雄の四家老に御足労願いたいという申し出であった。

滝川雄利は拒絶すべしと主張したものの、穏便に事を収めたい津川義冬、岡田重孝、浅井長時の三家老は、せっかくの好機を逃すべきでないと進言し、信雄は四人を遣わすことにした。

瀬田城に入った四人は歓待され、秀吉とも対面した。個別に呼び出されて話し合ったあと、三日目に四人そろって再び秀吉に呼び出された。その場で和議の約定を取り交わすよう熊野神文《しんもん》の誓紙が用意されていた。

「このような話は聞いておりませぬぞ」

滝川雄利が驚いたが、他の三人はすでに承知済みのことのようで意外な顔をした。

「殿の御意向も伺わず、我らだけでこのような誓紙を取り交わして良いとお考えか。それがしには出来かねる」

と雄利は席を蹴って、そのまま長島へ帰ってしまった。

雄利から事の次第を聞いた信雄は憤《いきどお》り、他の三家老に帰り次第、即刻登城すべしと使者を送ったが、主君の怒りを恐れて三人はそれぞれ門を閉じ屋敷に籠ってしまった。

ここに至って信雄は秀吉との手切れを覚悟し、一月末に六十人ほどの供を連れて岡崎へ向かった。

これを迎えた徳川家康は、信長公以来の盟約で織田家に味方するのは当然のことと述べて信雄を喜ばせた。

「実はそれがしにも筑前守から誘いの使者が訪れておりまする。中将様の家中にも調略の手が入っておるはず。老婆心ながら御家来衆から質を取ることも必要かと存ずる」

家康はそう忠告した。


二月に入って小坂雄吉のもとを、前野忠勝の息子である忠康が訪れた。

雄吉とは従兄弟だが忠康はまだ二十代の若者で、長康の娘たえを妻としており、長康の下で奉公《ほうこう》している。

「尾張中将様の筑前守様への憎しみは尋常ではござらぬが、これこそ三法師君に不義というべきもの。忠義変わらぬ筑前守様を退け、自ら天下を奪わんとするのは明らかでござる。中将様が天下を治むる器にあらざるは衆目の一致するところ。織田の御世継ぎは三法師君なれば、中将様が天下を我が物にする名分もなく、諸将に御催促あっても旗下に参ずる者ただ一人もござりませぬ」

若い忠康が滔々《とうとう》と述べるのを雄吉は聞いていた。

おそらく教えられた通りのことを言っているのであろうが、向こうとこちらで、こうも思惑が違うものかと言葉がなかった。

「織田家譜代の諸将は、丹羽、池田、前田、筒井、長岡、蒲生など皆、筑前守様に味方しており、軍令を発すればたちどころに十数万の兵が参集いたしまする。一方の尾張中将様は徳川様が味方しても軍勢はせいぜい三万。勝敗は見えておりまする。但馬守様は尾州のことに大変心を痛めておられ、もしお味方いただければ当家旧来の所領に加えて尾張上二郡を下し置くとの約定、筑前守様にもお取り計りなされたとのこと。お伝え申すべく、それがし但馬守様より命じられてまかり越した次第にござりまする」

忠康がひと通り口上を述べると、雄吉は笑みを浮かべた。

「御使者、御苦労じゃったな。将右衛門の心遣いはよう判ったが、儂一人で決められることでもない。生駒とも相談してみるゆえ、後日返答させてもらうと伝えてくれ」

忠康は不服そうな顔をしたが、それ以上は言わずに頭を下げた。

「ときに小助、子は生まれたか」

「はい、近々生まれまする」

忠康の顔が急に柔らかくほころんだ。

「そうか、それは目出度《めでた》い。三太夫のところはどうじゃ」

「兄者はもう二人男子が生まれておりまする」

「将右衛門の息子も大きゅうなったし、我が家にも六男がある。前野の家も枝葉を広げて嬉しい限りじゃ。儂が死んでも新しい芽は伸びていくことじゃろうな」

雄吉はそう言って笑った。

三月に入って信雄は登城せぬままの三家老に、これまでの行き違いを詫《わ》びる使者を送ったため、三人は久しぶりに長島城へ登城した。

宴を催し、三人が気を許した頃合いを見計らって謀殺してしまった。森正成の嫡男、雄成も討っ手の一人として、十六歳と最も若い家老の浅井長時を討ち取った。

これを契機として三月十日、ついに信雄は出陣を命じ、小坂雄吉も息子の雄善《かつまさ》、雄長《かつなが》とともに伊勢の峰城へ向かった。鈴鹿口から迫る秀吉軍に備えての布陣である。このとき雄善は三十四歳、雄長は十六歳。

信雄軍は佐久間正勝を総大将に四千六百の兵で峰城へ赴いたが、敵の大軍を迎えるにはあまりにも小城であり、先の滝川攻めで秀吉方の攻撃を受けて荒廃していた。

そのため城下を流れる安楽川の岸に布陣し、渡河してくる敵を討つ作戦に出た。

川の北岸に砦を築き始めたところ、堀秀政、日根野弘就、蒲生氏郷、加藤光泰、一柳直末、長谷川秀一らが率いる秀吉軍二万数千が押し寄せた。

秀吉軍は三カ所に分かれて一斉に安楽川を渡った。伊勢に詳しい滝川一益、関盛信が先導役として加わっており、川の浅瀬の場所も秀吉方は周知していた。

小坂勢は前面の蒲生の軍勢に攻めかかったが、左右から敵兵が川を渡って背後に回り込まれると持ちこたえられず、あっという間に兵の多くが討ち取られた。

信雄方は総崩れとなり、総大将の佐久間正勝は、

「かくなる上は詮方《せんかた》なし。いさぎよくこの場にて果てるまでじゃ」

と討死を覚悟したが、

「御大将は生き長らえて御家のことを計られよ。それがし殿軍《しんがり》を勤めまする」

と関甚五兵衛が申し出た。雄吉もまた、

「甚五殿一人を見殺しにしては後々臆病者と謗《そし》られよう。我らも冥土の道連《みちづ》れ仕《つかまつ》る」

と言って、関と小坂の兵三百で踏み止まった。

ちなみにこの佐久間正勝は信盛の子で、石山本願寺との和睦が成ったあと、信長によって父と一緒に高野山に追放された。茶の湯に没頭して武人としては大した功績もなかったが、父の死後に織田信忠へ仕えることを許された。本能寺で信忠が倒れると今度は信雄の家臣となった。のちに茶人として秀吉に仕え、さらに豊臣の滅亡後は徳川秀忠の御伽衆となる。

関甚五兵衛はこの殿軍を引き受け討ち死。雄吉は敵の囲みを切り抜けて、峰城を捨てて石薬師まで

たどり着いたときには五十人ほどの手勢になっていた。

息子の雄善は馬を討ち取られ徒歩立ちとなりながらも父に追いついた。雄長も周囲に守られて十六騎ほどで退却してきた。


この安楽川の戦いと同じ三月十三日、美濃と尾張の境でも戦闘が始まった。

尾張側の犬山城が池田恒興によって占拠されたのである。

このとき犬山城主は信雄家臣の中川定成であったが、定成は峰城を守る諸将の中にいた。池田勢が尾張へ侵攻との報を聞いて、佐久間正勝は定成を急きょ犬山へ戻すことにしたが、その帰路、池田恒興の命を受けた池尻平左衛門によって定成は討たれてしまった。

大垣城の池田恒興、岐阜城の池田元助の親子は尾張川を渡り、犬山城の守りの手薄なことを探ると夜になって攻撃を仕掛け、これを落とした。恒興はかつて十年以上も犬山城主だったため城の構えは熟知しており、夜間の戦闘でも戸惑うことはなかった。

その数刻前、美濃加納の坪内党のもとには、池田の家老でかつての川並衆仲間の伊木清兵衛が訪れ秀吉方へ味方するよう説得していた。これに対し坪内勝定、利定親子は織田への忠節は変えられぬと拒絶した。しかし池田の大軍を支えられるはずもなく、坪内党は城を捨てて東濃の苗木城へ逃れることにした。城主の遠山友政は生駒の縁者である。

この途中、不運なことに秀吉方の森長可《ながよし》の軍と遭遇してしまった。長可は恒興の娘婿で、示し合わせて犬山城を攻略するために出陣してきたところであった。

坪内党が山中を散り散りとなって苗木城へ逃れたところを森勢が追撃し城を囲んだ。長可は織田方の遠山とも対立関係にあったため、これを好機として攻め立てた。

やがて城は落ち、遠山友政と坪内党は城を脱出して三河の岡崎まで逃れた。のちに徳川幕府のもとで苗木遠山氏は苗木藩主となり、坪内氏も旗本となって生き残る。


織田信雄は伊勢での敗北に続いて、池田恒興が犬山城を奪ったと聞いて愕然《がくぜん》とした。

「池田勝入斎《しょうにゅうさい》は我が方の味方ではなかったのか。謀《たばか》りおって！」

「おそらく筑前守が褒賞をもって誘ったのであろうな」

側に控えた叔父の織田長益《ながます》が、やりきれない顔で信雄に言った。

長益は信長の弟で、茶人の有楽斎としてのほうが後世に知られている。本能寺の変の折には兄の信忠と同じ二条御所にいたが、脱出して生き延び、その後は信雄に従っていた。

「織田に受けた恩を忘れるとは、もはや世も末じゃ。勝入斎は我が父の義兄弟であろうが。美濃、尾張の守護あたりを餌《えさ》につられたか！」

実際、秀吉は池田恒興に美濃、尾張、三河の三国を進上すると約束していた。

そのとき側衆《そばしゅう》が家康の使者の到来を告げた。

「徳川様より御使者にござりまする。本日、津島までまかり越したるところ、上方勢の尾州上郡進発を聞き、伊勢長島ではなく清洲にて殿と御対面したいとのこと。早々に御出陣願いたしとのことにございまする」

「そうか、徳川殿が。よし、すぐに清洲へ向かうと返答せよ」

信雄は一転、気を取り直して出発の支度にかかった。

この日、伊勢の戦闘から逃げ戻った小坂雄吉たちは、秀吉軍の尾張侵入に備えて清洲の北西の加賀野井、竹ヶ鼻あたりの川沿いの警護に向かうことになった。

家康は十六日に清洲で信雄と対面したあと、犬山方面の視察に出かけた。

秀吉方は犬山城から南の楽田方面へ進出しており、これを阻《はば》むために家康は急ぎ前線へ兵を向かわせた。

最前線の小折村、前野村あたりを見回り前野屋敷へ立ち寄ったとき、留守役の前野義康が家康に戦線の状況を説明した。

「これより北東はすべて上方勢にござりまする。敵は数万の大軍なれど、お遣《つか》わしいただいた兵三百、我ら一人になろうとも支《ささ》える覚悟にございまする」

このとき義康は四十半ばほどであろうか。長年、雄吉に従い、先の伊勢での戦いにも小坂の先鋒として奮戦していた。

「これなるは三河様も存知よりの者。織田家中で武辺の誉《ほま》れ高き前野長兵衛の嫡子にござりまする」

案内役の生駒家長が家康に紹介すると、

「おお、三州梅坪の取り合いにて無類の働きの前野長兵衛は、よう存知おる、存知おる」

と馬上の家康は大きくうなずいた。

桶狭間合戦の翌年、三河へ侵攻した信長と、これを防ぐ家康が梅坪で激しく戦った。三河勢はよく防戦し双方に多くの死傷者が出たが、織田の猛攻に圧《お》されてついに敗走した。その戦いで義康の父、長兵衛義高は粉塵の働きをしながら討死している。

「頼もしい限りじゃ。孫九郎不在なれば十分油断なく備えるよう」

家康の言葉に義康は涙が出るほど誇らしく、家人らも家康の威光に打たれたように、その後ろ姿を見送ったという。

家康はその後、生駒屋敷で軍議を開いた。

「殿の御出馬を見て、池田勝入斎は西の兵を犬山に引き揚げさせた模様。されど東の森武蔵守は羽黒あたりに留まったまま、小牧山を狙う様子にござりまする」

報告を聞いて家康は、夜のうちに敵に気づかれぬよう、周辺の兵を小牧山へと移動させた。

翌日、小牧山から打って出た酒井忠次が、七千の兵で森長可勢を潰走《かいそう》させた。

秀吉は三月二十一日に十二万の大軍勢を仕立てて大坂城を出発したが、この中に前野長康、蜂須賀正勝はいない。

「両人には大坂の留守を頼むわい。尾張には知り人も多かろうでな」

大坂城の茶室で秀吉は二人に告げた。故郷が戦場となる戦いでは知己《ちき》も多く、采配に支障が出るという判断だったかもしれない。

代わって若い前野忠康と蜂須賀家政が軍勢を率い、秀吉に従って尾張に向かったが、軍勢の先が近江へ入ったとき、和泉《いずみ》の岸和田城に根来、雑賀、畠山の二万の兵が攻めかけたと知らせがあった。

大坂在番の二人の手勢は三千しかないために、秀吉は蜂須賀勢、前野勢のほか、黒田孝高ら九千の軍勢を岸和田へ向かわせた。

この根来、雑賀、畠山の蜂起は家康の指図によるもので、さらに四国の長宗我部も軍船で木津川河口に攻め寄せた。

秀吉方としては一万弱の兵を畿内に残すことになったものの、それは尾張の戦局には大した影響を及ぼすほどではなかった。ただ秀吉の心中を苛立《いらだ》たせるという効果はあった。


三月二十七日に犬山に着陣した秀吉は、四月六日には家康の本拠、三河を突く作戦に出た。戦況が長引けば、毛利や上杉が家康に同調する不安もあっただろう。羽柴秀次を総大将にして、池田恒興、森長可、堀秀政の二万の軍勢で、密かに春日井原を南下させた。

これに気づいたのは小坂雄吉の所領である篠木、柏井の百姓や地侍たちである。

七日の真夜中、突然領内に現れた大軍に驚いたものの旗も立てず松明も持たずの行軍でいずれの兵か判らず、物見を出して明け方まで追尾《ついび》し、どうやら池田勢であると探り当てた。

吉田城の留守を預かる家老の前野新蔵門らはそれを聞き、すぐさま小牧山に知らせを走らせた。

「春日井原を三河に向けて上方勢が進んでおりまする！」

「なにっ、さては岡崎を攻める策じゃな」

家康は知らせを聞くやいなや、井伊直政、奥平信昌らを連れて密かに出陣した。

「儂が出陣した後を狙って小牧山を襲う算段かもしれぬ。守りを固めて決して攻め出さぬようにせよ」

と酒井忠次、石川数正、本多忠勝らに小牧山の守備を任せた。

この家康の不在中に小牧山を襲えば勝敗は決したと思われるが、迂闊《うかつ》なことに秀吉方は家康の出陣に全く気づかなかった。

家康は白山林で羽柴秀次軍を襲って潰走させると、続いて堀、森、池田軍と交戦した。

一万弱の家康軍ではあったが、敵が分散していたことが幸いした。順々に撃破し森長可に池田恒興、元助親子も討ち取った。

敗報を聞いて激怒した秀吉は家康を追撃しようと急きょ兵を繰り出したが、家康方が小幡《おばた》城へ入り込んだため、近くの竜泉寺山へ布陣した。しかしここでも家康は密かに城を抜け出し小牧山へ帰還した。

見事な家康の用兵であった。

東部の戦線が埒《らち》が明かぬと見た秀吉は、四月の末には兵を尾張西部へ向けた。

長良川の東岸の富田に本陣を置くと、蒲生氏郷、細川忠興を先手とする三万の兵が、竹ヶ鼻、加賀《かが》野井《のい》に押し寄せた。

加賀野井城は加賀井重宗、重望《しげもち》の親子が守る城で、伊勢から撤退した小坂雄吉も援軍として加わり二千人の兵が入っていた。

三月の中旬から駐屯したものの戦闘はなく、また四月末からの長雨で川が増水し、敵も川を渡れまいと気の緩んでいたところに突如大軍が現れたために城内は混乱した。

秀吉方は雨の中を数百の舟で押し寄せると城を取り囲んだ。

城方は四つの門で槍襖《やりぶすま》を作って必死に支えたが、やがて追手門が破られ二の丸が落ちた。雄吉と雄善の親子も身を寄せ合って敵と交戦したものの、次第に本丸へと後退した。

半日あまりの戦闘で城方は半数が討ち取られ敗色は明らかであった。それでも城主の重宗は徹底抗戦を唱えて兵を鼓舞し続けた。寄せ手の細川、蒲生も攻めあぐね、降伏を勧告する使者を送ったが、城方はこれに応じることはなかった。

「こうなっては皆で腹を切るしかあるまい」

疲れ果てた顔で雄吉が言うと、

「腹を切るくらいなら打って出て、上方勢に一泡吹かせましょうぞ」

若い加賀井重望が不敵な笑みを浮かべて言った。

戦闘が始まって四日目の五月七日の深夜、搦《から》め手から打って出た一団は秀吉方の包囲を切り破って北へ走り、多良口から黒田へ渡った。

数日後、加賀野井城に続いて竹ヶ鼻城も秀吉方に攻略された。雄吉は再び長島城へ戻り、雄善は馬と着衣の調達に前野村へ戻った。

ちなみに加賀井重望はのちに秀吉に仕え一万石を得る。関ヶ原の戦いの直前、池鯉鮒《ちりふ》で東軍の水野忠重を殺害し、自身も堀尾吉晴によって討ち取られた。石田三成、あるいは大谷吉継から命じられた行動だったという。


五月二十三日、再び小坂雄吉は伊勢方面の上方勢に備えるため、桑名城から南の浜田城へ入った。桑名城の留守居役は前田長定であったが、密かに秀吉方の滝川一益から調略を受けていた。この前田長定は佐久間正勝の家老であったため、一益は正勝の居城である尾張の蟹江城を奪うことを考えた。尾張を北と南から攻めて家康、信雄方をはさみ込む策である。

六月十六日、一益は志摩の九鬼義隆を誘い込み、前田長定とともに桑名から軍船を連ねて長島沖を渡ると、三千の軍勢で蟹江城へ入った。そうして蟹江川対岸の大野城を守る山口重政に上方へ味方するよう使いを出した。

悪いことに重政は母と妻を、蟹江城の佐久間正勝のもとへ人質として入れていた。というのも先の賤ケ岳の戦いの折、山口重勝、重政の親子は織田信雄の家臣ながら柴田勝家に加勢したため、今回も後背《こうはい》を信雄に疑われていた。この重政の妻が小坂雄吉の娘の於奈《おな》なのである。

「母と妻を奪われながらも忠義を守る長次郎の進退天晴《あっぱ》れに存じまする。このまま見殺しもならず、なにとぞ我らに加勢をお許しいただきますよう」

急を聞いて浜田城から駆けつけた雄吉が懇願すると信雄もこれを許した。雄吉は森雄成、正好ら八百の手勢で大野城へ向かい山口重政と合流、蟹江城へ攻めかけた。

清洲にいた家康も蟹江城の異変を聞くと、井伊、榊原、岡部らを率いてすばやく出陣した。また織田信雄も長島から軍船をつらねて蟹江へ向かった。

小坂、山口勢は夜陰にまぎれて滝川の軍船に火矢を射かけ、松明《たいまつ》を投げ入れたために敵の船は火柱を上げて燃え上がった。船から海中へ飛び込み岸へ逃れようとする敵を次々に討ち取った。

家康、信雄軍二万に包囲された蟹江城と支城の前田城、下市場城は応戦したが、十八日には城の内外を熟知している重政の家臣が小舟で下市場城の搦《から》め手へ近づき、縄梯子《なわばしご》で塀を乗り越えると内側から城門を開いた。小坂、山口勢が城内へ突入し、乱戦の中で城主前田利定の首を討った。

次いで二十三日には前田城も降伏し、長定の子で城主の前田長種は同族の前田利家を頼って加賀へ逃れた。

残る蟹江城の攻防は熾烈《しれつ》を極めたが、城内の矢も鉄砲玉も尽き、七月三日、ついに降伏した。滝川一益と前田長定を助命する代わりに、人質だった山口重政の母と妻は無事救出された。

「よかったのう。これも長次郎殿の武勇があってのことじゃ。儂からも礼を言うぞ」

雄吉が頭を下げると、

「何を仰せになります。滝川、前田を討たねば承知できぬと御立腹の殿を、義父上《ちちうえ》が懸命に御説《と》きなされたことはよう存じております。御礼の申し上げようもございませぬ」

と二十一歳の重政は涙を流し、母や妻と抱き合った。

このときの働きが家康の記憶に残ったのか山口重政はのちに徳川秀忠に仕え、常陸国牛久《うしく》で大名となる。敗れた前田長定は開城後、舟で退去するところを家康の命により妻子ともども討ち取られた。

このとき秀吉は近江の佐和山城で一益の蟹江攻めを聞き、六万の大軍で伊勢からの侵攻を企てたが、間に合わずに断念した。

「滝川のたわけめ。手柄を焦《あせ》って勝手なことをしおるわ」

長久手に次いで蟹江でも敗れた秀吉は、この後、目立った戦闘行動を起こすことなく、戦況は膠着《こうちゃく》状態となった。

蟹江合戦のあと、小坂雄吉は長島城近くの中江城の守備に赴《おもむ》くことになった。

ここは森正成の居城で、高齢の正成が嬉しそうに小坂勢を出迎えた。

「もはや伊賀伊勢はほとんど上方勢に奪われてしもうた。この中江の城が落ちたならば長島も危なかろう。この先、どうなることか」

正成がため息をついて腰を伸ばすと、雄吉もまた空を見上げた。

初秋の青空に潮風が吹き抜けて、白い雲が浮かんでいる。

（将右衛門や小兵衛はどうしておるんじゃろうか）

ふと雄吉は、遠く離れた弟たちのことを思った。

九

蟹江城で攻防が続いていた頃、北陸では佐々成政と前田利家の間で婚儀が結ばれようとしていた。成政の娘に利家の次男、利政を婿に迎え入れる縁組で、秀吉の発案であったともいう。賤ケ岳の合戦以後、成政は秀吉に服従した形になっており、同じ秀吉方の利家と縁組することは何の不都合も無いように見えた。実際に三月の末には尾張へ向かう秀吉方へ加勢するために、佐々平左衛門政元が北ノ庄まで出兵している。

また五月には成政は、長年敵対していた越後の上杉に和睦を持ちかけていた。これも秀吉方として、上杉を味方にしようという姿勢を見せるためであろう。しかし実はこのころ、成政のもとには家康と信雄から加勢の要請が届いていた。

「幸い徳川様からの書状には尾張表への出兵までは書かれておりませぬ。この北陸で上杉、前田を牽《けん》制《せい》すれば良いということならば、両国が動かぬうちは黙っておれば良いということでございましょう」

富山城内では成政に佐々政元、前野小兵衛勝長が進言していた。

「前田との縁組も進めておけばよいのか」

「あまり早急に縁組が整うては、徳川様や尾張中将様へ知れましょう。なんぞ口実を考えて、先延ばししたほうがよろしいかと」

政元の言うことも判らぬわけではなかったが、成政の胸の内は晴れない。

心情としては秀吉よりも、恩のある織田家のために尽くすのが当然だと思っている。さらに故郷である尾張の比良《ひら》には唯一の男子、雄助《かつすけ》を残していて、比良城は織田方にある。しかしその一方で、秀吉には娘を人質に出しており、信雄、家康方につけば娘の命はない。

「先延ばしと言うて、いつまで前田を待たせるのじゃ」

「尾張表の戦も、三月に始まりすでに五カ月になりまする。長陣で兵も疲れましょうゆえ早晩和議の話も出て参りましょう。誠に苦しいところなれど、ここはどちらにも味方すると見せかけ、時を稼ぐことが最善の策かと存じまする」

政元が成政を説き伏せた。

成政が奥へ姿を消した後、政元が勝長に言った。

「そなたの兄二人が上方と尾張に分かれて共に重臣じゃが、なんとか取り成してもらうことはできぬか」

勝長もそれは考えぬでもなかったが、兄たちにそれほどの力があるならば、この戦いも回避できたはずである。すでに時の流れが、ただ一人の天下人を作り上げねばならないところまで沸騰して、個人の力では押し留められなくなっている。兄弟といえども、それぞれの渦の中で沈み込まぬよう必死にもがくほかない。

「ここまで来ては、もはや天下を取る方に付くしかござりませぬ。歯向かうことは滅びること。殿の御心中もお察し申し上げまするが、ここは上方に付くのが時勢ではござらぬか」

勝長の言葉に政元もうなずいた。

「されど殿は織田家への忠義をお捨てにはなるまい。我らが双方へ波風の立たぬよう手配りすることが肝要じゃ。早うに和議が成ってくれたならば良いが」

二人は沈痛な面持ちで語り合った。

七月の下旬に佐々政元が加賀へ結納を届け、歓待を受けて戻った。

八月に入って、今度は前田からの使者が返礼の品々を越中へ持参した。このとき佐々方から、

「八月は祝儀月ではないゆえ、婚儀は九月に入ってから」

と延期を持ち出した。

利家の子を富山城に迎えたなら、開戦した場合に人質として用いることも出来たであろうが、佐々方にはその考えはなかったことになる。前田との戦い自体を考えていなかったのか、あるいは戦いの覚悟はあっても人質にする気がなかったのか。

おそらくは時を稼ぎたかっただけのことと思われるが、この佐々の思惑を前田方に密告した者がいた。

富山城内にいた茶坊主である。この茶坊主は、前田方が潜り込ませた間者であったのだろう。佐々に婚儀の意志はなく、そればかりか加賀へ攻め入る算段をしていると通報した。

佐々としては誤解であると主張することも出来たはずだが、最終的に成政は織田家への忠誠を選んだ。八月二十八日には、佐々政元と前野勝長が率いる五千の軍勢が国境を越えて朝日山に進んだ。

「これで良かったのでござろうか。上方に質となっておられる姫様の御命も危ういことになりましょうぞ」

兵を進めつつ、勝長が政元にささやいた。

「殿が御決断なされたのじゃ。我ら家臣は従うほかあるまい。一番お辛いのは殿じゃて」

悩み続けていた政元も、ここに至っては覚悟を決めていた。

朝日山を越えれば利家の居城である尾山城も近く、成政は一気に本拠を襲って決着をつけるつもりだったかもしれない。しかし朝日山に砦が造られ、守備兵が入っていたことで目算が狂った。佐々方の進入路まで、前田方に知られていたのである。

朝日山を守備していたのは利家の重臣の村井長頼で、八百ほどの兵力ながらよく耐え、大雨になったこともあって佐々勢は退却した。その後は国境の砦に兵を配置し、双方にらみ合いが続いた。


九月九日、突如として佐々勢は能登の末森城を攻めた。

奇襲で前田方の本拠を突く策が破れたために、成政は大きく戦略を変えた。

能登と加賀を合わせた前田領は南北に細長く、中央を占拠すれば分断される。末森城は能登と加賀の境に近く、ここを抑えて北からの援兵を遮《さえぎ》るうちに、南の尾山城を攻撃する策である。

一万五千の佐々勢が、国境を越えて末森城を包囲した。

城主の奥村永福《ながとみ》は城下の神社で重陽《ちょうよう》の節句の祭事を行っていたが、その最中に敵の襲来を知って城へ駆け戻った。すんでのところで敵に取り囲まれそうになりながら、何とか城中へ逃げ込んだ。大軍の襲来に気づかなかったのも迂闊《うかつ》だが、それだけ佐々方の行動が迅速だったとも言える。

九日の午後に末森城を包囲した佐々勢であったが、国境の山道を越えてきた兵士の疲労を思ってのことなのか、配置に時間がかかったのか、本格的な攻撃は十日の明け方から始まった。あるいは別経路で侵攻した野々村主水《もんど》ら三千の兵の到着を待っていたのかもしれない。

末森城の守備兵は千五百と少なく、佐々勢はたちどころに各所で守備を打ち破り、城内へ乱入した。夕刻までには二の丸、三の丸が落ち、残るは本丸のみとなったところで、一気に攻撃を仕掛けるか、明朝を待つかで意見が分かれた。

「雨中の行軍に続いての城攻めで、兵も疲れておりまする。さらに夜攻めとなると城内の勝手を知らぬ味方には不利。この先、前田本隊との決戦を控えて、兵の損耗は避けるが肝要かと」

政元や勝長が明朝を主張すると、

「明日になれば前田の援軍が到着いたしまする。城方と援軍に挟まれたならば窮地に陥ること必定。無理にでも夜攻めで落城させるのが上策でござる」

と神保氏張《うじはる》が声を荒げて諸将を見回した。

成政は双方の言い分を考え、明朝に総攻撃をすれば間に合うと判断した。

城方は兵の過半が討ち取られ、水の手も絶たれて落城が目の前に迫っていた。城主の奥村永福も兵を励まして回ったが、切腹を覚悟して妻に止められている。佐々が夜攻めをやめたことで命脈がつながった。

利家は十日の朝に佐々の襲来を聞き、尾山城から津幡城へ入ったのが十日の夜。津幡から末森までは二十キロ近くあるから、このとき佐々勢が夜攻めをしていたら城は落ちていた。

軍議で利家の家臣らは、佐々の強兵を恐れて進軍を躊躇した。

しかし利家は激怒して、

「内蔵助とは互いに若年より数々の戦に出たが、この利家が遅れを取ったことは一度もない。自国に足を踏み入れられ、さらに奥村らの重臣を捨て殺しにしたならば天下の笑い者になるわ」

と出陣を命じた。

前田勢は気づかれぬように海辺の砂丘を通って、川尻にいた佐々方の守備を突破した。皮肉にもこの川尻で前田本隊に備えていたのが夜戦を主張した神保氏張の部隊であった。

十一日の早朝、砂丘に利家の馬印が翻《ひるがえ》るのを見て、末森の城兵は生き返った。本隊に呼応して城から打って出ると、佐々勢を挟み撃ちにし野々村主水らを討ち取った。

利家率いる二千五百の兵が合流したと言っても、まだ佐々の兵のほうが数倍多いはずである。しかし成政は撤退を決めた。兵糧に不安があったのか、他の前田勢や越前の丹羽長秀の援軍を恐れたのか。あるいは背後の上杉の動きが気になったのか。とにかく策が破れた以上は、長陣は避けたかった。

十二日の朝、久しぶりに晴れ上がった秋空の下、佐々勢は粛々と兵を引いた。全軍を鶴翼に並べ、総攻撃と見せるや一隊ずつ乱れることなく退却を始めた。このときの退き様《のよう》があまりに見事であったために、

「さすが佐々である」

と前田方でも感心する者が多かったという。

帰り際に、佐々は城兵の逃げた前田方の鳥越城を接収した。

このころ尾張方面では秀吉と、織田、徳川の間で和議への動きがあった。

しかし末森城の戦いが水を注すことになった。佐々の後ろを突こうと出兵した上杉にも、秀吉は動かぬよう使者を送った。

秀吉としては尾張の戦況が膠着《こうちゃく》状態である上に、四国や紀州でも反抗の動きがあり、さらに北陸に戦乱が広がれば、せっかく積み上げてきた天下が一気に瓦解《がかい》する恐れもあった。中国、九州、関東で同時に反旗を翻《ひるがえ》されたなら、たとえ二十万の兵力でも抑えようがない。とりあえずは尾張の戦線を終息させることが肝心であった。

やがて十一月に入って丹羽長秀の仲介により、秀吉と織田信雄の間で和議が成立した。十月の下旬

に浜松へ帰っていた家康にとっては寝耳に水であったが、信雄が和議を結んでしまった以上、助力を頼まれた家康としては矛《ほこ》を収めるしかない。これ以上長引かせても勝利する目算が立たないため、良い潮時ではあった。

ただ秀吉が信雄、家康にそれぞれ人質を要求し、それに納得がいかない徳川の家臣は抗戦を主張した。家康は家臣らをなだめて十一歳になる次男の於義丸《おぎまる》を大坂へ送った。

この於義丸は正室築山殿の侍女が産んだ子で、家康は築山殿の怒りを恐れて家臣に母子を預けたため、四歳になるまで対面がなかった。また双子であったために家康が嫌ったともいう。長男の信康が切腹したあと世継ぎとなるところであったが、このとき大坂へ養子に出され、この年の暮れに秀吉のもとで元服し羽柴秀康を名乗る。のちに下野《しもつけ》の名家、結城家に入り結城秀康となる。

織田信雄もまた長女の小姫《おひめ》を大坂へ送ることになった。

富山城内にあって、この和議を聞いた佐々成政をはじめ前野勝長、佐々政元らは愕然《がくぜん》とした。すでに上方からは、成政が人質に出していた娘が乳母とともに粟田口で殺されたという知らせも届いていた。

「何のための出兵であったか。姫様をはじめ多くの兵の命を失ったというに、我らに一言もなく和睦なさるとは」

勝長が憤《いきどお》って涙を落とした。

「今少し戦を続けたなら、筑前に抗《あらが》う者たちが各地で現れよう。それが判らぬ徳川様でもあるまいに」

成政もまた悔しさで唇を噛んだ。

富山城の天守から見える南の山々は、すでに白い雪をかぶっている。

（今ならまだ間に合うかもしれぬ）

成政の脳裏にそんな声が聞こえた。

戦が終わって各地の反抗勢力が熱を失えば、再び火をつけることは難しい。あとは各個に秀吉に攻められ、あるいは調略されていくことだろう。

「徳川様に今一度挙兵を促《うなが》しに参る」

そう成政が告げたとき、政元も勝長も何を言っているのか一瞬判らなかった。

「促しにとは、駿河まででござりましょうや」

「そうじゃ。直《じか》に面談して説かねば徳川様を動かすことはできぬであろう」

「一体どうやって飛騨美濃を抜けられます」

越中から駿河へ向かうには飛騨から美濃、三河を通るのが最短の経路である。しかし飛騨の姉小路は佐々に友好的とはいえ、この時期いつ秀吉方に寝返るかも判らない。さらに美濃は秀吉方の手にあるため、通り抜けるのは危険が大きすぎる。

「立山を越えて信濃から遠江《とおとうみ》へ向かえばよい。信濃は徳川様の勢力が抑えておる」

成政はそう言ったが、冬の立山越えなど敵の領内を通る以上に危険である。

「それはあまりに無謀な。山人もこの時期の立山には足を踏み入れぬと聞いておりまするぞ」

政元が困惑した表情で訴えたが、成政の決心は変わらなかった。

病と偽って成政は富山城内で伏していることにし、小姓らからは起請文を取って秘密を守らせた。食事も運び込んで勝手方や奥女中らの目も欺《あざむ》いた。成政の不在が知れたなら、上杉や前田が攻め込んでくるのは目に見えている。万一、攻め込まれたときの処置も言い残して、十一月二十三日に密かに城を出た。

佐々政元、前野勝長をはじめ供をする者は五十人とも百人ともいうが定かではない。あまりに多くては人目に付き過ぎるから、数十人というところが妥当であろう。政元や勝長のほか佐々与左衛門、寺島甚助、久世又助、神保越中、桜木甚左衛門らが従った。また勝長の嫡男又五郎と三男の嘉兵衛も同行していた。

富山城から東に進み、常願寺川をたどって大品山の麓まで進むと、白い屛風のように立山の峰々が目の前に立ちはだかっている。冬空には低く黒雲が垂れ込めて、行く手の困難さを暗示するようである。

里で一泊したあと、手配しておいた山人の先導で常願寺川の雪渓を踏みしめつつ上流へ進んだ。雪はまだ降ったばかりで軟らかく、思わぬ深みにはまることがある。前を行く者の踏んだ場所を用心深くたどって黙々と進んで行く。

やがて常願寺川は上流で湯川と真川に分かれる。東へ向かう湯川に沿って登ると、一面灰色の景色の中に、ところどころで湯気が立ち上っている。

「あれは湧《わ》き湯でございます。もうしばらく行くと立山の湯宿がござりますれば、今夜は皆様、温かくして御休息できましょう」

先導する山人が説明すると、一行も安堵の声を上げた。

無論この時期に湯宿は無人だが、寒さをしのぐ小屋があるだけでも救われる思いである。

湯宿では岩風呂に浸《つ》かることができ、一同生き返る思いがした。

「この先、ザラ峠から黒部川を越え、針ノ木峠までが一番の難所でございます。雪庇《せっぴ》を踏み抜くと奈《な》落《らく》まで落ちていきますだに御用心くださりませ」

囲炉裏の火を囲んでくつろいでいた佐々主従は、山人の言葉に気を引き締めた。

翌日は朝から吹雪となり、一行は湯宿に足止めとなった。

「なんとか出発できぬものか。時をかけるわけにはいかんのだ」

成政は苛立ったが、

「こんな天気では雪の中で立ち往生してしまいますで、なにとぞ御辛抱を」

と山人の長《おさ》が伏して説得した。


このころ尾張では織田信雄の娘が大坂へ向かうことになり、小坂雄吉の次男、雄長もこの一行に加わることになった。

信雄の娘は生まれて間もない幼児で、小姫《おひめ》と名が残っている。表向きは秀吉の養女となる形だが、結局のところは人質である。のちにこの姫は徳川秀忠と結婚するも、信雄の改易によって離縁され、十歳にもならぬ前に死没している。

小坂雄長もこのときまだ十六歳の若年であり、心配した雄吉は生駒家長らとともに寒風の吹く中、桑名まで一行を見送った。百人ほどの警護の兵に、老女や女中も三十人ほどが付き従った。長島を舟で出るときには見送る女房どもが波打ち際まで走り寄って、声を限りに姫の名を呼んだ。その声は寒風に吹かれて切れ切れとなり、一層悲しく聞こえた。

桑名まで見送った帰りに、雄吉らは中江城の森正成を訪ねた。

「戦が終わって良かったのう。上方勢の大軍に囲まれたときは、もはやこれまでと覚悟したが、和議が成って生き延びたわい」

七十を越えた正成は歯の抜けた口で笑った。

正成の弟の正好や、正成の子の雄成も健在であった。

小坂雄吉に同道していたのは生駒家長のほか、子の生駒善長、雄吉の従兄弟の前野義康らである。皆、尾張の前野村、小折村で生まれ育った顔なじみで、酒膳が出てささやかな宴となり時の過ぎるのも忘れて語り合った。

夜も更けたころ、正成が思いついたように、

「そう言えばこの先三里ほどに、蜂須賀の息子殿が陣を張っておる。生駒の娘と縁組をする手筈《てはず》じゃろう。和議が成った上はもはや何の支障も無かろうで、会いに行ったらどうじゃ。孫九郎も将右衛門の消息なども聞けるであろうに」

と家長と雄吉に勧めた。

二人は躊躇《ちゅうちょ》したものの、二度と機会はないかもしれぬと諭《さと》され、翌日、正好の案内で中江から南の桑部《くわべ》へ出かけた。

蜂須賀の陣所は撤収の作業であわただしく騒然としていたが、蜂須賀家政は笑顔で迎え入れた。

「此度《こたび》は和議が整い良うございました。万一のときは縁組も破談になるかと案じておりましたが」

家政はこのとき二十七歳。父の正勝に似て、偉丈夫《いじょうふ》の趣のある若者である。姉川の戦いで初陣を果たして以降、父に従い数々の戦場で戦ってきた。今回の戦のために生駒家長の娘との縁談が頓挫《とんざ》したままになっており気を揉《も》んでいた。

「彦右衛門や将右衛門は達者にしておるかな」

「二人とも此度《こたび》は大坂の留守居役で、但馬守様は仙洞御所や信長公菩提所の造営に奔走しておられます。されど父はこのところ腹痛が続き、大坂屋敷で伏しておることが多いようで」

「なにっ、彦右衛門が病とな」

生駒家長が驚いた顔をした。彦右衛門とは蜂須賀正勝の通り名である。

若いころから川並衆を率い山野を駆け回ってきた頑強な正勝が、病に伏すなどとは夢にも思わぬことであった。

「小六ももう六十になるかの。病を得てもおかしゅうない年ではあるが」

雄吉も腕組みをして遠い知己《ちき》を思った。

雄吉は大坂へ行った雄長のことを長康に頼む書状をことづけて、蜂須賀の陣所を辞した。

家長はよほど気がかりであったのだろう。この三日後に大坂へ旅立ち、病床の蜂須賀正勝を見舞っている。


一方、年の暮れ近くになって、織田信雄は徳川家康への御礼のために岡崎まで出向くことになった。家康に無断で和議を結んだ信雄としては気まずさもあったが、礼を言わぬまま過ごすわけにもいかず、年内に済ませておきたいというところであった。

小坂雄吉、森雄成、滝川正利、杉浦重勝ら六十名ほどの供回りで、人目に付かぬよう鎌倉街道を避けて脇道で岡崎へ向かった。

岡崎城で取り次ぎを頼んだが、家康は不在で浜松にいるという。一行は仕方なく、その日は城下の宿に分かれて泊まることとなった。

その夜中、小坂雄吉の宿を訪ねる者があった。家康の家臣である松平家忠である。

このとき家忠は三十歳で、深溝《ふこうず》松平家の四代目であったが、酒井忠次の配下となっていた。武将というよりは官吏といった静かな物腰で、彼が記した『家忠日記』は当時のことを知る重要な史料となる。

その家忠が密かに雄吉を訪ね、意外なことを告げた。

「先ごろ越中から佐々陸奥守様の一行が参られ、浜松城にて我が殿と面談なされました。陸奥守様は先の和議を不服とされ、今一度、ともに力を合わせ挙兵すれば西国の諸将も呼応するに相違なく、羽柴を挟み撃ちにし勝利は間違いなしとのことでございました。されど我が殿にはすでに於義丸《おぎまる》様を大坂へ送り、盾矛《たてほこ》を収めた上は再度の挙兵には応じるべくもなく、浜松の城下に佐々様一行を留め置いておるところにございまする」

「何と、佐々殿が越中より参られたのか」

佐々とは数々の戦場で、肩を寄せ合うように戦った仲である。

厳冬の雪山を越えて駿河までやって来たと聞いて、成政の一途《いちず》さに老いた雄吉の胸も熱くなった。

「一行の内には御貴殿の御舎弟、前野小兵衛殿もおられまする。また上方の重臣には又の御舎弟、前野将右衛門殿もおられましょう。そのため貴殿がこのまま浜松へ入られてはいかなる変事が出来《しゅったい》するやも判らず、願わくば岡崎にお留まりいただくよう御深慮いただきたいと、我ら徳川家臣の総意にござりまする」

雄吉は一瞬何を言われているのか判らず家忠の顔を見つめたが、ようやくその意味を理解した。雄吉が勝長と出会って兄弟の情に動かされ織田信雄と佐々の連携を図り、家康に再起を迫る様な事があってはならないと徳川の家臣たちは心配しているのである。またこうした動きが羽柴方の長康に伝われば、秀吉に徳川討伐の口実を与えることにもなる。ともかく不測の事態でせっかく結んだ和議を反古《ほご》にするのは避けねばならない。

雄吉としても主君の信雄を危機から回避させるのが家臣としての務めだと、この申し出を了承した。

早朝、雄吉はこのことを森雄成と沢井雄重だけに打ち明け、持病の痛風が悪化して歩行が困難であると偽《いつわ》った。

「それほど悪いのか、孫九郎」

信雄も心配して雄吉の宿まで見舞いに訪れた。

「面目次第もございませぬ。積年の持病がここにきて差し置き、これ以上の同道は殿をはじめ皆々にご迷惑をおかけ申すばかりにございまする。お勤め叶《かな》わず誠に恐懼《きょうく》の至りでござりますが、それがしは岡崎に留まり回復を待って尾張へ戻りますれば、殿は一刻も早う浜松へ御出立くだされませ」

雄吉はそう言って平伏した。

「後のことは万事お任せあれ」

滝川正利が雄吉に目配《めくば》せをした。昨夜のうちに松平家忠は正利をも訪ね、雄吉が同意したことを告げていた。

雄吉を残して、信雄の一行は浜松へと出発した。

ちなみにこの一件は『家忠日記』には記載がない。極秘のことであったかもしれない。


雄吉が単身で前野村へ戻った数日後、信雄の一行も浜松から戻ってきた。

家康と面談したあと、佐々成政とは会わずに早々に浜松を発ったという。上方の余計な斟酌《しんしゃく》を避けるためには、それが一番良いことに違いないと雄吉は安堵した。

そのまま平穏に暮れるかと思われた十二月の晦日《みそか》の朝、前野村の小坂雄吉を訪ねる者があった。それは弟の前野勝長と佐々政元らであった。勝長の二人の息子に、数名の従者も連れていた。

前野屋敷の門前に立った彼らの姿は異様なものであった。真っ黒な熊の毛皮の胴着に袴《はかま》を着け、頭巾《ずきん》を深々とかぶったその下の顔は髭《ひげ》が伸び、頬がこけて目ばかりが光っていた。凍傷で鼻先が崩れた者もいる。雄吉もひと目見ただけでは弟とは判らず、頭巾の中を覗き込んだほどであった。

佐々成政は浜松で家康と数度面会したが、結局良い返事はもらえないままであった。ただ家康も、雪山を越えてきた成政に憐憫《れんびん》の情が湧《わ》き、

「当家は尾張中将卿の懇願を受け、先の合戦に出兵した次第。中将卿が和議を結んでしまわれたからには如何《いかん》ともしがたいのじゃ。されど万が一、中将卿に御翻意あらば、そのときは再びの出陣もあるやもしれぬ」

と言葉を濁した。

成政はそれを聞いて、もはやこれ以上の説得も叶わぬと悟り、浜松を離れ清洲まで来たのである。

この前夜、成政は小折村の生駒屋敷に宿泊し、生駒家長の案内で清洲の織田信雄に面会に行ったという。

「大勢で人目に付くのを避けるため我らは同道せず、こちらをお訪ねしたのでござる」

囲炉裏端《いろりばた》に座って一息ついた佐々政元が、これまでのことを訥々《とつとつ》と語った。

古くから佐々の重臣である政元は、雄吉とも親しい。もともと政元は丹羽氏の出で、その丹羽氏の女を雄吉は妻にもらったが死別している。

「そうか、それは大儀でござったな。冬の立山を越えるとは、よう無事で辿《たど》り着いたものじゃ」

「無事ではござらん。十人近い者が谷底へ落ちて死んだ。また病や足を痛めて動けず信濃の百姓家に預けて来た者もおるのじゃ」

五十人以上の一行が、浜松へ着いたときには三十人になっていたという。

雄吉は一同に茶を勧めた。

政元の話が一区切りついたところで、それまで黙っていた勝長が口を開いた。

「和議を結んだと言うても、羽柴には方便にすぎぬのは明白。この後、各個に攻め入られて取り込まれるに違いない。我らも尾張中将様と徳川様の命を受けて、前田と戦ったまでのこと。それを和議が成ったと言われても取り返しがつかぬ。人質であった姫は斬り殺され、来年には上方勢が越中まで押し寄せて来る。紀州の根来や雑賀、四国の長宗我部も同様じゃ。今一度、再起せねば皆々、筑前の前に馬をつなぐことになるのじゃ」

昔は陽気だった勝長が、何かに憑《つ》かれたように険しく語るのを、雄吉は胸が痛む思いで聞いた。たしかに信雄が独断で和議を結んだことは、方々で戦っていた者たちを失望させることになったに違いない。

「じゃがのう、この尾張の様を見ても判るように長戦《ながいくさ》で兵ばかりか民も家を焼かれ、田畑は荒らされ、飢え死にする者も出る始末じゃ。殿としては見るに見かねての和睦だったのじゃ」

「それゆえこの機に兵糧を蓄え、兵や民を安堵させて、しかる後《のち》に再び戦をすれば十分に勝ち目はあるというもの。ぜひ兄者からも中将様を説き伏せてもらえまいか」

勝長は執拗《しつよう》に開戦を訴えたが、雄吉には勝つ見込みがあるとは思えなかった。

「儂のような老骨には、もはや殿を動かすようなことはできまいて。内蔵助殿が直《じか》に面談して、殿がどうお考えになるかじゃ」

その言葉に勝長も黙った。

「まあよい。久方ぶりの里帰りじゃ。体を休めて衣服も改め、さっぱりして正月を迎えるが良いわ。御一同も気兼《きが》ねせず、ゆるりとされよ」

雄吉の言葉に、政元や従者らも頭を下げた。

「又五郎や嘉兵衛はこの屋敷を覚えておるか。そうか、嘉兵衛はこの屋敷を知らずか。父が生まれた場所ゆえ、よう見ておくがええわ」

雄吉の言葉に、まだ若年の二人は顔を上げてあたりを見回した。

織田信雄と佐々成政の会談は、予想されたとおり不調に終わった。

信雄としても申し訳ない気持ちはあるものの、再び戦っても勝てるとは思えなかった。合戦中は伊賀伊勢のほぼ全域と尾張上郡の北半分を制圧されたが、伊勢の半国と尾張全域を残す条件で和睦できたのである。再び戦えば、さらに所領は小さくなるに違いない。

正月三日には成政に同行して清洲にいた三田村孫右衛門が前野村にやってきた。

「中将様は言を左右にされ、どうあってもお聞き届けにはならん。家老の滝川殿にも御説得いただくよう申し上げたが、家臣の衆も不甲斐なき腰抜けばかりで、あの様《ざま》では尾張を保つこともできようはずがない」

孫右衛門が憤慨して言うのを勝長は黙って聞いていたが、

「それで殿はどうされる」

と、覚悟したように尋ねた。

「もはやこれ以上の滞留も無益と御決断になり、国許のことも気がかりゆえ、明朝尾張を発つとの仰せにござる」

「承知した。平左殿が戻り次第、支度して清洲へ向かおう」

佐々政元は、佐々の実家のある比良《ひら》へ出かけていた。

勝長は雄吉に事情を話し、皆が数日、世話になった礼を言った。

「何を礼など。お前の実家じゃ。気兼ねせんでもええ」

雄吉が笑うと、勝長も初めて微《かす》かな笑みを見せたが、すぐにそれを消して神妙な顔になった。

「もう一つ兄者に頼みたいことがあるんじゃ。我らは再び雪山を越えて、急ぎ国許へ戻らねばならん。そのときに年少の嘉兵衛が足手まといになっては殿にも申し訳がない。嘉兵衛だけここへ残していきたいが、預かってはもらえまいか」

そう言って勝長は雄吉の顔を見つめた。

雄吉にもその意味はよく判った。

秀吉の大軍が越中へ押し寄せたときには、勝長は嫡男の又五郎や越中に残してきた次男の三左衛門とともに戦い討死する覚悟なのだろう。まだ少年の嘉兵衛を連れてきたのは、末子だけは生かして家筋を残したいと当初から考えてのことだろう。

雄吉の胸に熱いものがこみ上げた。

「ああ、預かろう。安心して帰るがええ。されどお前も無駄に死に急ぐでないぞ。筑前とて上杉の抑えに越中の佐々は残しておきたいはず。最後までよう勘考することじゃ」

「有難し。何の因果か我ら兄弟はこのように離れ離れになって、小兄が申すには雁《がん》の群れが乱れてしもうたが、最期に生まれ育った尾張の地に戻ることが出来て嬉しかったわい」

勝長は初めて、若いころのような快活な笑みを見せた。

夕刻近くになって出かけていた佐々政元が戻ると、一行は急いで身支度を整え前野屋敷を出発した。

門口に立つ雄吉の傍《かたわ》らには、涙を流して父と兄を見送る嘉兵衛の姿もあった。

小さくなる一行の姿を追いかけるように、夕空に数羽の黒い鳥の影が消えていった。

秀吉は三月に根来、雑賀を、六月に四国の長宗我部を攻めて降伏させると、八月には越中へ兵を進めた。

十万にもなる秀吉勢の中には、織田信雄の姿もあった。富山城を取り囲んだ大軍に佐々成政は手向かうこともなく、信雄を仲介として早々に降伏を申し入れた。

使者として信雄の陣を訪れたのは成政の弟の政綱と、佐々政元、さらに前野勝長の長男である又五郎吉康の三人であった。

安養坊の陣所で小坂雄吉もこの三人の使者を迎えたが、勝長の姿がないことを不審に思った。成政からの口上を述べたあと、退出する政元と吉康を雄吉が呼び止めて尋ねると意外なことを聞かされた。

すでにこの四月に、勝長が病没したというのである。

雪山越えの難行と、時勢に沿えぬ憂悶《ゆうもん》で心身ともに衰弱したようであった。尾張に残した弟のことを思うと、文を送ることも出来なかったと嫡男の吉康は涙をこぼした。

「そうじゃったか。苦労かけたのう」

雄吉も涙を流し、吉康の肩に手を置いた。

見上げた越中の空は、どこまでも透き通るように青い。

その空に、最後に見た弟の笑顔が浮かんだ。

各地の反抗勢力を討ち果たした秀吉は、再び徳川家康との戦いを画策した。織田信雄も戦意を失った今、秀吉方の圧倒的な兵力をもってすれば、家康といえども降伏せざるを得ない。

ところが窮地の家康を救う大変事が起こった。天正十三年十一月二十九日夜の天正大地震である。北陸、東海から近畿に渡る広範囲で甚大な被害を出した。

越中では木舟城が倒壊し、前田利家の弟の秀継が妻とともに圧死した。佐々領を得て新たな領主として入城したばかりであった。

飛騨では山崩れにより帰雲城が周辺の集落とともに埋没し、領主の内ヶ島氏理《うじまさ》は一族もろとも滅びた。

美濃でも大垣城が全壊、近江の長浜城も倒壊し城主の山内一豊は助かったものの六歳の一人娘が死亡した。

伊勢では伊勢湾の河口付近にあった長島城が倒壊し、周辺の中洲は多くが水没した。これにより織田信雄は清洲城へ移ることになった。

秀吉はこのとき近江の坂本城にいた。明智光秀が敗れたとき焼失した城を丹羽長秀が再建したばかりであった。

「光秀の怨念か！」

と驚いた秀吉は、そのまま大坂城まで逃げ戻った。このあと坂本城は取り壊され、資材は大津城建築に使われることになる。

京や奈良でも倒壊の被害が出たが、大坂城は無事であった。余震が十日以上も続いたため、秀吉は屋外に金の屏風を立てて、数日その中で過ごしたという。

秀吉だけでなく傘下の各将も領内の復興に忙殺され、徳川征伐は先延ばしにせざるを得なくなった。

十

前野長康は大坂城の普請奉行を務めて以来、信長公菩提寺の建立に続いて正親町《おおぎまち》天皇の退位のための仙洞御所、さらにはのちに聚楽第と呼ばれる内野の新亭の普請と、矢継ぎ早に命じられ京で多忙な日々を送っていた。

その間に紀州の根来攻めでは秀吉に帯同したが、四国や越中での戦には出陣しなかった。

七月に秀吉は関白宣下を受けると家臣にも褒賞を与えた。弟の秀長は大納言となり但馬《たじま》から大和紀伊百万石の領主となった。その旧領を長康は譲られ、播州三木から但馬へと国替えとなった。

但馬国は八郡あって、西の因幡国に接する二方郡は秀長が宮部継潤に与えており、その他の七郡十三万一千石を長康は拝領することになった。そのうち長康は播磨時代に家臣となった別所重宗、明石元知、赤松広秀に合せて五万六千石を分け与え、自らの領地は七万五千石とした。

八月二十日には秀長が居城としていた出石城で受け取りの儀式があり、多忙の秀長、長康は不在のまま、双方の奉行役がとり行った。

「少々気前が良過ぎではございませぬか。せっかく但馬一国を拝領されたというに五万石以上も別所らに分け与えるとは」

珍しく前野義詮が長康の仕置きに不満を口にした。

尾張以来の家臣らを差し置いて、新参の彼らが大身となることを妬《ねた》む者もいた。

「されど考えてもみよ。我らが播磨へ入ったことで、あの者たちは領地を失ったのじゃ。何とか播磨が平定できたのも、あの者らの合力があってのこと。それには報いてやらねばいかんじゃろう」

長康はそう言って諭《さと》した。

「それにあまりに出過ぎた所領をもろうても風当たりが強うなるばかりだわ。こたびは出石の城を頂戴《ちょうだい》したことが嬉しいのじゃ。わが母方の縁《ゆかり》の地だでの」

長康の母は尾張春日井郡の小坂氏の出であるが、この小坂氏はさかのぼると但馬国出石郡小坂郷の住人で、山名氏に仕えていたという。応仁の乱のとき京に出て、敗れて越中へ退こうというとき、織田敏定の江州攻めに加わったのが縁で、そのまま尾張へと付き従い住みついたらしい。

その後、男子が絶え困ったときに前野氏から養子を迎え、両家の縁が出来た。信長のころに再び男子が絶えたため信長のはからいで、小坂の女子が嫁いでいた前野宗康の長男、宗吉を小坂の跡へ入れた。長男は小坂を名乗り、次男の長康は前野を継いでいるが、どちらの母も小坂氏である。

「奇縁でございまするな。殿のゆかりの地ということを、上様は御承知でございましょうや」

義詮は首をひねった。

「儂からは申し上げたことはないが、小一郎様には但馬攻めの折にでも言うたやもしれぬ。それにしても何やら見えぬものが導びいてくれておるようじゃ。兄者が知ったなら、きっと喜ぶであろうな」

長康は尾張にいる兄のことを思った。

「文でも書いてやろう。儂や彦右衛門がまた出世したと知れば驚くことじゃで」

顔を見合わせて長康と義詮は笑みを浮かべた。

長康とともに、蜂須賀正勝もまた秀吉から阿波国への国替えを命じられた。

播州竜野から阿波十七万石への大躍進であったが、正勝は病身であることを理由に、嫡男の家政への拝領を願い出て許された。正勝には養生分として摂津で五千石が与えられることになった。

所領をけずった長康にも、このあと在京料として山城で一万五千石、近江で一万六千石が与えられ、結局十万六千石を所領とすることになる。

天正十四年の正月、長康は年賀のため久しぶりに大坂城へ登城した。

「仙洞御所の手配、御苦労じゃったな。この数年、しばしば帝より御退位の御意向があったが仙洞御所が出来ぬと退位もならぬでな。これでごゆるりとお過ごしいただけるわ」

三十年近く帝位にある正親町天皇は、すでに信長存命のころから譲位をほのめかすことがあった。信長は皇室を保護しつつ、敵との和睦などで勅命を利用する必要から、ついに譲位を認めなかった。さすがに御年七十近くになり、秀吉は譲位を認めざるを得なくなった。

「新しい帝の御即位はいつになりましょうや」

「いろいろと支度もあるでな、この冬になろうかのう。内野の新亭のほうはどうじゃ。つつがのう進んでおるか」

秀吉は、うかがうように長康の顔を見た。さすがに矢継《やつ》ぎ早《ばや》の大仕事で気が退《ひ》けるところもあるのだろう。

長康はそれを感じつつ、

「はい、公家屋敷の引き退《の》きも大方済んで、来月には着工の運びとなっております。幽斎殿、利休殿と知恵を出し合うておりますれば、この大坂城とはまた違い、京の町に合った面白き普請になるかと存じます」

と笑った。

「そうか、それは楽しみだわ。完成したならば帝を招いて盛大に宴を催すでな。公家どもも息をのむほどの趣向を凝らしてくれ。これが武家の力よと見せつけるほどの普請をな」

地震の後始末で気が滅入っていた秀吉は、先行きに光明を見たように表情を明るくした。

しばらく話したあと、長康が広間から退出すると廊下で声をかける者がいた。

「お久しゅうござる。将右衛門殿。なかなかご挨拶も出来ず」

誰だか判らずに、長康はもう一度顔を見つめ直した。

「これは、内蔵助《くらのすけ》殿か」

佐々成政である。

昨年の八月に降伏した成政は、越中の東半分の新川郷の領有を認められたものの、妻子ともども大坂への移住を命じられ秀吉の御伽衆《おとぎ》に加えられていた。頭を剃《そ》りあげて一目では気づかなかった。

「小兵衛のこと、気の毒なことをした。長きに渡ってよう尽くしてくれたが」

「いえ、佐々の家中で家老にまでお取立ていただき、一万五千石を賜《たまわ》る利波《となみ》城主であったと聞いております。弟になり代わり御礼申し上げまする」

勝長の病死については、長康も佐々の降伏後に初めて耳にした。

賤ケ岳の合戦の後に秀吉の陣中で会ったのが、最後の対面になった。

「将右衛門殿は但馬国主になられたとのことで祝着でござる。蜂須賀殿も御子息が阿波を拝領になったとか。昔はお二人で信長公にも従わず野を駆け回っておられたが、今や国持ち大名になられたとは隔世《かくせい》の感がござる」

長康と正勝が尾張川の川並衆であった頃から、佐々とは共《とも》に戦った仲である。すでに成政は織田家中で頭角を現して二人の遥《はる》か先を走っていたが。

「されど」

と成政は言いかけて言葉を呑んだ。

長康が不審に思い首を傾けると、成政は太い眉を寄せてささやいた。

「国など持っても一朝《いっちょう》で霞《かすみ》と消えてなくなりまする。十分お気をつけなされ。それがしのようにならぬように」

成政は剃《そ》り上げた頭をつるりと撫《な》でると、深々と頭を下げた。

五月には病床にあった蜂須賀正勝が死去した。

すでに正勝は二年ほど前から腹痛に悩まされていたが、昨年はやや持ち直して春から夏にかけて紀州や四国へも出陣し、八月には京の長康の屋敷で茶会にも参加していた。

年明けごろに再び容態が悪化して、三月には長康も京から大坂へ見舞いに駆けつけた。そのときにはすでに別人のように痩《や》せ細っていた。

「忙しいじゃろうに、わざわざ来んでも良いわい」

「義兄弟が死にかけとると聞いては、来ぬわけにいかんじゃろう」

弱々しく笑う正勝に、長康も笑い返した。

「息子殿には知らせておらぬのか」

「ああ、阿波の国を拝領したばかりで忙しかろうでな。倅《せがれ》のことを宜《よろ》しゅう頼む」

正勝の子、家政は阿波守となって四国阿波十七万石を拝領していた。それまでは竜野五万一千石であったから、三倍以上の所領を得て切り盛りも大変であるに違いない。

「お主に言い残すことがあるのじゃ」

正勝は静かに言葉を続けた。

「我ら二人、尾張の川並衆のころより殿下をお支えしてきたが、ようやく天下も治まるところまで来た。されどこの先そのような微勲《びくん》を鼻にかけておっては足元をすくわれよう。すでに殿下の周辺には才人が多く仕えておる。乱世はともかく、平時のことには我らは疎《うと》いでな。十分に用心して油断のないように振る舞わねばならんぞ」

そこまで言って正勝は目を閉じた。

「よう判った。胆《きも》に銘じるゆえ、もう休むがええ」

覗《のぞ》き込んだ長康に、正勝の唇から思わぬ言葉が聞こえた。

「狡兎《こうと》死して走狗《そうく》煮らる」

退治する獲物が無くなれば、狩りの犬たちも不要になり、煮て食われるという意味である。

長康は、ぎくりとしたが、

「承知した」

と、うなずいて正勝の差し出した手を握った。これがあの川並衆の頭領であったかと思うほど痩せ細った腕であった。

正勝の死んだ知らせを、長康は京にいて聞いた。

すでに七日前に容体悪化の知らせは受けていたが、秀吉が在京していたため離れられず、従兄弟の前野義詮《よしまさ》を見舞いにやった。戻った義詮は涙ぐみながら正勝の様子を告げた。数日前に阿波より家政が来て見舞ったが、正勝に言われてすぐさま阿波に戻ったという。

その後、家老の稲田植元が枕頭に残って、最期を看取《みと》った。六十一年の波乱万丈の生涯であった。

訃報《ふほう》を聞いて大坂へ急ぐ馬上、長康は漢詩を詠んだ。

紫藤《しとう》花落ち栖鳥《せいちょう》離る
庭前の躑躅《てきしょく》紅朱《こうしゅ》尽きる
馬を駈け都門橋畔を過ぐ
花鳥人皆一定の夢

「拙《まず》い出来じゃが勘弁せい、小六」
長康はそう言って涙をぬぐった。

この年の十一月に正親町天皇が退位して長康の普請した仙洞御所に移り、孫の後陽成《ごようぜい》天皇が即位した。

秀吉は九月に豊臣の姓を賜り、さらに十二月には太政大臣の叙位を受けた。小牧長久手の戦以来、懸念していた家康も十月に大坂へ来て臣下の礼を取り、ひとまず決着する形となった。
懸案が解決した秀吉は、翌年の天正十五年には九州征伐を本格化させた。

すでに前年から黒田孝高や毛利輝元、吉川元春、小早川隆景らの中国勢と、長宗我部元親らの四国勢を派遣していたが、島津の猛攻に苦しんでいた。秀吉は総勢二十万の大軍で九州へ赴くと、肥後と日向の二方面から島津を攻めた。島津方は各所で抵抗したものの、圧倒的な兵力差の前に降伏した。

この陣中に織田信雄の家臣もいた。信雄は大坂に残っていたが、代将として滝川雄利の率いる六百人が秀吉の旗本に加わっていた。森雄成《かつなり》もこの中にいて、秀吉の柳営《りゅうえい》の警護に当たっていた。

ある日、秀吉の陣を訪れた前野長康に声をかけられた。

「久三郎か、久しいのう。達者にしておるか」

「はい、将右衛門様、いえ但馬守様も御健勝そうでなによりでございます」

「ははは、将右衛門でええわい。儂ももう六十を越えたでな。あちこち痛んでおるわ。孫九郎兄は息災じゃろうかの」

「持病で右足が御不自由になり今は尾張におられますが、お元気にしておられまする」

「そうか。小六も昨年死んでしもうて寂しい限りじゃ。兄者ともなかなか会う機会がないが、文を書くゆえ帰国した折に届けてくれるか」

長康はそう言うと、矢立《やだ》てを取り出して一筆したためると雄成に手渡した。

大したことは書いていない。無沙汰を詫《わ》びる文面である。しかし気持ちは通じるであろうと長康は思った。

雄成もそれを感じて、大事そうに懐《ふところ》へ仕舞った。

また別の日。

島津が降伏し筑前筥崎《はこざき》に戻って陣を張ったとき、長康は雄成を伴って秀吉に引き合わせた。

「ほうか、将右衛門の縁者か。ああ、森甚之丞《じんのじょう》の倅《せがれ》か。よう存じておる。尾張中将の家中というと生駒八右衛門は今も健在かや」

若き日に秀吉は生駒家へ下僕《げぼく》として入り込み、やがて信長に取り立てられた。八右衛門家長は恩人でもあった。

「はい、すでに隠居なされておられますが、尾張表でご健在にしておられまする」

「ほうか健在か。そりゃ結構じゃ。そろそろ皆、年老いて身罷《みまか》る者が増えてきたでな。あの頃のことを知る者が少のうなっていかんわい。のう将右衛門」

「御意《ぎょい》にございます。なんとも寂しい限りにて」

「生駒の屋敷やら松倉城やら、駆け回ったものじゃ。小六や将右衛門に怒鳴《どな》られてのう」

「それはもはや申されますな。お詫《わ》びのしようもございませぬ」

長康が恐縮し、秀吉が大笑した。

「ときに尾張川の川筋はどうじゃ。先の地震で変わったままか」

「はい、松倉から黒田、小越の川筋が今や本流になり、かつての加納の川筋は細ったままにございまする」

一年半前に起きた天正大地震で土地が隆起し、さらにその後に起こった洪水のために尾張川は流れを変えていた。美濃、尾張の境で網目のようになっていた流路の最北をもって国境《くにざかい》としていたが、その流れが細って犬山から黒田への川筋が主流となった。これを新たな国境としたために、かつての尾張領の笠松、柳津あたりは美濃領となった。

この変更は織田信雄の尾張領を、少しでも削る目的があったとも考えられる。削られた信雄としても、戦で負けたばかりで抗議もできなかったであろう。

「そちの所領はどこじゃ」

「はっ、尾州苅安賀《かりやすか》の西郡を拝領しておりまする」

「そうか、加賀野井の近くじゃの。九州が片付けば次は関東じゃ。大軍の川越には骨を折ってもらわねばならんの」

「何なりと仰せ付けくださりませ」

雄成は黄金一枚を褒美にもらって、秀吉の前を退出した。

この筥崎に二十数日滞在する間に、秀吉は伴天連《ばてれん》追放令を出し、諸大名にもキリスト教を棄教《ききょう》するよう命じた。肥後、肥前、豊前で見たキリスト教の広まりに、ある種の恐れを抱いたのである。前野長康も長岡幽斎との付き合いから深い考えもなくキリシタンとなっていたが、この禁令を受けてただちに改宗した。京都に帰るとすぐに屋敷内のデウス像など一切を破棄し、大徳寺に入って五宗の号を得た。秀吉は満足げにこの報告を聞いた。

徳川家康を臣下に付け九州を平定した秀吉は、政権の安定期に入った。

この年の十月に北野で大茶会を催《もよお》し、翌年四月には完成なった聚楽第に後陽成天皇を迎えた。さらにその翌年の天正十六年には待望の世継ぎ、鶴松が生まれた。

ただこの北野の大茶会の最中に、九州で国人一揆が広がるとの報が届き、秀吉は秀長らを鎮圧に向かわせた。

一揆の発端は、肥後の国人衆が新領主の佐々成政に対して起こしたものであった。御伽衆であった成政は、秀吉の命で九州攻めに出陣し功を上げたために肥後の国を与えられた。秀吉の命令を忠実に果たそうと成政は肥後入国後ただちに検地を行ったが、これが国人たちの反発を招いて一揆となった。

一揆は肥後だけに留まらず肥前や豊前にも広がりを見せ、鎮圧のため黒田、小早川、竜造寺ら九州の諸大名に加え、四国、中国勢ら十二万の兵が動員される大規模なものになった。国人衆は厳しく弾圧され、十二月末には一揆は終息した。

翌年二月、成政は大坂へ向かうが途中の尼崎に留められ、閏《うるう》五月に切腹を命じられた。滞在していた法園寺《ほうおんじ》の庭先で、池の岩に腰を下ろすと十文字に腹をかき斬り、内臓をつかみ出したという。

この頃の　厄妄想《やくもうそう》を　入れ置きし　鉄鉢袋　今破るなり

賤ケ岳の合戦以後、納得できぬ方向へ流れる世の中に憤《いきどお》りつつも、歯噛みして忍従してきた怒りを爆発させたような辞世の句である。

肥後国は加藤清正と小西行長が分割して所領とした。

成政が切腹した同じ月、『武功夜話』では前野勝長の子、前野伝左衛門が長康を頼って但馬に来たと記している。系図によると伝左衛門は勝長の長男吉康の子で、この当時はまだ生まれていなかったか、または子どもであったろう。あるいは吉康の間違いかもしれない。

国元からの知らせに長康は迷ったが、堀尾吉晴が佐々の家臣を多く召し抱えるのを秀吉が許したと聞いて、伝左衛門を家中に迎えた。

この伝左衛門が吉康であるとすれば、彼はのちに蜂須賀家の家老、稲田稙元に仕えることになる。

西国にはもう秀吉に歯向かう者はなく、あとは関東以北の北条、最上、伊達といった大名らを制圧するだけとなった。

天正十七年三月、秀吉は天下統一の仕上げとして、小田原の北条征伐に兵を向けた。最上、伊達に小田原への参陣を命じると、最上は早々に臣従の意を伝えて来た。

鎌倉街道を進む秀吉軍本隊の十七万に加え、上杉景勝、前田利家らの三万五千は北陸から、さらに長宗我部、九鬼らの一万は海路で小田原へ迫った。

二十万を超える秀吉方には及ばないまでも、北条方は一大名ながら五万を越える兵力を持っており、小田原城を中心に各地の城に兵を置いて秀吉方に備えた。特に箱根峠を背に秀吉方を食い止めようと足柄《あしがら》、山中、韮山《にらやま》といった城の守りを固めた。

この当時の北条氏は、早雲から五代目である二十九歳の氏直が当主であったが、父の氏政はまだ五十三歳と壮健で、実質的には氏政が実権を握っていた。二年前の帝の聚楽第御幸の折に、秀吉は氏政と氏直に上洛を命じたのに対し、北条側は数カ月遅れて氏政の弟、氏規《うじのり》が上洛するなど、豊臣への完全な服従姿勢を取ることを拒んでいた。

戦国期を切り開いた北条早雲の血筋である自負と、強大な戦力を有する自信が、新興政権の豊臣へ臣従することを潔《いさぎよ》しとしなかったのであろう。名族ながら早くから豊臣に接近した常陸の佐竹氏などの対応とは対照的である。

鎌倉街道を進んだ秀吉本軍は沼津で軍議を開き、先鋒を二手に分けた。

山中城攻めには豊臣秀次を大将にして徳川家康、堀秀政ら七万近い軍勢を、また韮山城へは織田信雄を大将に蒲生氏郷、細川忠興、福島正則、蜂須賀家政ら四万五千を向けた。

秀次軍は一日で山中城を落とすと翌日には足柄城も攻略し、数日で小田原へ進んだ。一方、信雄が攻める韮山城は城主の北条氏規が四千に満たない兵で良く守り、秀吉が小田原城を包囲してからも落ちなかった。

この織田信雄の軍の中に小坂雄吉はいない。

足が不自由となり尾張で留守を守っていた。代わって息子の雄善《かつまさ》、雄長《かつなが》が陣中にあった。雄善は四十歳、雄長は二十二歳。親子ほど年の離れた兄弟である。しかしここ数年で背丈は雄長のほうが頭一つ分ほど高くなった。雄吉の体格の良さは、雄長のほうへ受け継がれたようである。

「なかなか落ちませぬなあ、兄上」

雄長はそう言いつつ、汗をぬぐって空を見上げた。すでに四月の半ばとなり、青く澄み渡った初夏の空である。

信雄は蛭島《ひるじま》の川床に本陣を置いていた。新緑の向こうには富士の山が大きく裾野《すその》を広げている。人間たちの微小な営みを、笑って見下ろしているように雄長には思えた。

「呑気《のんき》なことを言うておるでない。一日も早う落城させねば、すでに小田原攻めも始まっておるのだ」

雄善は子を叱る父のように言ったが、膠着《こうちゃく》した戦況をどうしたらよいか判らない。

韮山城は平城《ひらじろ》ながら早雲が本拠とした城で、細かな工夫が随所に施《ほどこ》されていた。また攻め手の諸将が若武者ぞろいで血気にはやり、織田信雄の指示に従わず勝手に攻めるために有効な攻撃が出来ずにいた。

そこへ家中の生駒善長がやって来た。善長は二十代中頃で、ちょうど二人の中間の年齢である。父の生駒家長が隠居して、代わって当主となっている。

「助六殿、我らは小田原へ陣替えとのことにござりますぞ」

「なにっ、陣替えじゃと」

雄善は驚いて目を見開いた。城攻めの大将が城も落とせぬまま陣替えとは、ただならぬことである。

「関白殿下がお怒りということか」

「それはよく判りませせぬが、代将に前野但馬守様が参られるそうにございます」

「なんと、叔父上が」

雄善と雄長は顔を見合わせた。


前野但馬守、すなわち将右衛門長康は秀吉軍の後詰めとして駿府《すんぷ》城にいた。後方の補給を任されていたが、もう一つの目的として家康の所領を把握する役目もあったようである。

数日前、その長康は秀吉に急きょ呼ばれて小田原の陣所に駆けつけていた。

突然の呼び出しに何事かと怪しんだ長康だったが、石垣山の陣所で迎えた秀吉はのんびりしたものだった。茶を振る舞うと、そのあと山頂へ登って小田原城を見下ろしながら、味方の布陣を長康に説明した。

「どうじゃ、この大軍に取り囲まれては、さすがの小田原城も降伏するしかあるまい。上杉謙信はここを囲んだものの、冬には国許《くにもと》が心配で引き揚げたそうじゃが、我らはいつまでも留まって、北条が頭を下げるまで居座ればよい。上方から女どもも呼び寄せて、この戦を見せてやるつもりじゃ。これが日の本の最後の大戦《おおいくさ》になろうでの」

秀吉はそう言って笑った。

「殿下の総仕上げになる戦にござれば、悠然と構えて度量をお示しになるが肝要かと存じまする」

長康も笑顔で答えた。

「尾張の百姓から出世して、まさかこのような日が来るとはのう。お主も川並衆で小六と走り回っておったころは、国持ち大名になるなど思いも寄らなんだであろう」

「御意にございまする。それもこれも殿下のもとで幾多の働き場を賜わりましたおかげにございまする。先に身罷《みまか》った小六がこの光景を見れば、涙を流して喜んだことでございましょう」

二人はしみじみとした気分で、眼下の小田原城を眺めた。

信長の下僕から這い上がり、足軽組頭となったころ秀吉には十分な家臣もいなかった。正勝や長康らの川並衆が加わり、ようやく千人規模の配下を得て、墨俣築城から箕作《みつくり》山城攻略、金ヶ崎退き陣と運が開けていった。

秀吉の弟、秀長も病床にあり、もはやあの頃の苦労を共にした者たちも次第に少なくなりつつある。

「ときにお主を呼んだのは他でもない。韮山城のことじゃ。攻めかかってから二十日にもなるが、いまだにあの小城に手間取っておる。尾張中将では埒《らち》が明かぬゆえ、お主が行ってくれぬか」

「中将様はどうされます」

「ひとまず小田原に陣替えじゃな。この戦が終われば徳川を関東に移し、その旧領に尾張中将を入れようと思うたが、何やらたわけらしゅうなってきた。亡き上様の血筋ゆえ粗略にしとうはないが」

「旧主への恩をお示しになるのは、殿下の度量を天下に知らしめることにもなりましょう。駿遠三《すんえんさん》の三国が替え地ならば、中将様も尾張を離れるのに御異存はないと存じますが」

「まずは三国を与えておいて、徐々に削ってやろうとは思うておるが。徳川の国許には異変はないか」

「はい、さすがに徳川殿もよう判っておられます。数百の留守兵しか残っておりませぬ。殿下の背後を襲うような疑いを受けぬためでございましょう。城を奪わば奪えと見事なお覚悟で」

「よう出来た者は、かように何事も行き届いた処置をするものじゃて。右府様の御血筋の者らは、悲しいことにそれができぬ」

「苦労を知らずにお育ちになったせいかもしれませぬな」

「我らは苦労に苦労を重ね、身の回りには苦労しかないゆえ、苦労を食ろうて生きてきたからの」

秀吉は呆れたような顔で言うと、枯れた笑みを浮かべた。

「韮山はいかが攻める。今は五万ほど兵がおるが」

「五万の兵で小城が落とせぬでは、殿下の総仕上げに傷がつきましょう。一万五千もおれば十分ゆえ、あとは小田原へお加えなされませ。小田原が降伏すれば他の小城など干上がりまする」

「ああ、お主に任せた」

長康は深々と頭を下げると、韮山城へ向かった。


織田信雄に代わって韮山城攻めの指揮を任された長康は、滝の洞《ほら》の高地に本陣を置いて、周辺の地形を詳しく調べさせた。

その後に諸将を集めて軍議を開いた。顔ぶれは蜂須賀家政、生駒一正、稲葉貞通、中川秀政、福島正則らで、稲葉が四十代半ば、生駒、蜂須賀、福島が三十前半、中川は二十代という若さである。六十過ぎの長康がそれぞれの意見を聞くと、みな長康の指図に従うと言った。

「儂《わし》はな、御元《おもと》らの父御《ちちご》とともに殿下に御奉公して三十有余年になる。城も二十余城も落とした。殿下の城攻めは力攻めにあらずじゃ。殊《こと》に堅城は怒りに任せて攻めても味方を失うばかりでな」

長康の話に、若い武将らは興味深そうに耳を傾けている。長康は我が子に言い聞かせるように、柔らかな口調で話を続けた。

「まずはその城の地形を見ることじゃ。川が近ければ水を招き入れ、遮《さえぎ》る森があれば切り払う。谷が邪魔ならば埋め、敵の糧道があれば断ち切る。堅塁で手が付けられねば地下から掘り進んで城内へ入り込む。これが殿下の城攻めよ」

これまでめいめいに打ちかかっては撃退される戦いを重ねていた諸将は顔を見合わせた。

「さればこれより槍刀を鋤鍬《すきくわ》に持ち替えて城攻めじゃ。そろそろ雨の季節も近いぞ」

長康は諸将を見回して笑った。

周辺の村々からも人足が集められ、その数は数千人にもなった。米六合の日当を配ったために女子供までやってきて働いた。瞬く間に韮山城を取り巻くように堤が築かれ、城と外部の通行も完全に遮断された。

近くを流れる狩野川から水を引くように堤を築き出すと、城内に動揺が広がった。すでに秀吉が備中高松城で行った水攻めの様子は、諸国に知れ渡っている。

六月の下旬、まだ水を引き入れる前であったが、城主の北条氏規は兵糧も少なくなり勝ち目のないことを悟って、降伏を申し入れてきた。

「北条美濃守はさすがに先が見える御仁じゃ」

長康はそう言って降伏を受け入れることを秀吉に報告した。

この北条美濃守氏規は氏康の五男で、幼少期には今川へ人質として送られていた。そこで同じく人質であった徳川家康と住居が隣同士であったことから親交があったらしい。

氏政や氏直に代わって上洛し秀吉とも折衝を重ねる中で、北条に勝ち目のないことを兄の氏政に進言したが容れられず、戦となってしまった。

この韮山城の開城と前後して、北方で上杉、前田勢が鉢形城、八王子城も落としたため、ついに七月五日に北条氏政、氏直親子は降伏し小田原合戦は終結した。


勝利のあと、織田信雄は秀吉の陣に呼ばれた。

そこで秀吉から思わぬことを告げられた。

「此度《こたび》はようお働きなされた。恩賞として駿河、遠江、三河三国への国替えをしていただこうと思うが、御異存はなかろうのう」

秀吉としては旧主の子へ最大の好意を示したつもりである。

先には小牧長久手の戦で自分に敵対した相手であり、今回も参陣しながら大した功績もなく、本来なら褒賞に値しないところである。尾張と、伊勢の一部のみの所領が、駿遠三の三国に増えるわけで、普通の武将ならば喜んで受けるところであったろう。

ところが信雄はそれを辞退した。

「思いのほかのことで誠にありがたき儀ながら、それればかりは御遠慮申し上げる。尾州は織田の故地であり、伊勢もまた北畠ゆかりの地。そこを離れることは父祖にも申し訳が立ち申さぬゆえ、その国替えは平《ひら》に御容赦願いまする」

信雄としては、この国替えを受けると家康から所領を奪うことになり、家康を困らせることになるだろうという配慮もあった。しかしすでに家康は関東への移封を内諾しており、無用の配慮であった。さらに気を配るべき相手を間違えていた。

秀吉の表情が変わっていた。

（どこまでたわけか。いつまでも織田の血筋というだけで儂が遠慮すると思うておる。己にどれほどの力量があるのじゃ）

秀吉は持っていた扇を音高く閉じると、眼を閉じて告げた。

「承知した。追って沙汰するゆえ、しばらく陣に留まるように」

信雄は秀吉の表情が曇《くも》ったことには気づいたが、国替えについては考え直してくれるものと理解して陣を下った。

北条氏政と弟の氏照らが切腹し、氏直、氏規らは高野山へ送られることになり北条の仕置きが終わったころ、織田信雄にも沙汰が下りた。

秀吉の陣に呼び出されて告げられたのは、改易と下野国那須《なす》への蟄居《ちっきょ》という驚くべき内容であった。信雄は釈明の機会も与えられず、そのまま幽閉された後、家臣らに会うこともなく厳重な警戒の中を那須へと送られた。付き従う近習は二十四人。雑人を合わせ七十余人と限られ、その他の家臣が主を追っていけば厳罰に処すとの通告であった。

生駒善長と小坂雄長、それに雄長の義兄の山口重政は二十四人の近習の中に加わり、那須へと下っていった。その他の一万以上の信雄の家臣らは、鉄砲武具などを返上し速やかに退去すべしとの触れを受けて大混乱となった。

小坂雄善はどうしたものか困り果て、五、六日思い悩んだ末に叔父の前野長康のもとを訪れた。長康は小田原の陣を引き払うところであったが、雄善を招き入れて対面した。

「尾張中将様への仕置きは厳しすぎるかもしれぬが、これは此度《こたび》の戦の不手際だけではないのじゃ。天下の平定を見据えて殿下がお考えになったことでな。これればかりは我らも口を出すことはできぬ。徳川様も旧領を返上して関東への移封を、一言の御異存もなくお受けなされた。織田の威光に頼ってばかりでは、もはや世の流れに沿って生きることはできぬということじゃ」

憔悴《しょうすい》した雄善を哀《あわ》れにには思ったが、長康としても迂闊《うかつ》なことはできない。

「お主らを我が家中に置くことは容易《たやす》いが、尾張にある兄者のお考えもあろうで、ひとまずは尾張に留まることができるように取り計ろうてみるがそれでよいか」

「はい、父も母ももはや尾張を離れて住むことは辛かろうと思いまする。なにとぞ宜《よろ》しゅうお頼み申します」

「幸いなことにそなたの母は三輪の出で、孫七郎様の縁者になる。きっと邪険にはされぬであろう」

孫七郎とは秀吉の甥《おい》の豊臣秀次のことである。信雄が改易となった後の尾張には、秀次が近江八幡から移封されると聞いていた。

その秀次の家臣に長康の娘婿の前野忠康がいる。忠康は長康に仕えていたが、乞われて秀次の家臣となっていた。

長康は忠康に手紙を書き、兄の小坂雄吉らのことを頼んだ。


国もとの尾張にも改易の知らせは届いた。

家臣のほとんどは小田原で足止めされ、清洲の城には留守役として滝川雄利の兵が二百ばかり残っているのみである。

さらに小田原陣の後詰めとして毛利、吉川、小早川の五千の兵が清洲に駐屯していた。あらかじめ信雄の移封に備えてのことだったのか、あるいは家康、信雄が謀反を起こした場合に、背後から攻撃することを考えての配置であったかもしれない。小田原の陣内では家康と信雄は隣同士の陣所で、陰謀を企んでいるとの噂も立っていた。根も葉もない噂であったが、そうしたことも秀吉の疑いを増幅させていた。

「どうなってしまうんじゃろうのう、我らは」

前野屋敷を訪ねた生駒家長が、途方に暮れた声を上げた。

「小田原へ出向いた者たちは、ひとまず蒲生《がもう》様、福島様のお預かりとなっておるそうじゃが、帰国しても領地はすべて召し上げじゃ。滝川殿からは粛々《しゅくしゅく》と上意に従うよう言うてきたが、このままでは皆、不安が募《つの》るばかりだわ」

「これも先の小牧の役で刃《やいば》を交えた報いかもしれんのう。一旦は和睦して収めたが、我が殿は改易、徳川殿は遠い関東へ転封じゃ。大坂に歯向こうた者は、結局は追われることになってしもうた」

前野屋敷の木々では蝉《せみ》たちが盛んに鳴いている。

暑い季節も終わりを迎え、命を惜しむかのように絶え間のない鳴き声が降り注いでいる。

「ちと儂らも長生きしすぎたかのう。信長公がお若いころは誠に楽しかったが。ご健在ならば今ごろどうなっておったか」

家長が遠い日々を思い出すように遠くを見つめた。

「今の豊臣と同じようなことをしておったかもしれぬが、我が殿が改易になることはなかったじゃろうな。織田の跡は信忠様がお継ぎになって、我が殿はそれこそ東国の抑えに関東へやられたかもしれん」

雄吉も思いを遠くしたが、慌てて現実へと立ち返った。

「此度《こたび》、尾張に入国されるのは関白の甥《おい》の孫七郎様だそうじゃ。我が妻の実家の三輪家のつながりで孫七郎様とは縁者になる。今はその縁を頼るしかないが。生駒は何と言うても関白殿下の出世の糸口を作った功があるゆえ、お取立てになるじゃろう」

「さあて、そのような古い話が役に立つかどうか。我が家は無禄になろうとも商いが出来れば何とか食いつなぐことはできようが」

「儂の倅《せがれ》たちも無禄となれば、生駒で使うてもらうか」

雄吉は諦《あきら》めたような顔で嘆息した。

相変わらずの蝉時雨《せみしぐれ》が、いたわるように二人の老人を包みこんでいる。

豊臣秀次が尾張に入国したのは十月に入ってからであった。

長康の依頼を受けた前野忠康の取り次ぎで、小坂雄吉は本貫の三百八十貫文の治領を安堵された。柏井の三千貫の領地は取り上げられたが、何とか無禄となるのは免《まぬが》れた。

沙汰があったあと、御礼のために清洲へ登城した雄吉は、三輪家との故縁を書き記して秀次に差し出した。秀次はこのとき二十三歳の若者である。

父の木下弥助は百姓で、妻にしたのが秀吉の姉のともであった。秀吉が旗揚げするとき縁者をかき集めて家臣にした。木下の姓もこのときもらったものである。のちに秀次が三好家の養子になったとき、弥助もまた三好を名乗り、名も吉房とした。

この三好吉房が、小坂雄吉の妻の父、三輪吉高と従兄弟というが確証はなさそうである。しかしとにかくその縁に頼って、小坂家、あるいは前野家は秀次に仕える事が出来た。

秀次としても新しい領地に縁者がいるということは心強いことであったに違いない。

「さようか、我が豊臣も今や天下を治めると言えども、この尾州が興《おこ》りの地じゃ。縁故の者を拾い上げて、皆で枝葉を伸ばしてゆくのは良いことじゃ」

大柄な秀次はよく通る声でそう言うと、平伏している雄吉に検地の案内役を命じた。

「しばらくは苦労もあろうが、勤めに励んでおればまた加増もある。体を労《いと》うて暮らすが良い」

「ありがたき幸せ。この御恩を忘れず忠勤に努めまする」

雄吉は深々と白髪頭を下げて礼を言った。

退出したところで前野忠康が待っていた。

「ようございましたな、孫九郎様」

「これは小助か。そうか、そなたは孫七郎様にお仕えしておったか」

雄吉は腰を伸ばして忠康を見つめた。忠康は三十を越えたばかりで、三十五歳の年の差のある従兄弟同士である。

「ますます顔つきが似てきたのう。若いころの又五郎叔父《おじ》にそっくりじゃ」

忠康の父、忠勝は犬山の織田家の家老、坪内家の跡を取って坪内姓を名乗ったが、坪内家のその後は養子に入った富樫為定から弟の勝定、さらにその子の利定に継がれ、江戸期には旗本となる。

忠康は前野長康に仕えるようになって前野姓に戻したらしい。長康の娘のたえと夫婦になり兵庫守となる。秀次家臣の若江八人衆の一人として名を知られるようになっている。

小牧長久手の合戦の直前に秀吉方へ寝返るよう、長康の命を受けて前野屋敷へ説得に来て以来六年ぶりの再会であった。

「小田原で但馬守様のもとを助六殿がお訪ねになって、先々のことを御相談なされたそうでございます。但馬守様は家中に預かることも思案されましたが、前野家伝来の地を離れるのも辛かろうゆえ、当家に仕えるように取り計らいたしと言伝《ことづて》がございました。三輪の縁故もあり、我が殿に推挙《すいきょ》するようにと」

「そうか、将右衛門が言うてくれたのか」

雄吉は遠く離れた弟のことを思った。

「孫八郎殿は尾張中将様に従い那須へ下向したとのことで、ご心配でござりますな」

忠康がそう言うと、雄吉は表情を引き締めて言った。

「主《あるじ》に従うは当然のことじゃ。改易になったからとて易々《やすやす》と主離《あるじばな》れしては、これまでの御恩に報いることができぬ。本来なら儂がついて行かねばならぬところじゃが、代わって孫八郎が行ってくれておる。多少なりとも面目が立つというものよ」

そう言うと、雄吉は不自由な右足を引きずって去って行った。

忠康はその後ろ姿を見送りつつ、幼い頃に死別した父親の面影を思い出し、静かに頭を下げた。

十一

小田原攻めが終わると、秀吉は会津まで軍を進めて奥州諸将の仕置きを行い、これによって天下統一は完成した。

奥州へは浅野長吉、石田三成、大谷吉継が秀吉に従い、駿府で警固に当たっていた長康は、秀吉の帰りを待って共に京へ戻った。九月一日のことである。

京の千本屋敷では妻の松と、息子の景定、娘のたえが無事の帰還を喜んだ。

「六月《むつき》にもなる長きの陣働き、さぞお疲れでございましょう」

「なあに、陣働きと言うても一度も太刀を抜かずでな。若衆が駆け回るのを眺めておっただけじゃ」

いたわりの言葉をかける松に、長康は笑って応えた。

「蜂須賀の小六殿も御参陣と聞きました。私も出向きとうございました」

嫡男の景定は二十五歳になり、すでに数度は戦場へ出たが、戦らしい戦の経験がない。長康が四十近くに出来た子であったため、いささか大事にし過ぎたかもしれない。

一方の蜂須賀正勝の息子、家政はこのとき三十三歳。景定とは八歳違いだが、姉川で初陣して以来、数々の戦場を経験している。天下統一が近づくにつれ戦も少なくなり、数歳の違いで大きく戦場経験も違っている。

「次に戦があるときは、そなたに陣を任せることにもなろう。儂はそろそろ退《ひ》き時じゃでな」

長康の言葉に二人は驚いた顔をしたが、すぐに松は笑顔になった。

「それがよろしゅうございます。これまでようお働きなされましたで、但馬で茶など点《た》てて、ごゆるりとなされませ」

「次の戦とは、いずこでございましょう。奥州はもう手向かう者もなくなったと聞きましたが」

景定は身を乗り出して尋ねた。

「そうじゃな。まだ判らぬが、常に戦があると覚悟しておくことが肝心じゃ」

長康はそう言って言葉を濁した。

小田原からの帰路、秀吉は朝鮮への出兵を口にしていた。いつもの冗談なのか、あるいは本気なのか判らなかったが、本当であればこれまで以上の大掛かりな手配りが必要となり、各将にも大きな負担となる。六十半ばになる長康には、もう出る幕がないように思われた。

聚楽第の普請のあと命じられた東山大仏と大仏殿の造営に長康は戻ったが、しばらくして妻の松が熱を出して寝込んだ。

大したことも無かろうと長康は連日、東山まで出かけた。もちろん薬師を呼んで薬も煎じて飲んではいたが、なかなか回復の兆しもなく、気づいた頃には取り返しのつかぬ容態にまで進んでしまっていた。

「済まなんだな。儂がもう少し気にかけておれば」

枕元で長康は松に詫びた。

やつれた松の顔を見つめて、これまでいかに自分が妻のことを等閑《なおざり》にしていたかを思い知った。

「お前様はお勤めが大事。それで宜《よろ》しゅうございますよ」

長康を見上げて、松は弱々しく笑った。

「もう少しでお前様もご隠居なされて、但馬で静かに過ごせると思いましたのに、このようなことで残念にございます」

「何を気弱なことを言う。病を治せばいくらでも国許で過ごせよう。楽しみなことばかりじゃに」

「もうずい分と楽しゅうございましたよ。尾張の河原で生まれて、近江から播磨に但馬、あれよあれよと御屋敷も大きゅうなり、このように立派な京の屋敷にも住まわせていただいて」

「それもこれもお前が家を守ってくれたればこそじゃ」

長康は松の小さな手を取り、両手で包んだ。

「あまり心残りもございませぬが、ただ父や兄にもう一度だけ会いとうございました」

「そうであろうな」

松の実家の坪内家は小牧長久手の戦いの折、秀吉方に攻められて松倉城を捨て、家康方に身を寄せた。そのまま転封となった家康に従い、関東で知行を得たと聞いている。

松の父の坪内勝定は、すでに七十半ばの高齢である。息子の利定が当主となっているが、この先どうなっていくかは判らない。

「いざというときには坪内の家も立ち行くように、助けてやらねばのう。出来る限りのことはするゆえ案ずるな」

「かたじけのうございます。坪内も前野も助け合って、一族みな達者に栄えて欲しゅうございます」

そう言って笑ったのが、松の最期の言葉であった。享年四十八。

長康は国もとで葬儀をするために、小さな松の遺骸《いがい》とともに九月二十二日に但馬へ戻った。

松の葬儀を終えて十一月一日に京へ戻った長康は、聚楽第で秀吉に見舞いの礼を述べた。

「そうか、それは心痛なことじゃったな。しばし休むがええわ」

秀吉もこのところ弟の秀長の病状が思わしくなく、表情がさえない。

「小一郎もどうやらあかんようじゃ。せっかく念願の天下の平《ひら》ならしが出来て、一緒に祝いたいところじゃに無念なことよ。儂も見舞《みも》うたが顔を見るのも辛《つろ》うてのう。そなたも辛かろうが一度会《お》うてやってくれぬか」

「はい、是非にお目にかかりとうございます。東山の大仏も完成いたせば、きっと仏力により大納言様の病も全快いたしましょう」

長康はそう言うと、数日のうちに大和郡山の秀長を訪ねた。

すでに一年近く病床にある秀長は、すっかり痩せ衰えていた。しかし枕元に進んだ長康を見ると、嬉しそうに笑顔を見せた。

「よう来てくだされたな、但馬殿。おもとに言うておきたいことがあって待っておったのじゃ」

「見舞いが遅うなり申し訳ございませなんだ。これほどのこととは思いも寄らず」

「ええのじゃ、おもとが一番忙しゅうしておるのは、よう判っておるでな。このような有様で小田原にも行けなんだが、支障はなかったかのう」

「はい、藤堂佐渡が紀州水軍をまとめて、兵糧、玉薬の荷揚げも疎漏《そろう》なく差配しておりました。あの者は聚楽の徳川屋敷の普請も抜け目なくこなし、なかなかに使えまするな」

「そうか、それは良かった。与右衛門も浅井の臣から出て、これまで苦労してきておるでな」

藤堂与右衛門高虎は近江に生まれ、浅井長政の足軽から次第に頭角を現すが、浅井の滅亡後、主君を何度も替《か》えてやがて秀長の家臣となった。播磨攻め以来、数々の手柄を積み上げ、九州征伐のあとには二万石に加増、佐渡守の官職も得ている。

のちに伊勢津藩三十二万石の大名になる高虎も、このときはまだ三十五歳の若さである。

「ときに兄者は高麗討ち入りの件を進めておると聞くが、真《まこと》であろうか。ようやっと天下を治めたというに、また新たな戦を求めるとは正気とも思えぬ。儂が側におれば何としても止《や》めさせるのじゃが」

「某《それがし》にもよう判りませぬが、和子様《わこさま》御誕生以来、何やら浮き足立ちたるご様子にて、側近の若衆も調子を合わせて進言し、次第に戯《ざ》れ言《ごと》が真に変わりつつある雲行きにございまする」

「戯れ言で大戦《おおいくさ》を始められては敵《かな》わぬ。民の苦しみもいかばかりか。これまでは但馬殿をはじめ蜂須賀殿、はばかりながらこの儂が側にいて支えたればこそ兄者も天下人と呼ばれるまでになったのじゃ。次第に支える者もなく、甘言の若衆ばかりでは、とても高麗を切り従えることなどできようか。

せっかく積み上げた天下も瞬《また》く間《たま》に崩れ落ちるやもしれぬ」

そこまで言って疲れたのか、秀長は大きく息をついた。そしてまた語り始めた。

「先ごろ宗易が参って、このところ兄者の不興を買っていると案じておった。但馬殿は何ぞ聞いておられるか」

「いえ、某もしばらく国許に帰っておりましたゆえ、詳《くわ》しゅうは知りませぬが、大徳寺に山門を寄進された一件が出過ぎたことと噂されておるとか」

「それを宗易も言うておったが、前もって兄者の許しを得ての寄進だそうじゃ。何やら思うように意が通じぬことになっておる。それもこれも側におった我ら古参の者が少のうなったがゆえであろう。すまぬが但馬殿には儂に代わって兄者への諫言《かんげん》を、よろしゅうお頼み申しますぞ」

「それがしもすでに老骨ゆえ、お役に立つか判りませぬが、大納言様のご懸念を晴らすためにも出来うる限りのことは申し上げましょう」

「かたじけのうござる」

秀長はそう言うと、安心したかのように目を閉じた。

「思えば兄者と儂で、小六殿と将右衛門殿を説き伏せて、お味方していただけるように頼んだのが縁《えん》の始まりじゃったな。あれを承知してもらえなんだら、今日のこの天下平定もならなんだ。お二方には感謝してもしきれぬほどじゃ」

「何を仰せか。御兄弟の知恵と胆力に、我らはただ従《したご》うたまでのこと。身に余る知行をいただき、我らこそ感謝のしようもございませぬ。まるで夢のようでございまする」

「そうよな、まこと夢を見るかのような生涯じゃったのう。死ぬほど辛いことも何度かあったが、今となっては楽しゅうござったのう」

秀長の目に涙が光った。

年明けの天正十九年一月二十二日、大納言秀長は五十二歳の生涯を閉じた。

二月には千利休が秀吉の命によって、京の聚楽屋敷にて切腹した。

二月二十三日に堺での蟄居謹慎を命じられたあと、再び京へ呼び戻され二十八日に切腹を告げられた。

このころ長康は大仏殿の資材調達のため美濃へ出かけており、京を留守にしている間の出来事であった。

「何という無体なことを。せっかくの天下の平安を自ら乱すとは」

旧知の秀長、利休を次々と失い長康は悲嘆に暮れた。しかし秀吉に何も言うことはできなかった。

次第に秀吉の周辺に暗い影が漂い始め、さらに八月には秀吉の宝であった嫡男鶴松が三歳で病死した。跡取りと考えていた鶴松を失って呆然自失の日々を過ごしたあと、秀吉は甥の秀次を後継とすることに心を決めた。十一月に秀次は秀吉の養子となり、十二月には関白の位を譲られた。

覆いかかる暗い影を振り払うかのように、秀吉はかつて主君の信長が夢見ていた大陸進出を実現させるべく、諸大名らに高麗出兵の触れを出した。

長康は出兵の拠点となる肥前の名護屋城の改築を命じられ、十月、肥前へと向かった。すでにこのとき長康は六十四歳で、これからまた始まろうとする大戦《おおいくさ》に憂愁を感じざるを得なかった。

弟の勝長を亡くし、尾張の川並衆以来の朋輩であった蜂須賀正勝もいない。昨年の妻の病死と、さらに今年に入ってからの秀長と利休の死で、一つの時代が終わったように長康は感じていた。

(この名護屋城の普請が、儂《わし》の最後の御奉公になろう)

冬の瀬戸内を行く船の上で、北風を受けつつ長康は考えた。

この年の四月に、嫡男の景定《かげさだ》は細川忠興の娘、於長《おちょう》と婚儀を結んだ。

於長は美女と名高い母に似て美しい顔立ちをしている。母はのちに細川ガラシャとして知られる明智光秀の娘の玉であるが、このとき玉は二十九歳。娘の於長は十三歳であった。

長康が名護屋へ向かう挨拶に大坂城を訪れたとき、同伴していた景定を見た秀吉は、秀次の家臣となるよう命じた。突然のことで驚いたものの長康としても異存はなく、ありがたく受けた。またしても戦場へ出る機会を逸し景定は残念がったが、京へ戻って聚楽第の秀次のもとで仕えることとなった。秀次が秀吉の後継者となれば、景定も側近として支えていくことになるはずである。まさかこれが大きな運命の落とし穴になろうとは思いも寄らなかった。

名護屋城は九州の陣の折に多少の改築はしていたが、今回の高麗出兵では二十万近い兵の渡海の拠点となる。そのために秀吉の屋敷のほか、膨大な数の兵舎や倉庫が必要であった。すでに秀吉の名護屋入りは来年三月と決まっている。そのときには疎漏《そろう》なく出来上がっていなくてはならない。同じく普請奉行である年下の浅野長吉、仙石秀久、長束正家、石田正澄、石田三成に持ち場を分担し、九州や近隣の諸大名に手伝わせて普請が始まった。

普請が順調に進むのを見届けて、長康は十二月の暮れ、年賀の挨拶と普請報告のために大坂へ戻り、一月の中旬に再び名護屋へ向かった。

三月二十六日、天皇や公家に見送られて京を出発した秀吉は、中国路で毛利の歓待を受けつつゆっくりと進み、四月二十五日に名護屋城へ入った。

「見事に出来上がっておるのう。さすが但馬守じゃ。抜かりがないわい」

大広間の上段に座った秀吉が嬉しそうに、周囲を見回した。

「諸将がよう骨折ってくれまして、それがしは手配りをしたまででございまする。もはやこの老骨がおらずとも事は成りましょう」

「まあ、そう申すな。信長公以来の大望が叶《かな》うのじゃ。その方もとくと眺めておけ。儂も近々高麗へ渡るつもりじゃで」

嬉々とした表情で秀吉が笑った。

鶴松を亡くして絶望した秀吉にとって、この高麗出兵は生きる糧《かて》のようなものであった。その笑い顔も、どこか尋常ではない匂いが漂っているように長康には思えた。

すでに小西行長らの先鋒隊は三月に対馬《つしま》へ渡り最後の交渉を続けていたが、朝鮮側は日本に協力して明を攻撃することを拒否。行長らは四月十二日に朝鮮の釜山《ふざん》に上陸すると、釜山城を攻略し、上陸の足場を確保していた。

一番隊の小西行長と二番隊の加藤清正は競うように北上し、五月三日には首都漢城《かんじょう》を占拠。宣祖《せんそ》王は前日に北の開城《かいじょう》へと家臣らとともに逃げ出し、王宮には守備兵もおらぬ有様であった。戦わず首都を捨て逃げる王に呆れた朝鮮の民の中には、日本軍に協力する者も多かったという。

五月末に加藤清正は開城を制圧し、さらに北上して東海岸へ進むと七月下旬には北の国境に近い会《かい》寧《ねい》にまで達した。そこで住民に捕らわれていた二王子を受け取った。

同じ頃、小西行長と三番隊の黒田長政らは平壌《へいじょう》を占拠した。そのほか、四番隊の毛利吉成、五番隊の福島正則、六番隊の小早川隆景、七番隊の毛利輝元、八番隊の宇喜多秀家が朝鮮八道をそれぞれ分担して制圧にかかった。宣祖王からの要請を受けて、七月下旬に明の遼東軍五千が平壌を襲ったものの、小西行長らがこれを撃退した。

一方、名護屋では秀吉の渡海が先延ばしになっていた。というのも浅野長吉や徳川家康、前田利家らが渡海を思いとどまるよう説得していたからである。

清正や行長の進軍は目覚ましかったが、一方で朝鮮方の海賊により百五十艘もの船が大破する被害が出ていた。海上と陸上を制圧して明へ討ち入る用意が万端整ってから御出座願いたしと石田三成が提案し、秀吉の代将として奉行と軍監を派遣するよう願った。

秀吉はしぶしぶながら了承して、自らの渡海を来年三月とした。代わりに石田三成、増田長盛、大谷吉継の三奉行と、前野長康、加藤光泰、長谷川秀一《ひでかず》、木村重茲《しげこれ》の四宿老を軍監として送ることにした。

「まさかこの年になって高麗へ渡ることになろうとはのう」

秀吉の前を退出した長康は、ついため息をついた。

「そう申されますな。我ら年寄に、冥土《めいど》への土産に高麗国を見せてやろうという太閤殿下の御厚情でござりましょうぞ」

隣《となり》にいた加藤光泰が笑って慰《なぐさ》めた。

光泰は長康より十歳ほど若く五十代半ば。斎藤龍興に仕え、その後、秀吉の家臣となった古参である。この言葉どおり、光泰は朝鮮在陣中に病死することになる。

長康が渡海の準備をしている間に、陣所を小坂雄善《かつまさ》が訪ねてきた。

雄善とは小田原の陣で織田信雄《のぶかつ》が改易となり、進退に困って相談されて以来の再会である。あのときと同様に、このときの雄善の表情も暗かった。

招き入れて話を聞くと、申し訳なさそうに雄善が語り始めた。

「此度《こたび》、殿の御出陣に父と従い名護屋までまかり越しましたが、父が病に倒れ足腰が立たず早や三月《みつき》にもなりまする。叔父上様はご多忙ゆえ耳に入れるなと父が申しますので従《したご》うておりましたが、渡海されると聞き及び、あるいは永《なが》の別れになるやもしれず、迷うた末にお訪ねした次第にございまする」

「何、兄上が病じゃと。参陣しておるとは聞いていたが、忙しさにかまけて無沙汰しておった。いらぬ遠慮をするものじゃ」

長康は早速、雄吉のもとを訪ねた。

雄吉の旧主、織田信雄は秀吉の怒りを買って那須へ幽閉され、その後あちこちへ移されたのちに大坂城で御伽衆《おとぎ》になっていた。高麗出兵に際し、秀吉に従って信雄も名護屋へ向かうことになったものの、家臣が足らぬために旧領の尾張の者を招集した。

小坂雄吉はすでに新領主の豊臣秀次に従っていたが旧恩を忘れられず、長男の雄善をはじめ郎党十四人とともに尾張を出発し、大坂城二の丸御殿で信雄に拝謁した。次男の雄長《かつなが》は那須幽閉から信雄に付き従っており、久しぶりの父や兄との再会で手を取り合って喜んだ。その後、雄吉と雄長は信雄に従い、雄善は秀吉の馬廻り衆となって名護屋まで随陣《ずいじん》していた。

信雄の陣屋で伏していた雄吉は顔色はさほど悪くはないものの、身動きが出来ず横たわったままであった。

「忙しいというに、助六が知らせたか。申し訳ないことじゃ」

「何を言うか。同陣でありながら訪ねなんだ儂が悪いわ。よう知らせてくれた」

兄弟は薄い笑みを交わし合った。

長康には、秀吉が下《くだ》した信雄への処断について後ろめたい思いがあった。それが自然と兄弟を疎遠にしていた。

「高麗へ渡るそうじゃな」

「ああ、殿下の渡海が先延ばしになってでの。代将の一人として行くことになった。このような老骨が役に立つか判らぬが、もうひと働き励んで来るわい」

長康はそう言って陣屋の中を見回した。

「こんなところに伏しておっては病も良うならんじゃろ。常真《じょうしん》様に申して、ひとまず大坂へ戻していただくことはできぬのか」

織田信雄は改易後、出家して常真を名乗っている。

「せっかくお呼び下されたものを、そのような不甲斐ない真似はできぬ」

「そうは言うても体も動かぬ者に、何ができるんじゃ。早うに治してこその御奉公ではないのか」

そう言われると雄吉も返す言葉がない。

「まあ良いわ。儂から常真様に申し上げよう。大坂には良い薬師もおる。ゆっくり養生するだわ。前野村の義姉上《あねうえ》も心配しておろうに」

「立派に出世したもんじゃな、将右衛門」

長康を見上げる雄吉の目に光るものがあった。

「何を言うか。兄者が家を守っておるから儂は好きなことができる。たまたま従うた主《あるじ》が出世して引き上げられただけのことじゃ。このような裃《かみしも》を脱いでしまえば、儂もただの前野の次男坊で川並衆の将右衛門だわ」

そう言って長康が笑うと、雄吉もうなずいて笑みを浮かべた。

「小兵衛もおれば、どんなに良かったか」

雄吉が遠くを見るように言った。

おそらく若いころの三人を思い出しているのであろう。仰向《あおむ》けに横たわった雄吉の両目の端から涙がこぼれ落ちた。長康も胸をしめつけられる思いがした。

「そうじゃ、お辰《たつ》は達者にしておるかな」

動く左手で涙をぬぐった雄吉は照れたように話をそらせた。

「はて儂も半年以上、京には戻っておらぬゆえ、しかとは判らぬが知らせがないということは無事に過ごしておるのじゃろう」

長康も調子を合わせた。

お辰とは雄吉の娘の於奈《おな》の夫、山口重政の妹である。織田信雄の改易後、尾張国主となった豊臣秀次がその美しさに目を留め、側に上がるように命じた。まだ十代の半ばであったために、雄吉の依頼で半年ほど京の長康の屋敷に住み込んで礼儀作法の見習いをした後、長康の養女として秀次の側女となった。すでに秀次の子を身ごもったと聞いている。

「いろいろと世話をかけてすまなんだな」

「いやいや、儂のところも松が死んで娘が寂しゅうしておったが、辰が来て、その上に倅《せがれ》の嫁も加わって急に賑やかになってな。三人が姉妹のように仲良うして、儂も好都合というものだわ」

長康はつとめて明るく笑った。

「松にも小二郎の嫁を見せてやりたかったが」

そう口に出してから、すぐに雄吉は悔やんだ。

長康が秀吉に従って尾張から美濃、近江へと移った後《のち》も、妻の松は尾張の前野家に長く残っていた。

雄吉にとっては義理の妹ながら、寝食を共にした実《じつ》の妹のようなものである。

「年を取ると繰り言《くごと》が多なっていかんな」

「儂とて兄者と似たような歳だわ」

そう言って笑ったあと、長康は長居したことに気づいた様子で姿勢を正した。

「あとのことは家中の足立彦八郎に申しておくゆえ、何なりと言うてくれ。ひとまず我が屋敷に移り、船の都合がつくのを待てば良い。ええな助六」

隅《すみ》に控えていた雄善は頭を下げた。

「無事に務めを果たして、戻って参れ」

「ああ、兄者もそれまで達者でな」

長康は、兄の動かない右手を取って強く握りしめた。

これが兄弟が会った最後となった。


三千を越える家臣と馬を三十八艘《そう》の船に分け、前野長康は六月一日に出港した。

五日に壱岐《いき》島へ着き、対馬を経て十二日に釜山へ渡った。意外に日数がかかったのは、風待ちと朝鮮方の海賊を警戒してのことであった。渡海する船団には、志摩水軍が護衛についた。

ちなみに、このときの長康の家臣団の中に坪内嘉兵衛をはじめ、惣兵衛、右近、左近という坪内姓の者がいる。嘉兵衛は坪内利定の次男定安だが、あとの三人は判らない。坪内氏系図には利定の息子四人ともが「秀吉公に忍び、伯父前野将右衛門に随い朝鮮に渡る」とあり、この四兄弟の仮名かもしれないが、いずれにしろ長康は妻との約束通りに、実家の坪内家の者に働き場を与えている。

坪内嘉兵衛定安は戦いの中で鳴鳥銃《なきとりじゅう》という敵の鉄砲二丁を手に入れ、命を助ける代わりに捕虜から扱い方を教わった。帰国後、この銃を用いて戦功を挙げ、定安の前渡《まえど》坪内家ではこれを家宝とし、嫡男にしか扱い方を伝授しなかったという。


長康らが上陸した釜山の街は、日本軍のために焼失し見る影もなかった。

民の姿もなく、ただ続々と到着する日本からの荷上げで、港の周辺は人が行き交っている。他の軍監、奉行衆の船の到着を待って、十六日に釜山を出発した。

釜山から都の漢城までは三百キロほど。大坂から広島ほどの距離である。途中、いくつかの城に立ち寄って、長康らは漢城を目指した。

「高麗は肥沃《ひよく》な土地と聞いておりましたが田畑も荒れ果て、これでは兵糧の徴収も難しゅうござります。釜山に備えの兵糧にも限りがあり、このまま冬に入れば甚《はなは》だ心許《こころもと》ないことになりましょうぞ。いかがお考えでござろう、軍監殿」

途中の城で休息したとき、石田三成が長康に尋ねた。

「石田殿の御思案もっともじゃ。高麗だけでなく明《みん》国の兵が出張って参ったとの注進もある。戦が長引けばそれだけ兵糧のことも考えねばならぬ。が、まずはこの国のことを知らねば方策も立てようがない。都へ急ぎ、諸将らと評定するが肝要でござろう」

長康が答えると、側で聞いていた加藤光泰も口をはさんだ。

「戦う前から兵糧の心配とは、石田殿らしい用心じゃな」

光泰がそう言って笑うと、長谷川、木村の軍監たちも同調して笑った。

官吏としての三成の手腕は誰もが認めるところであったが、戦いの指揮に関しては才がないと評価されていた。先の小田原の陣でも忍《おし》城攻略を任され、秀吉の高松城攻めを習って水攻めにしたものの堤が崩壊して味方に損害を出し、結局小田原城が降伏するまで攻略できなかった。

「いやいや、兵站《へいたん》のことは重要じゃ。特に此度《こたび》は相手の力量がよう判らんでな。十万以上の兵を長期に賄《まかな》うには、どれほどの兵糧がいるか、算の立つ石田殿には我ら以上に先々が見通せるのじゃろう。兵站のこと、よろしゅう頼みますぞ」

長康が取りなして、三成も面目を保った。

七月十六日に長康らは首都漢城に入り、各方面の報告を聞いた。八月に入ると諸将を招集して軍議を開いた。

「すでに季節は秋に入り、今後、冬ともなればこの地の寒さは日《ひ》の本《もと》の比ではござらん。この秋のうちにそれぞれの城を固めて兵糧を運び入れ、冬に備えることが肝要にござる」

朝鮮の事情に詳しい小西行長が、意見を述べた。

「されど寒い寒いと申して籠《こも》っておるだけでは埒《らち》が明かぬ。来年三月に太閤殿下が渡海されるまでには、この高麗を平定しておかねばならぬ」

小早川隆景が諸将を圧するように見回した。隆景は六十歳で、各隊を率いる将の中では最高齢である。

「いずれの申し分もっともにござりましょう。殿下の御入国までには歯向かう者の無きように高麗八道を平定するはもちろんのこと。さすれば兵糧も奪われることなく各城に運ぶことが出来まする。当面は明との境は侵さず、高麗の内を平定するが肝要にございまする」

石田三成が軍議をまとめるように言うと、前野長康ら軍監も了承した。

このころ、明の大軍が到着するとの風聞が盛んになり、それに勇気づけられて朝鮮内部でも各地で一揆の火の手が上がっていた。釜山からの兵糧などの荷駄が襲われることも、しばしば起こった。さらに悪いことに日本では秀吉の母の大政所《おおまんどころ》が病死して、秀吉は大坂へ戻り葬儀を行うなど、指揮系統にも停滞が生じていた。

明は一時、平壌の小西行長に和睦を提案してきたが折り合わず、そのうちに季節は冬を迎えた。時間を稼ぎ兵を整えた明は、翌年一月、三十万とも言われる大軍を平壌城へ差し向けた。

籠城して対抗しようとした行長であったが、敵が城の周囲に数百の大筒を並べ、城内へ向けて砲撃すると一万の兵では防戦のしようがなかった。雨のように降る砲弾に二日間堪えたものの、ついに行長らは城を捨てて開城へ退却した。

この知らせに驚いた三成や長康は総大将の宇喜多秀家と相談し、開城の小早川隆景らも首都漢城まで撤退させることを決めた。城に籠っても大筒で攻撃されては防ぎようがない。ことに開城は南に臨《りん》津江《しんこう》が流れ、城から敗走した場合、大河を渡れずに全滅する危険があった。

奉行の大谷吉継が小早川隆景の元へ出向き撤退の指示を伝えたが、隆景をはじめとして黒田長政、立花宗茂ら城に籠る九州勢は承服せず、

「明軍が攻め寄せても城を出ず死守せよとの太閤殿下の命である。ましてや一戦もせぬまま城を空け

るなど九州武者の恥である」

と激昂《げきこう》して一歩も動こうとしない。やむなく吉継は漢城へ引き返してきた。

「太閤殿下の命とはいえ、開城の二万の兵を失っては、それこそ殿下の御意向に反する。それがしが小早川殿を説き伏せて参ろう」

長康は言い残すと開城へ向けて出発した。


漢城から開城までは五十数キロの距離である。

一揆勢の襲撃に備えて鉄砲隊六十人を含め百五十人を仕立てて、粉雪の舞う中を松明《たいまつ》をかかげて先を急いだ。

その日は碧蹄里《へきていり》という二十数戸ほどの寒村で夜を明し、翌日の夕刻には臨津江の岸まで進んだ。冬場で水は少ないが、見渡す限りの河原が続き、岸辺には柳の大木が並んでいる。大河を渡れば開城は間近だが夜闇の迫るのが早く、危険を避けるためにこの日は川辺の古寺で泊まった。

夜が更けて兵たちが休息し静まり返った荒れ寺の中、従っていた前野義詮《よしまさ》が持参した茶釜で茶を立てて進上した。冷えた空気の中に立ち上る湯気と、手にした碗の温もりに長康は生き返る思いがした。

「気が利くものじゃな、清助。このようなときに茶道具を持参するとは心憎いことじゃ」

前野清助義詮《よしまさ》は長康の従兄弟で、このとき五十歳前後と思われる。墨俣以来、長康から離れず付き従い兄弟同様の仲である。眉間に残る大きな刀傷は、長康とともに戦国の世を生きてきた証しでもあった。

「殿の御心労を、いささかなりともお慰めできればと思いましてな」

義詮の差し出した茶を、長康はゆっくりと飲んでから長い溜息をついた。

「儂も殿下に従って三十有余年にもなり、此度《こたび》は名護屋の留守居役が相応と思ったが、殿下の代将として軍監を仰せ付けられた。速やかに朝鮮八道を平らげるべきところ、明軍の襲来や一揆の頻発で勝機を得ず、ましてや城を奪われるなど万死に値するところじゃ。ただ心痛のあまりに日頃の風流のたしなみも忘れて心中虚しくなっておった。この一服の茶で心が開けた思いがするわい」

手にした碗を長々と眺めていたが、やがてそれを置いた。

「亡き宗易殿も申されておったが、意を閑中《かんちゅう》に致し物情を想うじゃ。儂は明軍三十万の影におびえて、徒《いたず》らに苦しんでおったのかもしれぬ」

長康はこのとき、漢城を出て明の大軍と一戦する覚悟を決めた。

翌日、臨津江を渡ると開城へ入り、諸将と会った。長康は大河を背に戦うことの不利を説き、漢城まで退いてから一戦すべしと唱えた。

わざわざ宿老の長康が単身で説得に来たことで、血気に逸《はや》っていた小早川隆景らは事の重大さを悟ったようであった。ただの退却ではなく大戦のための陣替えということならと納得し、速やかに開城を後にした。

明軍を率いる将軍、李如松《りじょしょう》は一月十八日に開城へ入ると、臨津江に舟橋を構築し、漢城へ向けて兵を南下させた。

日本側が戦わず開城を退却したことで、明側には油断が生じていた。

つまり平壌城の戦いで日本側の主力は壊滅したと判断し、兵の半数を開城に残して約二万で漢城を落とせると考えた。運搬に手間のかかる大筒などの重砲も開城に置いたままである。

一方、開城を撤退した小早川隆景らは漢城には入らず、漢城の北、礪石嶺《れいせきれい》に陣を構えた。物見の報告で、開城の明軍が四万ほどであることを知ると、長康らは決戦の意を固めた。

「兵数は双方拮抗《きっこう》する戦いなれど、敵の胡馬《えびすうま》は我が方の馬よりも足が強く数も多い。まともにぶつかっては勝算無きゆえ、むやみに押し出さず陣を固く守って、寄せる敵を鉄砲にて討ち取るのが上策でありましょう」

軍議で石田三成が提案した。信長が武田勝頼を長篠で破った戦法である。三成は数々の戦を、知識としては熟知している。

「石田殿の申し様、もっともにござろう。礪石嶺の高所に柵を三段に構えて、小早川殿の鉄砲五百、宇喜多殿の八百、それがしと加藤殿の六百を置いて明兵の寄せるところを一斉に打ちかければ勝算はありましょう。先鋒の立花殿は、ひと当たりした後は兵を引いて鉄砲隊の前まで敵を引き寄せていただくことが肝要にござる。くれぐれも忘れぬように」

長康は若い立花宗茂に言い含めた。

開城から退却した諸将の面目を立てるため、この戦いでは彼らを前線に配置した。立花宗茂、高橋直正兄弟の三千を第一陣とし、第二陣は小早川隆景の八千、第三陣は小早川秀包、毛利元康ら五千、第四陣は吉川広家の四千という陣立てである。前軍二万の後方に宇喜多秀家をはじめ石田三成ら奉行衆が、同じく二万余の陣を布いた。

一月二十五日の深夜、立花宗茂の出していた物見が明軍の先鋒と交戦を始めたため、宗茂は二千の援軍を出した。明側も後続が追いついて戦闘が拡大した。

極寒のために宗茂は兵に粥《かゆ》や酒を与えたというから酔いもあったかもしれないが、それでなくても若い武将に節度を求めるのは難しい。血気に逸って軍議で念を押されたことも失念していた。立花勢は一歩も引くことなく踏み止まって死闘を続けた。

これを見ていた小早川隆景は、やむなしとばかりに出撃を命じた。

八千の新手が加わって明側も浮き足立った。疲れが出た立花勢に代わって小早川勢が前線に出ると、他の吉川、毛利の諸隊も押し寄せて、明軍は次第に押され始めた。このあたりは山間地で、さらに雨のために足を取られて明軍の得意とする馬が思うように機能しなかったという。

高陽から碧蹄里へと戦場が後退し、昼頃ついに明軍は敗走を始めた。日本側は追撃し、臨津江の川岸で明兵を多く討ち取った。

李如松は開城まで退くと本国へ文を送り、

「敵は二十万の兵で漢城にあり征討は困難である。臣は病にかかり任の遂行が難しいため、代人を当てられたし」

と過大な報告をした。

結局、小早川や立花ら前軍の諸将だけで明軍を撃退し、後軍の諸将はほとんど戦闘に加わることはなかった。

ただこの明軍の侵攻に同調して、漢城の西の幸州山城に立て籠もる高麗人の一揆勢が動き出し漢城を脅かしたために、後軍の諸将は鎮圧に向かった。一揆といっても二万人近い勢力があり、日本側の寄せ手二万と同等の兵数であった。

大将の宇喜多秀家以下、石田三成、大谷吉継、前野長康、加藤光泰、黒田長政らが出陣したが、中でも前野勢は先鋒として二の丸まで攻め込み、死傷者が多く出た。


二月に入り、秀吉の使者として黒田孝高と浅野長吉が漢城を訪れた。

「太閤殿下が各城を守り、明軍が押し寄せても兵を出さず死守せよと仰せであるのに、貴殿らは何をしておられるのか。これが殿下の御耳に入ったならば厳罰は免れませぬぞ」

浅野長吉が軍議で諸将をにらみつけた。

二人は釜山に渡って初めて、今度の明との戦について耳にした。名護屋では平壌城からの撤退すら聞いていない。

黒田孝高は秀吉からの指示書を読み上げたが、いずれも明軍が来る以前の情報によるもので的外れな指示ばかりである。どうしようもない脱力感が諸将の間に伝わった。

「治部少殿、これで奉行として役目を果たしておると言えようか」

厳しい表情で孝高が三成を問い詰めた。三成としても秀吉の命令を守らず平壌、開城を撤退したことを突かれるのがもっとも痛い。

「お二方の申されることはもっともではありましょうが、我らこの漢城へ来て半年、兵糧はあと二十日も持ち申さん。弾薬、兵糧を差し遣わされるよう注進しても一粒の米も届かず、陣中では量を減らし雑炊《ぞうすい》にし、足りぬ者は草木を口にする始末。厳冬のため寒死する者あとを絶たず、すでに七千人の兵を失い申した。このようなときに明の大軍が到来し、いかにして支えきれましょうや。高麗在陣の我が兵十万余といえどもこの都に留まるのは五万に満たず。各城に分散しては支えきれず、大筒数百門にて撃ち込まれ籠城も不利となり、こたび兵を集めて野戦にて勝負を決すべく、漢城北方にて一大決戦を催し明軍を撃退したのでござる。かくの如き事情なれば御推察くだされ」

三成の申しようを黒田、浅野の二人は憮然《ぶぜん》とした表情で聞いていたが、秀吉の指示を無視した勝手な戦に、とても納得できるはずもない。

取り成すように前野長康が口を開いた。

「名護屋を発する兵糧すでに二十万石といえども、船は海賊に襲われ、また陸路では一揆が頻発し、都に届く兵糧は五万石に満たずじゃ。ことに冬に入ってからは南方の一揆が盛んになり、兵糧の護送は鉄砲隊数百を伴い合戦の如き有様でござる。高麗の百姓らも山林に隠れ、新穀も十分に実らず徴収も叶《かな》い申さん。また明軍の大筒、胡馬《えびすうま》、いずれも我らの知らぬ威力にて恥じ入るばかりなれど、諸将相談の上、野戦に切り替えて明軍を撃退した次第。太閤殿下の御下知を待たず城を明けた罪は軽からずと言えども、合戦は応変自在に対処すべきこと御両名もよくよく存知よりのことでござろう。律儀一途に各城を守っておっては、今ごろこの漢城も敵の砲弾が雨の如く降り注ぎ、全滅の憂き目を見たところでござる。名護屋の御陣所よりの御下知がこの漢城に届くまでに二十余日かかり、我らの書状を殿下が御裁断され御指示が届くのは五十日も先のこと。臨機の判断も我ら奉行、軍監の務めと存ずる。なにとぞよろしく御分別あって太閤殿下に言上くだされ」

長康は淡々と説明したあと、一息の間を入れて、

「我ら皆、いささかも命を惜しむものではござらぬ。殿下の命《めい》とあらばこの上の申し開きなく、即刻敵陣に打ちかかる覚悟でござる」

と重々しく告げた。

長康の言葉に、一座の諸将は一同に太刀の束《つか》を叩いて決死の表情を見せた。緊迫した空気に押されて黒田、浅野の両将も言葉を呑んだ。

やがて黒田孝高が、

「皆々の存念、よう判り申した。殿下にもそのようにお伝えし申すゆえ、ひとまず今後の手立てをお聞かせ願おう」

と渋々ながら了承した形となった。

三月の末、秀吉からの指示により、前野長康は釜山へ移動することが決まった。

兵糧を保管する城を新たに築くためであった。奉行の増田長盛と軍監の加藤光泰も同じ命令を受けたが、このころ光泰は病で伏せっており、養生のために前線を引いた形であった。

漢城を離れるとき石田三成が長康に言った。

「但馬守殿にはいろいろとお世話になり申した。若輩のそれがしをお助けいただき御礼申し上げる。但馬殿が釜山へ戻られると、後が甚《はなは》だ不安にござるが」

「何を申される。もはや明軍も平壌まで退き、戦の心配も遠退《の》いた。兵糧さえ行き渡るならば、諸将も安堵して一揆平定に専念できようて」

長康の言うように、三月の初めに北方にいた加藤清正らが漢城へ戻ると、明軍は恐れて開城から平壌へと退却した。

「されどその諸将でござる。かねてから加藤主計頭《かずさのかみ》はそれがしを侮《あなど》り、また小早川殿は独断で太閤殿下へ書状を送って開城退却を我らの罪と奏上した模様にござる。このまま長々と戦を続けても我が方は補給に困窮するばかりで、この漢城もあと幾日もつことか。一旦、密陽まで退き早々に和議を結んだ方が良いと存ずるが、但馬殿はいかがお考えか」

三成が声をひそめて尋ねた。

「たしかにいつまでも二十万もの兵を留めておくのは難しゅうござろうな。明が退いた今が和議の好機かもしれぬ」

「近いうちにそれがしが名護屋へ戻り、和議のことを殿下に奏上いたしまする。このような無謀な戦は早々にやめたほうがよい」

珍しく三成が秀吉の意向に反することを言うのを、長康は意外に思いつつ漢城を離れた。

無断の撤退に激怒していた秀吉も、検使の報告により日本軍の窮状を知り、やむなく石田三成の和睦案を了承した。

すなわち日本側がとらえた高麗の二王子は返し、高麗の南四道を日本領とする案である。三成は小西行長とともに明との交渉を開始し、五月には明使の徐壱貫《じょいっかん》らを伴って名護屋へ向かった。

また南四道の領有を確実にするために、南方の各城を制圧するよう諸将に命令が下った。もっとも重要な拠点は、釜山の西にある晋州《しんしゅう》城である。ここは前年の十月に細川忠興や軍監の長谷川秀一、木村重茲《しげこれ》ら二万の兵で攻めたが、落とせないままに撤退していた。

六月下旬に宇喜多秀家、加藤清正、島津義弘、黒田長政ら四万の兵が猛攻を加え、これを攻略した。前野長康、加藤光泰、石田三成の兵もこれに加わった。

晋州城を落とすと長康は釜山に戻り、兵糧を蓄える新城の普請に取り掛かった。

このころ毛利輝元と小早川隆景は病に伏し釜山に戻っていたために、その兵も普請に駆り出しての作業であった。

漢城を退却した兵や、晋州城の攻略を終えた兵も徐々に釜山周辺に集結し始め、補給路の心配はなくなったものの兵糧不足は変わらず、兵の飢えは深刻であった。さらに夏に入り猛暑が続き、病人も増えた。奉行の増田長盛は兵糧催促のために名護屋へ戻った。

八月の下旬に石田三成と増田長盛は名護屋から再び釜山へ渡った。

秀吉の意向を明使《みんし》に伝え、明使はひと足早く明の皇帝に伝えるべく戻っていた。その後、三成は兵糧調達のため北陸まで出かけて三十余万石を確保してきている。

「兵糧は順次運ばれる手筈になっておりまする。兵の引き揚げが始まれば、戻りの船に兵糧を積み込むこともできましょう」

三成は釜山で長康に会い、状況を報告した。

「それは大儀でござった。和議が整うとなれば兵たちも喜ぶじゃろうが、よう太閤殿下が御承知になったものじゃな」

「高麗陣の窮乏を御推察されてのことではございまするが、実はこの八月はじめに御嫡子が御誕生になり、御気もそぞろにて明使と会った後はすでに大坂にお戻りになっておられまする」

「なにっ、御子が生まれたか」

茶々の産んだ第二子で、拾丸《ひろいまる》と名付けられた。のちの豊臣秀頼である。

「それは重ね重ね目出度いことじゃ。して和議の手筈《てはず》はいかに」

「すでに高麗の二王子は明使に預けましたゆえ、来月早々にも我が軍の兵を帰国させ始めまする。南四道の各城には守備の兵を半年交代で置き、その兵を残してあとは帰国となりまする。明の皇帝の文を持って再び明使が我が国へ参れば和議もつつがなく整いましょう」

「さようか。一年半近く故国を離れておる兵らは、早うに国もとへ帰りたいじゃろうが、またこの船の算段も難儀じゃな。不満の出ぬよう、くじ引きでもするほかあるまい。よろしゅう頼みますぞ」

長康は三成に子細を頼んだ。

この文禄の役の間、長康は若い三成の後ろ楯《だて》となって諸将の反発を抑えてきた。二人の関係は非常にうまく機能したと言っていい。ただ和議を含めて当初の思惑通りに朝鮮出兵が進まなかったことについての秀吉の不満が、後に長康の不幸の遠因になっていくのかもしれない。

九月に入り、兵たちの帰国が始まった。

くじを引いて諸将は船の順を決めたが、いざ帰ることができるとなると兵たちも気が高ぶり、釜山の陣中では喧嘩《けんか》や口論が絶えなかった。兵糧の受け取りにも先を争い、その調整にも気を遣った。

「我らの帰国はいつになりましょうな」

兵を満載した船を見送ってから前野義詮《よしまさ》が長康に尋ねた。

「我らは殿《しんがり》ゆえ、今年中は無理かもしれぬ。家中の者にはそう言って覚悟させておいてくれ。兵が減ったなら兵糧も余るゆえ、食うには困らぬようになるはずじゃ」

この釜山に来てからも一日二食の雑炊のみの日々が続いている。どの兵も痩せ衰えて骨の目立つ顔ばかりであった。煮炊きの薪《たきぎ》にも困って民家を壊したり、山々へ薪を拾いに行かねばならぬほどであった。

この九月下旬に、軍監の加藤光泰が病のために釜山で没した。数日後に日本へ帰るという間際であったが、ついに生きて故国の土を踏むことはできなかった。

知らせを聞いた長康は、加藤の陣所に出向いて遺骸に手を合わせた。肉の落ちた死顔を見つめながら、ふと兄の雄吉のことを思った。

高麗へ渡る前に対面したときの、弱々しい顔が脳裏に浮かんだ。家臣の足立彦八郎からは大坂の屋敷へ移したあと、回復の兆しは見られなかったものの、長居《ながい》をはばかって四月に尾張へ戻ったと報告を聞いた。

（平癒《へいゆ》しておれば良いが）

晩秋の風に波立つ釜山の海を眺めながら、長康は兄を思った。

十二

結局、長康らが釜山を発って名護屋に戻ったのは、再び冬が訪れた十一月の十三日であった。一年半前、三千人で海を渡った家臣は千人足らずに減っていた。船上で寒風に吹かれる兵たちは、どの顔も帰国の嬉しさよりは疲労と無力感に溢れていた。

名護屋で残務の処理をした後、長康が大坂城で秀吉に帰国の挨拶をしたのは十二月の半ば過ぎであった。

秀吉は拾丸に会うため八月に大坂に戻ってから、名護屋へは出向いていない。十一月からこの数日前まで、尾張へ鷹狩りに出かけて戻ったところであった。

「但馬守、よう戻ったのう。老体ゆえ心配しておったが、よう務めを果たしてくれた。かの地での苦難は治部《じぶ》より聞いておるぞ。諸将をまとめて明軍を討ち果たした働きは神妙である。儂も名護屋におって高麗のことはよう判らぬでな。迷惑なる下知をしたかもしれんが許せよ」

秀吉は上機嫌で長康にいたわりの言葉をかけた。

小早川隆景や黒田孝高からの報告で、一旦は奉行や軍監の行状に激怒した秀吉であったが、石田三成が事細《ことこま》かに事情を説明して真実を理解したようだった。

「殿下には陣中に小袖《こそで》二着をお遣《つか》わし下さり、御心遣い誠にかたじけのうござりました。御恩に報いることも出来ず、面目なき次第にござりまする」

「まあ良いわ。ひとまず和睦して高麗の南半分を手中にし、機を見て押し出せばよい。それより聞いておるか、お拾《ひろい》が生まれたのじゃ。儂の子じゃ」

「はっ、御嫡男様ご誕生、誠に大慶の至りにござりまする。これにて豊臣家の行く末もますます安泰《あんたい》にて、恐悦至極に存じまする」

秀吉は満足げにうなずいた。

「すでに関白の娘と婚約を決めてのう、関白家とも結びを固《かと》うしたわ。行く行くは関白とお拾で、日の本と高麗を治めることになるじゃろう。そのためにも高麗の在番を手落ちなく勤めさせねばならん」

「かの地は冬の寒さが尋常ではござりませぬ。兵たちはいまだ夏着のままの者も多く、なにとぞ寒さをしのぐ布子《ぬのこ》なりともお遣わし下されませ。寒死する者も減り、在陣衆なお一層忠節を励むことにござりましょう」

「あい判った。治部に言うておこう。どうじゃ、辺境の山野におっては茶も飲めなんだであろう。ゆるりと茶でも進ぜよう」

そう言って秀吉は長康を茶室に誘《いざな》った。同じ船で大坂へ戻った藤堂高虎と宮部継潤が同席した。

金色に光り輝く茶室に座ると、高麗での辛苦の日々が幻であったかのようにも思え、長康は眩暈《めまい》にも似た違和感を感じた。


長康が京の屋敷へ帰ったのは、暮れも迫る十二月二十三日のことであった。

聚楽第へ参上し、豊臣秀次に帰国の挨拶をした。

「二歳《ふたとせ》もの間、辺土《へんど》に起居しての辛苦、老体には痛わしいことであった。白髪が増えたように見えるが体は患《わずろ》うてはおらぬか」

秀次からも労《ねぎら》いの言葉を受けた長康は、思わず目頭を熱くした。

様々に礼を言い、息子の奉公ぶりなどを聞いたあとに、長康は秀次から思わぬことを打ち明けられた。

「お拾君《ひろい》がお生まれになって二月《ふたつき》しか経たぬというに、太閤殿下は我が娘との縁組を仰せになってな。突然のことで即答も出来なんだが、加賀宰相が聚楽までまかり来し、親子睦《むつ》まじくあるは御家《おいえ》安泰の基《もと》じゃと申すゆえ承知したのだが。あるいは関白の座をお拾君へとお考えであろうかのう」

長康は驚いて声をひそめた。

「滅多《めった》なことを申されますな。それがしが先《せん》だって大坂で太閤殿下にお会いした折には、関白様と縁組が成って豊臣家も安泰じゃと喜んでおられましたぞ。ゆくゆくは関白殿下とお拾様とで日の本と高麗を治めることになるとも申されました。御義父上《ちちうえ》を疑わずに孝行を尽くされませ」

「さようか、儂とお拾君でのう」

秀次の表情は晴れなかったものの、ひとまずは納得したようであった。

苦労の多かった文禄二年がようやく終わろうとする十二月二十九日の夜、大坂から秀吉が病に倒れたと知らせがあった。

長康がただちに聚楽第へ登城すると、秀次と重臣らが評議の最中であった。

大坂からの注進では、秀吉は風邪による熱で五体が火のように熱いものの意識はあるらしい。石田三成は側衆《そばしゅう》に口止めし、諸将の見舞いなどは世人を惑《まど》わすとして遠慮するように厳命したという。

「石田殿の申しように違背《いはい》しても、関白殿下には御父君《おちちぎみ》なれば直ちに御見舞いあってしかるべきと存ずる。夜のうちに少人数で駆けつけるならば人目にも付きますまい」

長康が進言すると秀次もそう決心した。

三十人ほどの供を従えて秀次は聚楽第を出た。長康のほか息子の景定、婿の前野忠康も同行している。粉雪が舞う深夜の京の町を音を立てぬように進み、東の空が明るくなるころ伏見口を過ぎると、一同は一斉に鞭《むち》を入れて大和路を駆けた。

夜を徹して駆けつけた秀次に、秀吉は喜んで面会した。

石田三成の案内で、長康も秀吉の寝所まで進んで見舞った。秀吉は熱のために声が出ず、長康を枕近くへ手招いて、

「見舞い、大儀じゃ」

と、枯れた小声でささやいた。

長康の家臣も前野義詮をはじめとして十名ほど供をしていたが、皆に湯漬けが振る舞われた。

心配された秀吉の病も正月一日には回復し、年賀のために登城した諸大名とも会見を果たした。大名や重臣らには座敷で雑煮が振る舞われ、夜には山里の茶屋にて茶の接待があった。秀次とともに長康と景定、秀次家臣の一柳直秀も茶席に同席した。

茶の振舞いの後、秀吉は長康を引き留めた。

「此度の見舞い、大儀であったのう。そなたも帰国したばかりで疲れておろうに。儂も病で伏しておる間、さまざまに考えてな。そなたに頼みたい儀もあって引き留めたのじゃ」

秀吉は茶を一服口にしてから、また話し出した。

「秀次に関白の位を譲り、天下の御政道を預けたことは万民の知るところで、これは曲げられぬ。しかしお拾《ひろい》の行く末を思うと今のままでは憐《あわ》れに思えてのう。苦慮しておるのじゃ」

そのようなことを打ち明けられたことに長康は驚きつつも、つとめて平静を装った。

「病で御気《おき》が弱くなっておられるのでござりましょう。お拾様と関白殿下の姫様との縁組も整いました上は、御懸念には及びませぬ。関白殿下の重臣は田中兵部、一柳左近、木村常陸、中村式部と太閤殿下恩顧の臣ばかり。決してお拾様を粗略にするはずがござりませぬ。我が愚息にも太閤殿下の大恩は決して忘れず御奉公するように日頃から申しておりまする」

秀吉が大儀そうに茶碗を置くのを眺めつつ、長康は言葉を続けた。

「それがしももはや老骨、奉公も叶わぬゆえにお暇をいただきましたからには、国許《くにもと》へ帰り隠居いたしまする。殿下の病も平癒《へいゆ》のご様子なれば、明日にも国許へまかり発つ所存。これまでの御恩、重ね重ね御礼申し上げまする」

先の高麗からの帰国挨拶の折、長康は隠居を申し入れ、疲れ切ったその様子に秀吉も許しを与えていた。

深々と白髪頭を下げる長康を、秀吉は困ったように見つめた。

「そなたの長年の忠節は数え切れぬほどじゃ。だがこれにて別れるのは耐えられぬ。秀長に小六、半兵衛も去り、尾張にて旗揚げ以来の者は儂とそなたのみじゃ。儂も六十路《むそじ》を迎え、間違いも多うなっておる。高麗陣での疲れもあろうで一両年ほどの休息はやむを得ぬが、なんとか京に留まり関白を補佐願えまいか。そこもとをおいて他に頼む者はおらぬのじゃ」

秀吉にそこまで言われては長康も断れなかった。ひとまず但馬へ帰り、長く留守にした国許の様子を見たあと、十日もせぬうちに再び京へ戻ることになった。


大坂城を辞するとき長康は、兄雄吉の次男である雄長《かつなが》に会った。

雄長は小田原以来、織田信雄に従っていたが、御伽衆として大坂城に入った信雄の側で御書院小《こ》姓《しょう》役《やく》を命じられていた。このとき二十五歳である。

「達者そうじゃな、孫八郎。その後、父上の容態はどうじゃ。尾張へ帰ったそうじゃが」

「はい、叔父上様の御屋敷でお世話になっておりましたが、あまりの長居も気が退《ひ》けると申しまして。尾張へ戻ってからも体の動かぬことは同様にござりますが、やはり母や身内の者がおるのは気も休まるようで。叔父上様へ十分に御礼も申せず、御無礼いたしておりました」

「そうか。高齢ゆえ国許で気長に養生するのが良いじゃろうな。助六はどうしておる」

「はい、兄は速水様の組手に加えられ、城中警護の役についておりまする」

「速水殿か」

速水守久は近江国浅井庄の生まれで、秀吉や茶々の身辺警護を務めている。長康は甥の二人を家中へ引き受けようかとも考えたが思いとどまった。

（儂が死ねば景定が当主となり、家中をまとめていけるかどうか判らぬ。それぞれに生きたほうが良いかもしれぬ）

しっかり務めを果たすように、長康は雄長に言い残して但馬へ向かった。


秀吉と秀次の関係は次第に不穏なものになっていった。

最初は秀吉があまりに拾丸を可愛がるところから出た風聞にすぎなかったが、人の口を経るに従って様々な思惑が加わり、塵《ちり》が集まるように形を成し始めた。

秀次が連日のように宴を催し酒色に溺《おぼ》れているとか、百姓町人にかかわらず美しい女を見れば理不尽に奪い取り寵愛しているとか、さらには洛中で密かに殺生《せっしょう》を行っているなど、大げさに伝わったり根も葉もないものばかりである。噂を聞いた秀次や家臣らが逆に驚くほどであった。

噂は秀吉の耳にも入って疑いの芽が生じ、やがて根を張り伸ばしていった。秀次が不肖《ふしょう》の関白であれば、拾丸を後継にできるという潜在的な思いも秀吉の中にあったであろう。

四月、所領の検地のため国許へ帰っていた長康は、関白の家老となった木村重茲《しげこれ》の書状で急ぎ上京した。京都奉行の前田玄以が、大坂奉行からの沙汰書《さたしょ》を届けに来たという。聚楽第へ登城すると、関白の重臣たちが書状を前に相談しているところだった。

「関白殿下の御領地の検地を再吟味するとのこと。我らの届け出に偽《いつわ》りがあるとでも言いたげな書きようでござる」

重茲は長康の前へ書状を差し出した。

「それだけでなく、殿下が諸大名に用立てた金子《きんす》についても不審あるかのごとく、近ごろ噂されておりまする」

「金子とは何のことじゃ」

長康は初めて聞く話であった。

「但馬殿やそれがしが高麗におるころ、先に帰国した諸将が関白殿下に挨拶にまかり越して、莫大な軍費に困窮しておると嘆いたそうでござる。見かねて殿下が金子を用立てなされた諸将は三十余名にも上るとのこと。毛利宰相殿に黄金三百枚、小川土佐殿、筒井伊賀殿、筑紫上野殿に二百枚、細川越中殿、一柳監物殿、金森飛騨殿に百枚などといったところにござる。内々に用立てなされたはずが大坂にも伝わり、関白が勝手に聚楽の金蔵を開いたと何者かが讒言《ざんげん》したのでござりましょう。関白殿下とて決して他意はなく、諸将の困窮を見かねた御仁徳のお振舞いにすぎぬものを、あれこれ言い立てられ御心痛になっておられまする」

書状を読んでみると、なるほどその噂を踏まえたようにも読める内容である。

大坂奉行の増田長盛、長束正家の連署となっているが、おそらくは秀吉の裁可を得てのものであろう。長康は書状を置いて、静かに一同を見回した。

「この一件、関白殿下が諸将の窮乏を助けんとした用立てであることは疑うべくもなかろう。されど事を荒立てては大坂との間もこじれ、かえって関白殿下に御迷惑をかけるばかりじゃ。殿下におかれても憂心を紛らわせようとするあまりに大酒を飲み、女性《にょしょう》と枕席を共にすることもあろうが、これ以上御政道をおろそかにされては、それこそ太閤殿下のお咎《とが》めを受けるやもしれぬ。大坂の言い分が御領地の再吟味ということならば、ここは我らも平穏に従うのが上策というものじゃ」

長康の言葉に、木村重茲は顔を赤らめて抗議した。

「御後見役筆頭の但馬殿の言葉とも思われませぬ。関白殿下が天下の主であることは明白のこと。此《こ》度《たび》の一件は淀殿《よどどの》周辺で媚《こび》を売る佞臣《ねいしん》どもが、讒言《ざんげん》を言い立てて太閤殿下の御心を迷わさんとするものでござる。このまま打ち過ごしては関白殿下の御威光を佞臣どもに掠《かす》め取られることになりましょうぞ」

同席の田中吉政、一柳直秀、白井成定、山口正弘、それに前野景定らは顔を見合わせ黙したままではあったが、やはり腹の内に憂憤を抱えている様子であった。

また六月には普請中の伏見城の工事でひと騒動があった。

伏見城は秀吉の隠居所として造られ、秀次が作事方《さくじがた》となり町割りまで任されて工事を始めたが、ほぼ完成間近という段になって秀吉が城の守りを堅固にする目的で町割りの変更を命じた。城下に大名屋敷七十余を新たに加えることとして、道も三間に広げた。遮《さえぎ》る物は破却され、秀次の書院も無断で取り壊された。

秀次はこの一件で心を痛めたが、長康は些細なことで関係を悪化させぬよう、秀次に繰り返し建言した。秀次は憂憤に耐え切れず、徐々に酒色で憂さを晴らすことが多くなった。

十月、秀吉が徳川家康、前田利家を伴って聚楽第を訪れることになった。次第に大きくなる太閤と関白の不仲の風聞を、少しでも和らげようと家康と利家が勧めたのである。

その前夜、京に入った秀吉は長康の屋敷を訪ねて思いを吐露《とろ》した。

「この頃の関白の所行、いささかただならぬことを耳にしておる。位《くらい》を極めれば何事も思いのままには違いないが、それは万民の上に立つ者として自戒せねばならぬ」

秀吉は杯を口に運びつつ、言葉を続けた。

「関白を疎《うと》んじるつもりは毛頭ないが、さりとて実の子に跡を継がせたいと思うのもまた親心よ。ことに関白の悪評を耳にしては思いも揺らぐものでな。そなたは関白の後見役だが、儂の長年の忠臣でもある。実のところどうじゃ。このまま政道を関白に任せておいて良いものか。それだけの器量が関白にあると思うか」

秀吉の鋭い視線を受けて長康は言葉に窮した。

そして心が決まらぬまま場を取り繕うような返事をした。

「関白殿下の風聞については、いささか大仰《おおぎょう》に伝わり臣下の者どもも驚いておるところにございまする。たしかに酒色の儀もありましょうが、それは節度の内のこと。ましてや殺生など根も葉もなきことと存じまする。一度に人臣の位を極められ多少の奢《おご》りもあるやもしれませぬが、それがし後見役を仰せつかりました上は、一命に代えて御諫言《かんげん》申し上げ、豊臣の御家繁栄のため粉骨砕身務める所存にございまする」

このとき長康が秀吉の本心を察して同調したならば、後の不運から逃れられたかもしれない。が、老いた長康にはそこまでの機転が利かなかった。

秀吉はそのまま黙して盃を置いた。

翌日の対面では、秀次は平身低頭で秀吉への感謝と服従を示して、秀吉もまた機嫌良く受け入れた。長康が前もって秀次に言い含めたために、何事もなく対面は終わった。

「これで兎角《とかく》の風聞も消えましょう。誠に目出度きことにござる」

温和な笑みを浮かべて家康が言うと、秀次も久しぶりに晴れやかな顔になった。

秀次をはじめ長康ら家臣も、秀吉を伏見まで送った。


関白を貶《おとし》めているのは石田三成ら淀殿周辺の諸将だと噂されたが、このころ三成は薩摩の検地のため長期に渡って九州に出張《でば》っていた。三成が久しぶりに伏見に戻ったと聞いて、長康は三成を訪ねた。

「夏からかかった薩摩の検地がようやく終わり申した。二十二万石と申しておったところが実は五十七万石にもなり、太閤殿下もお怒りでございました」

日焼けした顔で三成はそう報告した。

「関白殿下の御領地の再検地の一件も仕方ござらぬ。ご存じのとおり、高麗陣の戦費を賄《まかな》うために今全国で検地を行い、少しでも多く供出しておるところでござる。他に含みのあることではござらぬゆえ、御得心くだされ」

三成の硬い表情を見ながら、おそらくそのとおりであろうと長康も察した。

「太閤殿下と関白殿下の不仲はおおよそ風聞にすぎぬが、お拾君がお生まれになり心を迷われておられるのも事実じゃ。すでに太閤殿下は、お拾君御成人の後《のち》には関白職をお与えになることもお考えのようでな。それまで関白殿下を今のままに留めておくかどうか、そこが御懸念のようじゃ」

「関白職をお譲りになるのは当然でござりましょう。天下平定の偉業は太閤殿下のお力によるもので、畏《おそ》れながら関白殿下は数度の戦に従ったまでのこと。太閤殿下直系の御血筋がこの国を治めるのは万民が納得するところにござります。それを御承知にならぬとなれば、関白殿下の身に災いが降りかかることにもなりましょうぞ」

「儂もそれを心配しておるのじゃ。いずれ機を見て位を返上し聚楽を退けば、立ちどころに御心痛も霧散し御心も晴れましょうと申し上げたが、うなずいてお聞き届けにはなるものの御決断には至らぬようでな」

ため息をつく長康に三成は同情のまなざしを向けた。

「但馬殿が御諫言《かんげん》されておることは太閤殿下もよく御存知のこと。されど先年の御病気以来、殿下も御気弱《きよわ》になられ、何かと江戸大納言、加賀大納言に御頼りなされておられる。両侯は巧みに殿下に付け入り、高麗出兵を免れ軍役の費《つい》えも少なく、金銀を蓄えておるに違いござらぬ。豊家の中が揺らげば、かの者たちが利することになる。それがしはそれを案じております る」

三成の目は、秀次よりも家康や利家に向いているようであった。秀吉死後の展開を予見していたとも言える。

しかし長康には、そんな先のことまでに目を向ける余裕はなかった。

十二月のある日、景定が父の長康に話があるとして書院で向かい合った。

景定は二十九歳。ちょうど長康が蜂須賀正勝とともに墨俣に築城をした年に生まれている。長康が三十九のときに、やっと授かった男子であった。

「このところ太閤殿下の聚楽への御移徒《おわたまし》が、とんとございませぬ。関白殿下との御面談は先月の伏見の茶会のみ。京の徳川様、前田様のお屋敷には数度お越しなれど聚楽へは立ち寄られぬのは、わざと疎遠にしておられるとしか思われませぬ」

景定は言い難《にく》そうに言葉を呑んだが、意を決して口に出した。

「太閤殿下には、いずれ関白の位をお拾君に継がせるおつもりではございませぬか。そうであれば我らが忍んで耐えていても事は同じ。それよりは今のうちに何か良き手を打つことが肝要かと存じまするが」

身を乗り出して訴える景定に、長康は驚いた。おそらく秀次周辺の若党たちの一致した思いなのであろう。

「そなたはいつの間に道を失ったか。滅多なことを言うものではない」

長康は声を荒げて叱《しか》った。

「太閤殿下が御実子に跡目を継がせようと思うのは当然のこと。まして御生母の淀殿は信長公の筋目の御方。お拾様ご成人ののちは位をお譲りするとしても何の憚《はばか》りがあろう。そなたらが関白殿下の行く末を案じるのももっともじゃが、それは小利に走ることで忠義ではない。豊臣家が栄えることこそ真の忠義じゃ。この上、関白殿下が放埓《ほうらつ》なお振舞いをなされれば、それこそ危《あや》うい。御側に従うそなたらが大義を取り違えぬよう、胆《きも》に銘じて御奉公せねばならぬぞ」

長康の言葉を、景定は不満げに聞いていた。

もう少し明確に秀吉の意向を、景定にも伝えれば良かったのかもしれない。しかし秀吉がまだ公言していないことを自分が漏らすことは長康にはできなかった。

歯車が悪い方向へと回り始めていた。

この十二月の二十日、高麗にいる吉川広家から献上された生きた虎が、大坂城で披露《ひろう》された。秀吉、秀次をはじめ徳川家康、前田利家のほか御伽衆らも同席した。

死んだ虎の献上は以前にもあったが、生きた虎は初めてで秀吉も大いに喜んだ。檻《おり》の中で動き回る虎はときおり咆哮《ほうこう》して周囲を威嚇《いかく》するが、檻を破ることはできない。

(自分のようだ)

秀次はそう思うと、また鬱屈《うっくつ》した気分になった。

そのとき秀吉が秀次に向かって言った。

「来春には関白には名護屋へ出陣して、高麗在陣の諸将を鼓舞《こぶ》してもらうでな。よろしゅう頼むぞ」

秀次も、後ろに控える長康も驚いた。そのような話は聞いていない。

「それと丹波中納言を小早川の養子とすることにした。筑前宰相が是非にと申すでな。これまでの殊《しゅ》勲《くん》に報いるためにも聞き届けることにしたわ」

丹波中納言とは羽柴秀俊、後の小早川秀秋のことである。

秀吉の妻、ねねの兄の木下家定の五男であるが秀吉の養子となり、秀次に次いで豊臣家の後継者と見られていた。それを養子に出すということは、やはり拾丸の誕生の余波であると秀次は感じた。

かつて秀吉は、拾丸と秀次で日の本と高麗を治めると言ったが、日の本に君臨するのが拾丸で、自分は高麗にやられるのかもしれない。高麗から帰国した諸将の話では極寒で不毛の地と言うではないか。虎を見つめる秀次の前には寒々とした荒野が広がっていた。

「虎の肉は精がつく妙薬と言うが、どうじゃ徳川殿、いっしょに食うてみんか」

秀吉が傍《かたわ》らの家康に笑いかけた。

「いやいや、それがしは臆病者ゆえ食いつけぬ物を食うと胃の腑《ふ》が仰天《ぎょうてん》いたしまする。まして虎を食うなど、とてもとても」

「前田殿はどうじゃ。犬千代が虎を食うのも一興《いっきょう》じゃろう」

「精をつけて虎千代に名を変えましょうかな」

利家が剽《ひょう》げて答えた。

皆が笑いさざめく中で秀次は一人、黙々と盃を重ね続けた。

年が明けて文禄四年。

秀次の名護屋への動座は一年延期になったものの、それでも秀次の憂悶が晴れることはなかった。

四月に弟の羽柴秀保が十七歳で病死すると、なお一層思い悩むようになった。

秀保は秀次と父母を同じくする兄弟だが、後継ぎのない羽柴秀長の養子となり大和国の領主となっていた。文禄の役でも名護屋まで参陣していたが、この年、急病になり十津川へ療養に赴《おもむ》いたものの甲斐なく没したという。

ただ何者かによって毒殺されたとの噂も流れたために、秀次は食事の折に毒見役を付け、外出時にも警護を厳重にした。鷹狩りに出向くときは戦かと思うほどの仕立てで、洛中の民は何事かと怪《あや》しんだ。


六月三十日、その使者は突然に訪れた。

京都奉行の前田玄以の使者が詰問《きつもん》状を持って聚楽第を訪れ、長康と木村重茲に伏見評定所まで出頭せよという。

詰問の条々は関白の側室の身元に不審あり、あるいは関白が日夜酒色にふけり御政道をないがしろにしているなどのことであった。

慌てて長康と重茲が伏見へ駆けつけると、評定所では増田長盛、長束正家が待っていた。

「それがしと但馬殿は昵懇《じっこん》の間なれど、役儀なれば是非なきことゆえ御容赦願いまする」

長盛がそう前置きしてから、詰問の条々を二人に質《ただ》した。

一つは秀次の多くの側室の中に、明智秀満の郎党の娘がいるということ。さらに先年、秀吉の勘気を受けた六角氏郷の郎党の娘もおり、このような者を無断で側室としていることに対する咎《とが》めである。また一つは、狩場《かりば》へ随行する者たちが具足を着け都大路を行列し、天下泰平の世を乱すのはいかなる存念かなど、関白にとっては言いがかりに思えることばかりであった。

木村重玆は声高に弁明したが苛立《いらだ》ちから声も途切れて、しどろもどろの有様であった。見かねた長康は重玆を制して落ち着いた声で言った。

「御詰問の条々につき、太閤殿下の御心を悩まし申し上げたこと誠に恐れ入り奉《たてまつ》る。後見役として何一つ弁明いたすつもりはござらぬ。このところ関白殿下には御心塞《ふさ》ぐことが多く、気晴らしのために酩酊乱行《めいていらんぎょう》も確かにござった。世間の噂にも御父子の間の疎遠が広まり、今日のことに至ったのは残念至極。されど関白殿下には決して二《ふた》つ心《ごころ》などなく、太閤殿下の御意《ぎょい》に添わざることがあらば直ちに関白の位を御返上する所存。熊野権現護符《ごふ》へ神文誓紙《しんもんせいし》を御したためになり、本日それがしども持参したところにござる。これより直に太閤殿下に拝謁して関白殿下の実心を御披露したく、なにとぞ取り次ぎを切に御願い申し上げる」

長康の言葉に奉行の二人は顔を見合わせ小声で話し合っていたが、やがて長束正家が言い難《にく》そうに告げた。

「後見役の御両所の嘆願はもっとももながら、古参の但馬殿といえども太閤殿下の御聞き入れは叶わぬことと存ずる。我ら奉行衆が打ち揃って御両所の拝顔を言上しても、ただ今のところ殿下の御逆鱗はとても治まるとも思えず、さらには我らが命じられた詰問の役儀も果たせぬことになり立つ瀬がござらぬ。とりあえず書状をもって詰問の条々に御返答あって、日を改めて拝謁されてはいかが」

ついに木村重兹が抑えていた怒りを爆発させた。立ち上がり長束正家につかみ懸《か》からんばかりに詰め寄って、

「最前よりお主らは我らの申すことを何一つ聞き入れぬではないか。関白殿下は是非を悔いて関白の位も御返上の覚悟と申しておるのだ。これは尋常のことにはあり申さん。もとはと言えばこれは御父子の仲違《なかたが》いでござる。奉行衆が立ち入って双方を遮《さえぎ》るゆえ事がこじれるのじゃ！」

と血走った目で怒鳴りたてた。

そのとき廊下の障子《しょうじ》が静かに動いて石田三成が入ってきた。

「但馬殿、少々よろしゅうござるか」

三成は目配《めくば》せをして長康を別室に招いた。

対座した三成は、いつになく沈痛な面持ちである。

「但馬殿であるゆえお明かしするが、太閤殿下の御不審は側室のことなどではござらぬ」

そう言ったものの、しばらく言葉が出てこない。才気あふれる三成がこのように言い澱《よど》むのは珍しかった。

「何事でござろうか。遠慮のう申されよ」

長康が促《うなが》すと、三成は腹を据えたように長康の顔を見つめて言った。

「先日、毛利侯が殿下に拝謁になり、関白に謀反の兆《きざ》しありと言上《ごんじょう》されたのでござる」

「なんと、関白殿下が謀反じゃと！」

長康は絶句した。

三成は視線を落として、さらに続けた。

「毛利侯が聚楽へ参向した折、関白より連判状を見せられ、忠節を尽くす証《あかし》に御判を求められたとのこと。その連判には関白の重臣らはもちろん、但馬殿の御子息ら側衆の名も見受けられたとか。天下の一大事と毛利侯が大仰《おおぎょう》に言上されたために、太閤殿下はことのほか御立腹になり此度の詰問になった次第でござる。この一件、真偽のほどは判りませぬが、太閤殿下の御耳に達した上は、このままでは済むまいと存じまする」

「その連判が謀反の企てと申されるのか」

「遺憾ながら太閤殿下はそのように」

長康は魂が抜けたかと思うほど驚愕《きょうがく》した。

が、威儀《いぎ》を正して言葉を振り絞った。

「初めて耳にすることゆえ真偽のほどは判らぬが、わが子に不忠があったとすれば親の不徳。ましてやそれがしも後見役の役目なれば知らぬ存ぜぬでは済まされぬ。すでに覚悟は出来申した。この上は領地を返上し、伏見屋敷に蟄居《ちっきょ》して御沙汰を待つ所存にござる」

それを聞いて三成もうなずいた。

「それがし但馬殿の意中を太閤殿下に必ず御奏上申すゆえ、くれぐれもご短慮なきように」

いたわりの言葉を残して、三成は奥へと姿を消した。


評定の場へ戻ると重兹はまだ声を枯らして弁明していた。

「万一我らに不調法あれば、この場にて腹割《かっ》さばいて果て申す。このような奉行の調べでは埒《らち》があき申さん。太閤殿下に拝謁の上で御立腹をお解き申すゆえ、お取次ぎ願いたい」

長康は重兹を制すると二人の奉行に告げた。

「先ほどの詰問の条々について、この場で善悪を争うても詮《せん》のないこと。関白殿下の危急存亡のときなれば、我ら急ぎ聚楽へ立ち返り確かめたき儀もあり、これにて失礼仕《つかまつ》る」

長康は、怒りが治まらぬ重茲を促して評定所を出た。

道々、事情を説明すると重茲も大いに驚いた。

「そのような大事とは思いも寄らぬこと。奉行衆が奥歯に物の挟《はさ》まったような申しようで、それがしも合点がいかなんだが、知らぬこととはいえ粗忽《そこつ》な申し様、平《ひら》に御容赦くだされ。それにしても若輩の側衆《そばしゅう》らの思慮なき言葉に迷われて、我らの知らぬうちに斯様《かよう》な企てをなさるとは無分別極まる。今日までの我らの諫言が水泡となったは無念至極」

「わが倅《せがれ》の名も連判にあるとのことで、誠に面目次第もござらぬ。関白殿下に忠義を尽くすは当然といえども、時節をわきまえずそのような連判に名を記すとは浅はかに過ぎる。それがしも覚悟を決め、所領を返上し伏見屋敷に蟄居の上、沙汰を待つと石田殿には申し上げた」

「太閤殿下より執政の役を命じられたそれがしも同然にござる。ここに至ってはもはや是非なきこと。それにしてもこれまで幾多の戦に出て、矢玉が飛び交う中を生き伸びて参ったが、まこと当たる玉は思わぬところから飛んでくるものでございまするな」

重茲は、片頬《かたほお》に引きつった笑みを作った。

供に従っていた前野義詮を連絡のために伏見屋敷に残し、長康と重茲は夜の闇の中を京へ向かって急いだ。

深夜に聚楽第に着いた二人は秀次に目通りを願い、評定の一件を告げた。その上で関白の職を返上し、剃髪《ていはつ》して恭順の意を示すよう説得した。しかし秀次は酔いのせいもあるのか目を閉じ黙ったままで、最後に一言、

「もう良い。下がれ」

と言ったのみで、危うい足取りで姿を消した。

書院に集まった重臣らに今日のことを告げ、伏見よりの指示に神妙に従うよう言い置いた後、長康は千本屋敷に戻った。

家中の者へは今後どのようなことが出来《しゅったい》しようとも、決して取り乱さず振る舞うよう言い渡した。しばらくすると景定が聚楽第から戻り、長康と対面した。

景定は血の気の失せた青白い顔で、長康の前へ座り両手をついた。

「此度の我らの軽率なる振舞いで、関白殿下をはじめ父上にも多大なる御迷惑をおかけし面目次第もございませぬ。されど我らとて関白殿下の御ためを思い、御心を安んぜようと忠義の一心にて連判をしたためたもの。決して謀反の心など毛頭ございませぬ。関白殿下とともに我らも直《じか》に太閤殿下に申

し開きをいたしますれば、必ずやお判りいただけるものと存じまする」

振り絞るような景定の言葉を長康は黙って聞いていたが、やがて口を開いた。

「そのようなことではないのだ。すべては太閤殿下の御心の内にあるのじゃ。すでに殿下は関白の位をお拾様に継がせることをお決めになっておった。そのための糸口を探しておられたのじゃ。もう少し早うそなたにもそれを言うべきであった」

深夜の静寂の中に長康の言葉が溶け入った。

「しかし一度関白を譲られた上は、太閤殿下と言えども御自分の勝手に御政道を左右することは許されぬものと」

頭を垂れていた景定は、苦しげに血走った眼で長康を見上げた。

「そのような理屈ではない。この数十年間、諸国の大名小名が割拠する世を亡き信長公の御跡を継いで、ついに平定を成し遂げられたのが太閤殿下なのじゃ。天下の平定が成ってこそ、初めて善悪理非が通る世となる。太閤殿下があっての理非なれば、殿下にはその理非は通じるものではないと判らぬか」

長康の言葉に景定は黙るしかなかった。

乱れに乱れた戦国の世を見て来た者と、天下平定間近にやっと世に出た者とでは、秀吉という存在の持つ意味が違う。我が子の気持ちは判らぬでもなかったが、ほかにかける言葉が長康には見つからなかった。

「もう良い。城中でも申した通り、伏見よりの御指示に神妙に従うほかはない。儂は夜明けには出立《しゅったつ》して伏見屋敷で蟄居いたす。そなたも関白殿下に従い、進退だけは見苦しくせぬように心がけよ」

それが長康から景定への最後の言葉になった。


夜が明けるのを待って千本屋敷を出た長康は、振り返って屋敷を眺めた。さらに聚楽第の天守を望んで頭《こうべ》を下げた。

（儂と宗易殿、幽斎殿で造作した城であった。良い出来であったわい）

朝の光に金箔《きんぱく》の瓦が美しく輝いている。それを眺めていると昨日からの喧騒《けんそう》が悪い夢だったかのようにも思える。

（夢であってほしい）

口を開けばそんな叫びが、胸の奥から飛び出しそうであった。

思いを振り切って手綱を引き締《し》めると、長康は伏見への道を静かに進んだ。

伏見屋敷で迎えに出た義詮は、長康が一夜にして憔悴《しょうすい》したことに驚いた。一睡もしていない上に疲労と心労が老体を衰えさせたのであろう。義詮は茶坊主に茶を立てさせ進上したが、気遣い無用と言い残し長康は一人、奥の間へ入った。

二日後の七月三日、増田長盛、石田三成らが聚楽第へ上使として派遣された。秀次に伏見へ参上せよとの通告である。しかし秀次はこれに会おうともせず屋敷の奥に籠《こも》ったままであった。さらに朝廷へ黄金を献上し仲介を頼んだが、これもまた秀吉の怒りを買うことになった。

八日になって、ようやく秀次は観念し伏見へ出頭することにした。

服部一忠、明石元知、一柳可遊、渡瀬繁詮ら奉行衆を始めとして熊谷直之、白井成定、前野景定、粟野秀用《ひでもち》ら側近が前後を警護し、物々しい隊列を作って聚楽第を出発した。

大仏殿前を過ぎて伏見口へ差しかかるころ、数千の軍勢が行く手を塞《ふさ》いでいた。

側衆《そばしゅう》の不破万作が進み出て、

「これなるは関白殿下御行列と知っての狼藉《ろうぜき》か。斯様《かよう》なる昼日中《ひるひなか》の軍勢は太閤殿下の御指図とも思えず、御上意を偽る野盗に違いなし。近づく者あらば容赦なく切り捨てるぞ」

と叫んだ。

不破万作は美少年で知られた小姓で、このとき十八歳。取り囲む兵を血走った目でにらみつけた様は、誰もが息を呑《の》むほどに異様な美しさを放っていた。

兵も手を出せず睨《にら》み合いが続いていると、やがて後方より数十騎の武者が砂煙を上げて駆けて来た。

「上意、上意！」

と叫びつつ進み出たのは槍を手にした福島正則で、さらに大谷吉継、増田長盛と前田玄以が続いた。

万作は彼らの前に立ちふさがると、

「畏《おそ》れ多くもここに在《おわ》すは関白殿下であるぞ。上意を偽り行く手を遮《さえぎ》るとは、あまりの無礼狼藉。事と次第によっては我ら一戦の上聚楽へ引き返し、改めて太閤殿下へ事の実否を正す所存なり！」

と言い放った。

進み出た増田長盛が馬上から、

「我ら太閤殿下の御直書を携《たずさ》えまかり来たるを、偽りの使者とはそれこそ無礼千万。太閤殿下の御上意を伝え申す」

そう言うと馬を下り、懐《ふところ》から書状を取り出すと、周囲に響く声で読み上げた。

「関白秀次、関白職にありながら、その職をも顧《かえり》みず武威をもって都大路に構えたること、これ太閤をも恐れずの所行《しょぎょう》なり」

以下、数々の罪状を言い上げたあと、

「申し開きの儀まかりならず、即刻家来どもを解き放ち、神妙に木下屋敷にて蟄居《ちっきょ》仰せ付けるものなり」

と、書状をかざして見せた。

さすがの不破万作も顔色を変えて、平伏するほかなかった。

この一部始終を長康は伏見屋敷で聞いた。

すでに前日の夜、娘婿の前野忠康が石田三成からの伝言を知らせて来ていた。

「明日、関白殿下が伏見へ申し開きのため御参向になられますが、但馬殿は介添え無用になされますよう。ここに至っては直《じか》に御面談あって釈明なされても難しいかと存ずる。御貴殿の心中察するに余りあれど、それがしの尽力叶《かな》い申さず虚しい限り。先日、御貴殿の申された進退の儀、太閤殿下へ言上したところ殊勝なりとの御言葉あり。追って沙汰があるゆえ、今後いかような大事出来《しゅったい》あっても決して御短慮のないよう御屋敷内に留まられますように」

忠康はそう三成の言葉を伝えた。

今朝の騒動は、忠康の郎党の前野喜平次が知らせに来た。

「関白殿下の御武運も尽きたか。景定も功を逸《はや》って分別を誤りたるは無念であった」

長康はそう言い残して奥へ入った。

すでに前夜に家中の者には事情を説明し、国許《くにもと》の但馬にも二日前に使者を送っている。所領返上の上は城内を掃《は》き清め、取り乱すことなく上使の到着を待つように国家老の前野宗高に指示した。

奥の間で一人になった長康は、ふいに蜂須賀正勝の死に際の言葉を思い出した。

(狡兎《こうと》死して走狗《そうく》煮らる)

「さすが小六だわ。お主の言うとおりになったわい」

ふと長康は旧友が側にいるような心持ちになり、振り返って薄暗い部屋の隅々《すみずみ》を見回した。無論、誰の姿もない。

「もうちいと待っちょれ。今にそちらへ行くでな」

長康は表情を変えず、そうつぶやいた。

十三

秀次は一端、伏見の木下吉隆の屋敷に入れられ、その日の午後には関白の位を剥奪《はくだつ》されて高野山へ送られた。

秀次の重臣らもそれぞれに諸将の屋敷に預けられた。前野景定は伏見の中村一氏《かずうじ》の屋敷に御預けとなった。

長康はこの日の顛末《てんまつ》を知らせるため国許へ使者を送り、また京の千本屋敷にも人をやり帳面、書き付けなどを焼却するよう命じた。また細川幽斎の屋敷にも使いをやって景定の妻、於長《おちょう》の身に累《るい》が及ばぬよう頼んだ。於長は細川忠興の娘である。

秀次が高野山へ向かう頃、長康のもとにも石田三成と前田玄以が上使として訪れた。

二人は座敷で上座に立つと、平伏する長康に向かって玄以が上意書を読み上げた。

「前野出雲守儀、関白秀次に一味同心の連判を記し、逆心明白なり。但馬守については親子の罪軽からず候《そうろう》ところ、前《さき》に口上をもって所領返上を願い出たる段、神妙なり。此度《こたび》秀次一味に仕《つかまつ》らず、長年の忠節に鑑《かんが》み、御慈悲をもって蟄居《ちっきょ》仰せ付けられるべきものなり」

読み終えると二人は、言葉少なに屋敷を去った。

三成も上使としての立場であるためか、余分な慰めの言葉も口にせず、ただ沈鬱な表情で黙礼したのみであった。

景定が御預けとなった中村一氏の屋敷から、家臣の梅津五郎右衛門が密かに訪れた。一氏は長康とも懇意であったことから、景定の様子などを伝えに来たのである。

景定は出された食事にもほとんど手を付けぬ様子で、一氏が何か御用でもないかと尋ねたところ、

「今日《こんにち》、かくのごとき疑いを受ける覚えは全くござらぬ。関白殿下はいかがなりましょうや」

と問い、一氏が秀次の高野山入りを教えると、

「口惜《くちお》しきことにござる」

と歯噛《はが》みしたという。

「この機に臨んで、あれこれ申しても詮なきことではござるが、それがしどもは関白殿下への忠節を守り、不変の心を書き物に記したまでのこと。殿下の御為《おんため》にならず、これにて相果てるは誠に不忠の極み。我が父にも迷惑をかけ、ただただ痛心仕《つかまつ》る所存にござる。さまざまお取り計らいいただき、

かたじけなき次第にござるが、今日のそれがしの顛末《てんまつ》、父に御伝言いただき、なにとぞ父上様には百歳の齢《よわい》まで全《まっと》うされんことお伝え願わしゅう存ずる」

景定の願いを黙殺も出来ず、一氏は梅津をやって事の次第を知らせてきた。長康は深謝し、景定の進退が見苦しくならぬよう頼んだ。

梅津が帰った後、長康は義詮に家中の者を集めるよう指示した。義詮の顔を見て、思わず長康は、はらはらと涙を落とした。

集めた家臣らにこれまでの経緯をすべて話し、すでに所領を返上したことを告げた。そしてそれぞれに金子《きんす》を渡し、早々に屋敷を出るように申し渡した。

高野山へ入り出家した秀次のもとに十五日の早朝、秀吉からの使者として福島正則、池田秀氏、福原長尭《ながたか》が兵を率いて訪れた。三成ら五奉行衆の連名で、秀次に切腹を命じる書状を持参していた。

高野山としては出家した者を切腹させるのは寺法に反するため評議をしたが、太閤の命に反すれば寺の存亡にもかかわり、寺があっての寺法であると衆議は決した。

すでにこのことを予感していた秀次は、数日前より方々へ文をしたためていた。急いで行水《ぎょうずい》をして身を清めると、近習らに切腹の支度を整えさせた。

秀次に先だって山本主殿、山田三十郎、不破万作と二十歳に満たぬ近習らが次々に切腹し、雀部《ささべ》重政が介錯をした。四人目の玄隆《げんりゅう》西堂は秀次が介錯。その後に秀次が腹を切った。秀次の介錯をした重政が最後に切腹してすべて終わった。

同時に各所に預け置かれていた重臣らにも切腹の命が下った。

中村屋敷の景定にもそれが伝えられると、家人の堀江甚八が内密に前野屋敷に知らせに走った。長康はこれを聞くと、義詮を密かにやって見届けるよう命じた。

義詮が中村屋敷に駆けつけ、今生《こんじょう》の別れに景定にひと目会いたいと懇願したが、

「すでに御検使役ご到着なれば」

と堀江甚八が申し訳なさそうに断った。

義詮は門前の物陰に隠れ待っていると、やがて堀江が現れ、

「ただ今、無事御仕舞なされ申した」

と言って遺髪を手渡した。

礼を言って義詮は前野屋敷に戻り子細を報告した。長康と家臣らは皆、遺髪を前に涙を留めることが出来なかった。

「景定も無念であろうが、関白殿下が果てられた上は最後の御忠義となったであろう。儂も今日限り

寺へ入ろうと思う。そなたたちも屋敷に留まっておってはお咎《とが》めがあるやもしれぬ。諸帳面を封印の上、それぞれに立ち退くがよい。これまでよう仕えてくれたのう」

と長康は言い渡した。

すでに家来衆の多くは屋敷を離れ、このとき残っていたのは前野義詮、前野伝左衛門、森雄成、石崎庄兵衛と息子の丈右衛門、上坂勘解由《かげゆ》、兼松又八の七人であった。

「何を仰《おお》せになる。我ら何処までも殿に従いまするぞ」

七人は口々に言ったが長康は制した。

「その方らの忠義は誠にありがたいが、儂はすでに覚悟を決めておる。これまで長年付き従ってくれたその方らが儂に殉《じゅん》ずるは耐え難い。その儀はならぬ」

一同は悲嘆に暮れて一夜を明かしたが、夜の白み始める前に長康は屋敷を出て、伏見の六漢の寺に入った。義詮のみがこれに従った。

寺に入ってから長康は三日を過ごし、その間に方々へ文を書き、また辞世の句と漢詩を詠んだ。

限りある　身にぞあずさの　弓張りて　とどけまいらす　前の山々

故郷の尾張を離れて久しかったが、最期は尾張の前野村の風景を思い描いていたのかもしれない。

また漢詩は、

千里生還して意いよいよ薄し
征衣やすまざるに聚客たらしむ
停《とど》まりて内野に松籟《しょうらい》の含みを聴けば
東風香を寄す旧事の梅
蓬州《ほうしゅう》に馬を駈ける壮心の夢
たちまち魂を消す双鬢《そうびん》の霜
浮世一期《いちご》蘇川の会
自ら笑いて応ず孚佑《ふゆう》を断つべしと

高麗の陣から生還して隠居するつもりが聚楽第の秀次に仕えることになった。いつしか年を取り、思い起こすのは尾張の川で友と出会ってからの日々である。もはや命を長らえることも笑って断ろうという意味であろう。

「一生かかっても詩も歌も上達せなんだが、仕方なかろう。木村殿はすでに自裁されたそうじゃな。あの御仁らしい性急なことじゃ」

秀次の家老であった木村重兹は連判状の一件に関わっておらず、長康と同じく蟄居を命じられたのみであったが、自ら責めを負って秀次が死んだ日に切腹していた。秀次に殉じて死ぬのであれば急がねばならぬが、自分が死ぬのはそういうことではないと長康は思った。

寺で数日過ごすうちに、長康は自分の死について様々に考えた。

あくまで自分の主君は秀吉であり、秀次の後見役となったのも秀吉の命があったからである。その後見役を全うできず、さらに我が子が取り返しのつかぬ失態を犯したことへの償いの意味で死ぬのである。

思えば尾張の川並衆であった頃に秀吉と出逢い、当初は差し出がましい小僧だと怒鳴り、殴りつけたこともあった。いつしか立場が代わり仕えることになったが、秀吉を天下人にしたのは自分や蜂須賀正勝の力だと、心のどこかでは思っていた。

このような事態になり自分が寺に入ったとなれば、秀吉から死を思い止まるようにと言われるのではないか。この数日、自分が死なずにいるのは、それを待っているのではないか。

「つまらぬ未練じゃな。もはやこれまでじゃ」

長康はそう独り言を吐いて笑うと、義詮に切腹の用意をさせた。

七月十九日の早朝、朝焼けの中で蝉《せみ》が鳴き始めたころ、境内の片隅に浅黄色の単衣《ひとえ》を着て長康は座った。

「前野村の兄者たちには、くれぐれも良しなにのう」

つとめて明るい声で義詮に言い残すと、脇差を取り横腹に突き立て一気に横へ引いた。

激痛の中で、兄の雄吉と弟勝長の顔が浮かんだ。そして妻の松や息子の景定に娘ら、さらには正勝や家臣たち、これまでともに生きた者たちの顔がかすんで流れていった。

「面白かったのう、兄者、小兵衛」

長康の目の前には子供時代の前野村の光景が広がっていた。何もない荒れ野原を三人が駆けていた。

「あのころは三人、一緒じゃった」

長康の口元に笑みが浮かんだ。

控えていた義詮が介錯をした。前野長康、享年六十八。

義詮は長康の遺骸を寺に葬ると、しばらくは京の清水谷に隠れ住んだ。

最後まで残った六人の家臣らも一緒だった。長康をはじめ罪科に問われた武将らの屋敷は接収され、聚楽第の取り壊しも命じられた。

八月二日の早朝には三条河原で秀次の正室や側室、子供ら三十九名が、さらされた秀次の首の前へ引き出された。

曇り空の下、牛車で連行された女子供らは、薄《すすき》が揺れる川の中洲に座らされた。二重に竹垣で囲われた内には篝火《かがりび》が数カ所に焚《た》かれ、天も焦《こ》がさんばかりの勢いで燃え盛っている。北側の陣幕を張った中に検使役が座り、南側には大きな穴が掘られ土壇《どたん》が盛られた。早朝にもかかわらず大勢の群衆が取り囲んで、すでに念仏の声も密やかに聞こえてくる。

合図の太鼓が叩かれると、番卒がまず子供をかかえて連れ出し、ひと突きでその命を奪った。幼子が引き出され殺されるたびに、母とおぼしき女の泣き叫ぶ声が響き渡った。走り寄って死骸を抱きかかえる女もいた。

子供の処刑が終わると女衆の番となり、すでに魂の抜けたような女たちが首を切られて次々と穴の中へ落とされていく。

側室の中には前野家の縁者もいた。

小坂雄吉の娘婿の山口重政の妹、お辰であった。

尾張の領主となった豊臣秀次の目に留まり、長康の養女として京の千本屋敷で行儀作法を身に着けたのち関白の室となっていた。長康の娘とは姉妹のように過ごし、景定の妻とも同じキリシタンとして心を許した仲であった。お辰の父、山口重勝もまた秀次の縁者ということで、すでに七月二十八日に北野で切腹していた。

義詮らは、お辰の最期を見届けようと密かに三条河原の群衆の中にいた。

目を凝らして見つめていると、五番目に引き出されたのが紛れもなくお辰であった。四歳になる子の百丸《ひゃくまる》は、すでに処刑されたあとであった。

土壇の端に座らされたお辰は、白い経帷子《きょうかたびら》の上に薄墨の衣を重ね数珠《じゅず》を手にしていた。おそらく異教の天帝主《でうす》に祈るのであろう、胸の前で静かに合掌し頭を垂れると、打ち下ろされた太刀で首が飛んだ。

十九歳という花の盛りの娘の命が消えるのを、義詮らは群衆の中で手を合わせて見守った。

「なんという惨《むご》いことを。女子供には罪は無かろうに」

「関白の血筋を根絶やしにして、若君へ災いが及ばぬようにということじゃ」

念仏を唱える民衆の中、義詮らは声を殺して泣いた。

その後、長康と景定の遺髪を高野山へ納めて、尾張へ帰ったのは九月のことだった。

尾張国丹羽郡の前野村にも関白秀次の死は伝わっていたものの、その周辺の詳細は判らなかった。突然に帰ってきた前野義詮らに前野屋敷の者たちは驚き、長康の死を聞いてさらに驚愕《きょうがく》した。

小坂雄吉は大坂から帰って以来、足腰が立たず床に伏す暮らしであった。弟の突然の死に呆然とし、涙も出なかった。

「戦が続いておったころは、天下が治まるならば穏やかな御時勢になると思うたが、これでは濁世末法《だくせまっぽう》の世じゃ。戦の中で死んでいった多くの者たちは何のためであったか」

妻に介助されて体を起こすと、雄吉は動く左手で布団を何度も叩いた。

義詮は、長康と景定の遺髪の一部を持参してきていた。さらに長康が陣中で愛用した野釜を形見として雄吉に渡した。

「高麗陣のときにも、この野釜で茶を立てておられました」

「そうか、将右衛門の苦労を、こやつはずっと慰《なぐさ》めてきたのじゃな」

雄吉は、さびの出た野釜を手で撫《な》でた。弟の身体を撫でるような錯覚を覚え、初めて雄吉の目から涙がこぼれ落ちた。

「清助も皆々も長年よう仕えてくれた。兄の儂からも礼を申す」

義詮や同行した森雄成、上坂勘解由、兼松又八、酒井平左衛門に雄吉は礼を言った。

「御苦労じゃったな、清助」

義詮の兄の喜左衛門義康も、義詮に労《いた》わりの言葉をかけた。義康は本家の雄吉らが不在の間、ずっと前野屋敷を守ってきた。

このの ち清助義詮は出家して常円と名乗り、前野村に一庵を立てて長康と景定の霊を供養した。この庵はやがて観音寺という寺になる。


大坂にいた雄吉の子の雄善と雄長は、前野の縁者ということで身の置き所がなくなり、石田三成の配慮で、新たに尾張国主となった福島正則に仕えることになった。二人はしばらく上方に留まったものの、秀吉の死後、天下の情勢が怪しくなると郎党の前野直高、前野与平次、平井源太郎らとともに尾張へ戻った。

また前野忠康は景定が切腹したのち、但馬へ走って国家老だった兄の前野宗高とともに出石《いずし》城の開城に立ち会った。その後、藤堂高虎を頼り一旦は織田信雄の屋敷に隠れたあと、信雄の斡旋《あっせん》で石田三成の家臣となった。

前野長康の死から二年後の慶長二年、秀吉は再び朝鮮への出兵を命ずるが、翌年八月の秀吉の死によって日本軍は撤退。明《みん》どころか朝鮮のいずこにも領土を得ることなく、秀吉の野望は潰《つい》えた。

秀吉の死後、天下取りの意志を明らかにした徳川家康と、それを拒もうとする石田三成が対峙《たいじ》し、慶長五年に関ヶ原の戦いが起こる。

尾張領主の福島正則は家康についたが、三成は上方の織田信雄と岐阜城の織田秀信を西軍に引き入れた。

三成の家臣となった前野忠康が尾張衆を味方につけるために、三成の書状を持って前野屋敷を訪れた。この戦に勝てば信雄を尾張領主として復帰させるとの約定が記してあった。かつての信雄の家臣らは大いに悩むことになった。

「どうしたらええんじゃ」

生駒家長も困り果てて雄吉のもとを訪れた。

家長にとって信雄は旧主であるだけでなく、妹が産んだ子で甥《おい》になる。さらに岐阜の織田秀信はかつての三法師で、やはり妹が産んだ信忠の嫡男であり、どちらも生駒の血が流れている。

「福島様とて豊臣恩顧の御方じゃ。今は徳川様に従うて東国にお出《い》でじゃが、戦となれば豊臣方におつきになるに違いない」

雄吉らはそう話し合ったが、やがて上杉征伐へ向かった諸将は皆、徳川方に与《くみ》することが明らかになった。清洲城の留守居役である大崎玄蕃《げんば》から尾張衆へ、東軍として出陣するよう触れが出た。

「やむを得ぬ。家屋敷を捨てて上方に走るわけにもいくまい」

前野家や生駒家の一党は東軍の福島勢として出兵することになった。

雄吉や家長は高齢で戦に出ることはできなかったが、その子らが出陣した。雄吉の二人の子、雄善と雄長、さらに雄善の子の雄翟《かつかね》十六歳も初陣となった。生駒家も家長の子、利豊が出陣した。

生駒の縁者である森正成はこの二年前に没していたが、弟の正好と正成の子の雄成が出陣した。正好の子の正守は織田秀信の小姓として岐阜城におり、正好は十一歳の我が子を思い、岐阜城に走るべきか大いに心を痛めた。が、ついに東軍として参陣した。


徳川方の先手となった福島勢は岐阜城を攻めることになり、雄吉は初陣の雄翟に稲葉山の攻め口について絵図を描いて教えた。

「よいか、この山は水の手が大手門、瑞龍寺山伝いの道が搦《から》め手じゃ。中でも七曲り口はもっとも節所でな。足弱の者は息切れして登るにひと苦労の上に、二の丸口に取り着いてもせいぜい五十人ほどの広さしかないゆえ、上から弓鉄砲の的になりやすい。機を見て踏み込むことが肝要じゃ」

雄吉の説明に、十六歳のまだ頬の赤い雄翟は真剣な面持ちでうなずいた。

「儂や父上、将右衛門、小兵衛に蜂須賀小六、松倉の又五郎叔父もそうじゃ。尾張の衆は皆で何度もこの山を攻めたんじゃ。信長公も太閤殿下も苦心して、やっとのことで攻め落とした。まず城下に攻め寄せるのに苦労して、それで信長公は太閤に命じて新加納と墨俣に砦を造らせたんじゃ。儂ら柏井衆は苦労したが、将右衛門や小六は三日のうちに墨俣に城を築いてな、あれには驚いたもんじゃで」

次第に思い出話になり、そのうち話し疲れた雄吉は、記憶の中に吸い込まれるように眠ってしまった。

側で針仕事をしつつ聞いていた雄翟の母の勢以《せい》と祖母の善恵は苦笑して、

「手柄なんぞ立てんで良いで。生きて帰ることが一番の手柄だでな」

と小声でささやいた。

実際、雄翟は父に従って七曲り口を上る途中、山上からの鉄砲と鬨《とき》の声に驚き、崖下《がけした》へ転落。足に重傷を負い、手柄も立てぬまま帰村することになった。

八月二十三日に岐阜城は徳川方の猛攻に降伏し、織田秀信は加納の円徳寺で剃髪《ていはつ》。その後、小折村の生駒屋敷に移り、さらに高野山へ送られた。

重臣らが逃げ去ったのちも小姓の森正守と前野伝助は秀信に付き従っていたため、浅野長吉が殊勝に思い二人を召し抱えた。

前野伝助は直高の子でこのとき十三歳。正守はこのとき十四でのちに生駒と姓を改め、二人は播州浅野家へ移ることになる。

岐阜城攻めと並行して徳川方は、三成の籠《こも》る大垣城方面へ兵を進め、合渡《ごうと》川で西軍と戦った。ここの守備を命じられていたのが三成の家臣となった前野忠康で、二千の兵で川岸に布陣していた。

しかし黒田長政、田中吉政らの五千の軍勢が朝霧の中を上流で渡河したのに気づかず、さらに藤堂高虎の兵三千が前面から押し寄せて激戦となった。

ここを破られては大垣城が危ういと忠康は懸命の防戦をしたが、半刻ほどの後には敵の大軍に包囲された。忠康に従う郎党の中には石崎庄兵衛、上坂勘解由ら長康の家臣たちもいた。

徳川方の攻撃が止まり、やがて藤堂高虎の陣から家臣の桑名弥次兵衛が軍使として来て言うには、

「今朝方からの奮戦、誠に天晴《あっぱ》れなれども、もはや勝負も決したるに同然なり。御大将は前野兵庫殿とお見受け申す。かく言うそれがしも亡き但馬守殿と昵懇《じっこん》の者なり。この上の手合せは無用にされて、我らの陣中に落ちられよ」

と伝えた。

「藤堂佐渡守様の御厚情、誠にかたじけのうござるが、勝敗は兵家の常。それがしすでに覚悟を定め、親子主従この場にて相果てるとも悔いはござらぬ。よしなにお伝えくだされ」

忠康の言葉に、説得は難しいと見た弥次兵衛は帰っていった。忠康主従が死を覚悟したところへ三成からの伝令が届き、大垣城まで退去せよと伝えた。

後日、関ヶ原の乱戦の中、石田三成の陣に殺到する東軍を、忠康は郎党とともに最後まで防戦し、ついに嫡男の三七郎とともに命を落とした。

忠康は前野の姓をはばかり、石田家中では舞兵庫と名乗っていたが、その奮戦ぶりはまさに舞を踊るような美しさであったという。

九月十五日の関ヶ原の会戦で、最前線の福島勢に加わった尾張衆は奮戦した。西軍主力の宇喜多勢とぶつかり、この合戦の中で最も熾烈《しれつ》な戦いとなった。

混戦の中で馬上の小坂雄善は太ももを槍で突かれ落馬。組み敷かれたところを兼松又八が駆け寄り突き飛ばすと、雄善の弟雄長がこの武者の首を取った。

宇喜多勢が崩れたのを追い、坂を駆け上がった森雄成は顔面に鉄砲玉を受け即死。敵に首を取られぬよう森正好と生駒利豊が首を斬り落とし、若党の清蔵に後日、在所まで届けさせた。森正好もこののち討死している。

日が傾くころには東軍勝利が明らかになり、西軍の石田三成、小西行長らは逃亡した。

翌十六日には三成の居城である佐和山城が包囲され十八日に落城。徳川家康は大津城、淀城と進んで二十七日には大坂城へ入った。福島勢をはじめとして東軍の軍勢も家康に従って大坂へ入った。

大坂城の二の丸で諸将に褒賞があり、尾張衆では生駒利豊、兼松又八が二千石、小坂雄善が一千石などの給地を得た。

尾張へは新たに家康の四男の松平忠吉が入府することになり、福島正則は芸州へ国替えとなった。小坂雄長はこれに従い芸州へ向かうが、後に正則が改易となると縁者の山口重政を頼り、旗本になって江戸に住んだ。

兄の雄善は大坂城で家康に拝謁の折、父の雄吉を家康が見知っていたこともあり、松平忠吉の国入りの道案内役の一人に選ばれた。

「そうか、雄善は一千石を得たか。ようでかしたのう」

前野屋敷で知らせを聞いた小坂雄吉は、満足そうにうなずいた。

丹羽郡前野村ほか九カ村三百八十石、春日部郡柏井郷六百二十石、合せて一千石である。実家のある前野村はもちろんのこと、信長から与えられた柏井の知行《ちぎょう》を安堵《あんど》されたことが雄吉には何より嬉しかった。

「しかし七十を過ぎたこの年まで奉公を重ねてきたが、結局のところ、知行は昔のままじゃ。何ぞ甲斐のある生涯だったかのう」

床に伏したまま雄吉は庭の樫《かし》の大木を見上げた。

昔は細かった木も知らぬ間に大木に育っている。かつて長康や正勝が遊び半分に撃ち込んだ鉄砲玉も、樫の木は幹の内に取り込んで微《かす》かな傷跡を残すのみである。

「昔のままの知行を残せただけでも、ご立派なことでございましょう。将右衛門は国持ち大名にまでなったというに、国どころか命まで失いましたでなあ」

枕元に座った義康が慰《なぐさ》めた。

「人の一生なんぞ、判らぬものじゃな。儂ら兄弟も年下の小兵衛が真先に死んで、次に将右衛門、この老いぼれが最後まで残ってしもうた」

雄吉はつぶやいた。

長康の嫡男、景定には子はなかったが、長康の娘が前野忠康に嫁ぎ三七郎と於台という一男一女があった。三七郎は忠康とともに関ヶ原で戦死。於台は忠康の兄宗高の子の助左衛門の妻となる。助左衛門はのちに讃岐の生駒高俊の家老となった。

また小兵衛勝長の子は吉康、三左衛門、嘉兵衛があり、吉康は佐々成政に仕えた後、阿波の蜂須賀家の家老である稲田稙元の家臣となった。三左衛門もまた蜂須賀家に仕えた。勝長が雄吉に託した末子の嘉兵衛は前野村に居住している。なんとか前野三兄弟の血は、次の世代へと続いている。

見上げた初冬の夕焼け空を、雁《がん》の長い列が過ぎていく。

それを見送る雄吉の目は穏やかであった。

「逸《はぐ》れんように行くがええ」

その言葉に、傍らの義康も夕空を見上げた。

小坂雄吉は翌年、慶長六年九月十三日に死去。享年七十六。

雄吉の長子、雄善は松平忠吉に仕えるも、この翌年に家中で刃傷《にんじょう》沙汰を起こした。関ヶ原で敵首三個を得た手柄に言いがかりをつけられたのが発端という。喧嘩《けんか》両成敗で給地を召し上げられ雄善は前野村に蟄居した。関ヶ原で太腿《ふともも》に受けた槍傷《やりきず》のため慶長十年に五十四歳で死去。

その子の雄翟《かつかね》は百姓となり前野、小坂の姓を捨て、遠祖の由縁から吉田を名乗った。岐阜城攻めで崖下に落ち足を悪くしたが、前野村の庄屋役となり七十二歳まで生きた。小坂の姓は江戸で旗本となった従兄弟の雄忠が引き継いだ。

雄善は蟄居後、祖父宗康、父雄吉、叔父長康の書き残した日記や書状、系図などをまとめて書き留めていたが、その半ばで死去したため、雄翟は五十を前にして業を引き継ぎ、家伝をまとめた。若いころに聞いた前野義康や義詮らの話も書き加え、また自ら墨俣城の跡地などにも出かけ、当時を知る人の話も聞いている。

前野家のため武勲は何一つ挙げられなかった雄翟であるが、この家伝を仕上げたことが一番の功績となった。

（完）

あとがき

この小説は尾張国丹羽郡の地侍である前野家の三兄弟、雄吉、長康、勝長についての物語である。前作『卍曼陀羅』で蜂須賀正勝を書いたときに、末尾に前野家のその後も簡単に記した。その折に前野三兄弟と子孫のことを記したが、書きながら簡略に付け加えて済ませられるものではないという気がした。

その思いから書き始めたのがこの小説である。

前野長康は蜂須賀正勝と行動を共にしていたため『卍曼陀羅』と重なる部分も多いが、前作は特に尾張での青年時代を、この『乱雁』では尾張以後の天下統一から晩年の悲劇に重点を置いて書いた。恐縮ながら両作を併《あわ》せてお読みいただくと、より幅広く俯瞰《ふかん》できるのではないかと思う。

前作でもそうであったが、特にこの小説は前野兄弟を中心に書いたため、前野家に伝わる家伝、いわゆる『武功夜話』を大いに活用した。『武功夜話』を読みやすく小説にしたといっても良いかと思う。

あらためて言うまでもなく『武功夜話』の評価については賛否両論のあるところだが、たとえば大名家の家伝や系図などでも自家に都合よく潤色《じゅんしょく》されたものが多い。大名家であれば信用され、衰亡した一族であれば疑われ糾弾《きゅうだん》されるというのでは、いささか不公平だろう。

たしかに同じ事柄《ことがら》の記述が、時期や年齢など何通りも違って書かれていたりと不確かな部分も多い。家系図についても違う内容の物が複数あって、どれが真実なのか頭の痛いところではある。

しかし巨視的に見れば、通説となっている歴史の流れに矛盾しているとは思えない。大きな流れの中で、あまり知られてこなかった前野兄弟や蜂須賀正勝のような家臣階級の人々が、懸命に生きている様が垣間見られて興味深く、感動的でもある。

この前野三兄弟についても、実は兄弟ではないという指摘もある。残念ながら前野家の文書以外で三人の兄弟関係を記した文献は未だ見つけられないが、なかなかこの家臣レベルの関係を他家の文書で裏付けることは難しい。

ただ織田信雄家臣の小坂雄吉、豊臣秀吉家臣で但馬国主の前野長康、佐々成政家老の前野勝長の三人が実在したことは当時の文書に記され、揺るぎようのない事実である。

私自身は、地元の愛知県江南市で発見されたということで『武功夜話』を擁護《ようご》したい気持ちもあるが、一番の関心は歴史上の真実はどうであったかということであり、その解明のためにも『武功夜話』の分析作業が、もっと進展すればと願っている。

どの部分が正しく、どの部分が誤りかが判れば、歴史を探求する上で大きな意味を持つことになるだろう。

さらに付け加えるなら、たとえば『平家物語』や『太平記』にしてもフィクションを含んだ物語であり、それでも源平合戦や南北朝を語るときには参考とされる重要な作品である。

仮に『武功夜話』が同じようにフィクションを含んだ物語であったとしても、そういうものとして読んで理解すればいいことであって、存在さえも許さないというのは、いささか感情的に過ぎるのではと思う。

いずれにしろ『武功夜話』を読まないままの議論は空論でしかない。

聞いてみると意外に多くの人が読んだこともなく賛否を議論しているのに驚いたりする。たしかに読むのに少々骨の折れる書物ではあるが、この小説が多少なりともその導入役となれば幸いである。

前野兄弟や蜂須賀正勝が青年期を過ごした尾張、美濃のあたりでは、多くの男たちが信長、秀吉に従って天下へ勇み出て行った。

日本各地で大名になったり、その家臣となって栄えた者もいれば、戦死したり流浪の身となり消えていった者もいるだろう。我々の先祖も、おそらくそうであったろうという思いを込め、それら群像の一典型として前野兄弟を見ると、また一層の親近感が湧《わ》いてくる。

悲運の中で死んでいった先人が、現在もまだ認められず中途半端な扱いでいるのは気の毒というほかない。真実はどうであったか、激動の時代の中で彼らがいかに必死に生きたかを、確証をもって歴史に刻《きざ》まれる日が来ることを願うばかりである。

なお、カバーの写真は前野長康、蜂須賀正勝らがたむろしていた愛知県江南市北部の木曽川河畔から、稲葉山城を望む風景である。

平成二十九年十一月

著者

著者紹介

倉橋 寛（くらはし・かん）
1961年、愛知県江南市生まれ。南山大学経営学部卒。雑誌編集者などを経て漫画家、イラストレーターに。4コマ漫画作品に「おれたちゃドラゴンズ」（『中日スポーツ』連載。中日新聞社）、「日本史ピンからキリ探訪」（『歴史読本』、新人物往来社）など。
小説では2000年に「飛鳥残照」で第1回飛鳥ロマン文学賞を受賞。2011年に『赤き奔河の如く』、2015年『卍曼陀羅』（ともに風媒社）。

装幀◎倉橋 寛

乱《らん》雁《がん》

2018年1月28日 第1刷発行 （定価はカバーに表示してあります）

著 者 倉橋 寛
発行者 山口 章

発行所 名古屋市中区大須1丁目16-29
振替 00880-5-5616 電話 052-218-7808 風媒社
http://www.fubaisha.com/

印刷・製本／モリモト印刷 ISBN978-4-8331-2097-5
＊乱丁・落丁本はお取り替えいたします。